山海記《せんがいき》

佐伯一麦

講談社

山海記

「四条」。「五井」。「八木駅」を出発した「新宮駅」行きの路線バスが、「橿原《かしはら》市役所前」を過ぎて飛鳥川を渡り、街中を抜けると、人のいない停留所をやや速度を落として通過するたびに、運転手は人差し指をいちいちそちらへ向けて指差し確認した。その後、次の停留所を告げる女声の案内放送のスイッチを一連の動作のようにして押す。

あれは、正式には指差喚呼と言ったか、日本の鉄道が生んだ危険予知活動だそうで、ゼネコンに発注されるような規模の大きな工事現場に派遣されたときには、朝の体操をゆるゆると行った後の朝礼で、指出し、声出し、安全確認ヨシ、そんな標語を動作とともに復唱させられたものだ……。運転手のすぐ後ろの座席から、電気工の仕事に就いていた二十代の頃を思いながら彼は見遣っていた。時代はいまからすれば好景気だったとされるが、末端の建設労働者にその意識はなく、世間でもバブルと称《よ》ばれるようになったのは、泡が弾けた後のことだった。

運転手は、十字路の左右確認やカーブミラーを見るときにも指差し確認を怠らない。若かった頃にはかったるいとしか思えなかった所作だったが、これから冬の峠越えの難路をただ運ばれるだけとなる身にとっては、実直そうな運転手の姿に自ずと信頼が湧くのを覚えた。

つい数日前に軽井沢で、スキーバスがガードレールを薙ぎ倒して道路脇に転落し、乗員二名を含む十五人が死亡する、という事故が起きたばかりでもあった。一日に三便しかないバス時刻を待つ駅前の待合所でも、中高年者が目立つ乗客たちはしきりにその話題で持ちきりで、運転手が亡くなっているので事故の原因がまだあきらかになっておらず、大型バスの運転に慣れていなかったことによる運転ミスや、スピードの出し過ぎ、過労による居眠り運転、脳梗塞や心筋梗塞などで意識を失った可能性なども声高な関西弁で取り沙汰されていた。

折から、西日本ではおよそ四十年ぶりだという寒波に見舞われて、彼が中国地方の前泊地を朝早く発ったときには雪が舞っていた。家のある東北地方の太平洋沿岸部よりも、今朝にかぎってはこっちの方が寒そうだ、とウールのコートの襟を掻き合わせたものだ。東海関西地方でも積雪があったようで、新幹線や近鉄のダイヤが乱れており、夜になる前に天嶮の地だと聞く十津川村の宿に着けるバス時刻に間に合うかどうか心配されたが、鶴橋で近鉄の特急への乗り換えがうまくいき、二便目に二十分ほどの余裕を持って大和八木の駅に着くことができた。

駅に近付き、左手の車窓に小高い耳成山《みみなし》が見えてくると、二十歳前後に四年間ほど雑誌記者をしていた頃に、邪馬台国ブームや東大寺大仏殿の昭和の大修理の落慶法要などの取材で何度も訪れては、天香具山《あまのかぐ》、畝傍《うねび》山とともに登り大和路飛鳥路を歩いたことが思い出され、安逸な旅の方にふっと心が誘われかけたが、今回は仕事の合間を縫って四年間続けてきた水辺の災害の記憶を辿る旅の締めくくりだ、と彼は自身に言い聞かせた。東北の太平洋沿岸が大地震と大津波に襲われてからというもの、彼はこれまで日本各地で起きた災厄についていかに無知だったかを思い知らされた。

地震一つ取ってみただけでも、年表をめくると五世紀の四一六年に現在の明日香村にあった遠飛鳥宮《とおつあすかのみや》で揺れがあったという日本最古の地震の記述が『日本書紀』に見られるのを皮切りに、五九九年には大和国で地震があり家屋が倒壊したという地震被害の最初の記録が見られ、六八四年には南海トラフ巨大地震だったと推定され土佐で津波被害もあったとされる白鳳地震が起きている。九世紀には五年前の大地震との関連がよく指摘される八六九年の貞観三陸地震、その十八年後には京都・摂津を中心に多くの死者を出し津波もあった仁和南海地震があり、十世紀にも京都、山城、近江には死者が出て高野山の建物が損傷するような地震が何度か起こり、十一世紀に入ると一〇九六年に東大寺の鐘が落下し伊勢・駿河で津波があり死者一万人以上と推定される永長東海地震、その三年後にも興福寺が被害に遭い土佐で津波があり死者数万と推定される康和南海地震、十二世紀には一一八五年に法勝寺や宇治川の橋などが損壊し余震が三ヵ月近く続き鴨長明が『方丈記』で詳述した文治京都地震……、とそれ以降も枚挙にいとまがない。

時代によって活動期と静穏期があるものの、記録があるこの千六百年ほどの間に、死者が出た地震は日本全国でざっと数えただけでも百七十回以上も起きており、均せば少なくとも十年に一度の勘定にはなると知ると、どういう国土に住んでいるんだ、と彼は嘆息を洩らした。いっぽうで、曲がりなりにもそれだけの厄災を辛うじて生き延びてきた者たちの末裔である、という思いも兆した。

その後、鎌倉を訪れたときに、たまたま八幡宮の隣の国宝館で鎌倉震災史の特別展が開かれていたので入ってみたことがあった。中世の一時期に幕府があったために東国でも地震に関する記録が『吾妻鏡』などの史料に残っている鎌倉では、一一九五（建久六）年以降、大正十二年の大正関東地震まで二十五度にわたって大きな地震が起こっており、津波と思われる記載も数回に及んでいることをそこで知った。

鎌倉一箇所にかぎれば、約三十年に一度の割となり、彼の住む土地で懸念されている宮城県沖地震の頻度とだいたい重なる、と納得させられた。平均三十七年おきにM七・五程度の宮城県沖地震は発生しており、五年前の震災の前には、この三十年の間に宮城県沖を震源とする大地震が起こる確率が九九パーセントと言われ、風呂の水を常に溜めておき、ポリ容器にも生活用水を蓄え、ミネラルウォーターや非常食も備蓄して、ある程度の覚悟と準備をしていた。それはそれで大いに役立ったが、これほどの津波の被害のほうは想像だにしていなかった。

国宝館での特別展には、室町時代の窪田統泰《くぼたむねやす》の筆になる「日蓮聖人註画讃」も展示されてあり、日蓮が北条時頼に提出した『立正安国論』の著作を思い立つきっかけとなったとされる一二五七年の正嘉《しょうか》の大地震に遭った鎌倉の様子が克明に活写されているのに目を瞠らされた。八月一日　癸未　晴　戌の刻大地震。八月二十三日　乙巳　晴　戌の刻大地震。音有り。神社仏閣一宇として全きこと無し。山岳頽崩し、人屋顚倒す。築地皆悉く破損し、所々の地裂け水湧き出る。中下馬橋の辺地裂け破れ、その中より火炎燃え出る。色青しと。今日大慈寺供養御布施の事沙汰を致すべきの由、御教書を御家人等に下さるるなり——と資料に拠れば『吾妻鏡』にあるという。絵巻に描かれた高い波頭で迫ってくる津波から逃げ惑う人々や馬の姿は、車が見当たらないだけで、五年近く前の津波の光景さながらだった。

大和八木の駅に着くと、中街道と伊勢街道が交差する八木札の辻の宿に芭蕉が泊まった折に詠んだとされる、草臥て宿かる比や藤の花、の句碑が近くにあったはずだ、と彼はふたたび心惹かれたが、それよりも小用を済ませることを優先させた。これから十津川村まで四時間半ほどの道のりで、次の休憩はおよそ一時間二十分後に五條市のバスセンターで取ることになる。この数年来、やや尿意が切迫することに悩まされるようになっていた。待合所の発券の窓口で、この天候の中でもバスが平常通り運行されていることを確かめてから向かったトイレで小用を足しながら、草臥ての句が生まれた『笈《おい》の小文』の旅を芭蕉がした貞享四年は西暦で一六八七年となり、それは多数の死者を出した一六八六年の遠江《とおとうみ》・三河地震の翌年のことで、芭蕉もまた震災の爪痕を道中で目にしたことだろう、と以前年表を調べてみて気が付いたことを改めて思い出した。

五年前の震災があるまで、『おくのほそ道』に親しんできたものの、芭蕉の生涯についても彼はまるで無知だった。芭蕉は、彼が住む仙台の隣の多賀城にある、君をおきてあだし心をわがもたば末の松山波も越えなむ、で知られる末の松山を訪れている。歌では、海から離れている末の松山を波が越すということは起こりえない、との反語の意で用いられており、恋を詠っていることからやや大仰な表現だとばかり思ってきたが、平安時代の貞観以来の大津波に襲われることとなって、その比喩が当時の都人の実感に即したものだったと彼は知らされた。八六九年の貞観津波の際に、陸奥国府が置かれていた多賀城の近くの小高い丘の上の末の松山だけは波が越えなかった、という口伝えの噂が都人の耳にも聴こえ、それが歌枕の故事となったのだと。先の歌を元歌として、貞観津波の三十九年後に生まれた清原元輔は、契りきなかたみに袖をしぼりつつ末の松山浪越さじとは、と詠んだ。

そして、今回の津波でも、宝国寺という寺の奥にあって少しだけ小高くなっている末の松山を波は越えなかった。その麓近くには沖の石なる歌枕があり、こちらは車が流されてくるなど津波が押し寄せた。貞観の津波の八百二十年後、慶長三陸津波の七十八年後の一六八九年に芭蕉はここを訪れて、陸奥はいづくはあれど塩釜の浦こぐ舟の綱手かなしも、と詠んだ古人の心を知ってかえって哀傷の思いを深め、鄙びた調子の奥浄瑠璃を聞くともなく聞いている。

芭蕉が旅に出て歌枕を訪ねることは、災厄の中で生きた古人たちの心へつながることだったのだと実感したものの、一六四一年から一六四三年にかけて起こった寛永の大飢饉の直後の一六四四年に生まれ、一七〇三年の元禄地震の九年前の一六九四年に没している当人は、大きな厄災にはすんでのところで遭わずに済んだ太平の江戸の世に生まれ合わせたとばかり彼は思っていた。

ところが、芭蕉はよほど太平の世に生まれ合わせたように見えるが、年表に照らせばどうして、諸国に大地震あり大火あり大水あり飢饉あり疫病あり、ひきもきらない、とふたまわり近く年長の同業者に彼はやんわりと諭された。転機となった『野晒紀行』の旅の年には、疫病が西国から東海関東にまで及んで多数の死者を出している。その流行もおさまりきらぬうちに旅立った。まさに骸を野に晒してもの気合だったとも。

そう教えられて、はじめて詳細な年表をめくることとなり、確かに一六八四年の『野晒紀行』の旅の年には、四五月の比、長崎港疫疾大いに流行、京にては組を定め、人形を作り、夜に入り、数十人金鼓を鳴らして疫を送る。喧びすしく、前代未聞の姿なり。関東においても同じ様子なり。三日疫痢とは、かかる類にや――という文に出くわし深く頷かされた。そして、二年後に遠江・三河地震が起こっていたことや、そもそも二年前の暮れには八百屋お七の火事ともいわれる江戸大火によって最初の草庵の焼失に遭っていたことも、そのとき目に留めた。

芭蕉の存命中にも、死者が出た地震は、一六四九年の武蔵・下野《しもつけ》地震、一六五九年の会津・下野地震、一六六二年の近江《おうみ》・山城地震、日向・大隅地震、一六六六年の越後高田地震、一六七〇年の越後村上地震、一六七六年の津和野地震、一六七七年の延宝房総沖地震、一六七八年の宮城県北部沖地震、そして一六八六年の貞享芸予地震に遠江・三河地震などがあり、死去した一六九四年にも陸奥で山崩れを起こした能代地震があった。地震だけでもとても太平とは呼べない。『おくのほそ道』で震災の歌枕を訪ねたことも、近くの自身の危機を通して遠い災厄へと切実に心を向かわせていたことに彼は気付かされたのだった。……

それらに思いを馳せているうちに、バスの出発時刻が近くなり、ぞろぞろと待合所からバスターミナルへと向かう人の列の後ろに彼も付いた。大きな荷物を持った十名ほどの団体が後ろの方の座席を占めてしまったので、彼は運転手の真後ろの二人掛けに坐ることにした。リュックは網棚に載せた。後ろから、車窓からの景色を撮るのだろう、一眼レフのカメラを首から提げた初老の男性が移ってきて、彼と通路を挟んだ一人掛けに腰を下ろした。ほかに若者のカップルが一組、彼の後ろの座席に着いた。運転手が乗客の数を確認し、白い手袋をはめていざ出発というときになって、七十年配の女性三人が駅の方からあたふたと足早にやって来るのが見えた。いったん閉まった扉がふたたび開けられ、息を切らしながら乗り込んで来ると、よかった間に合ったわー、と中程に続いて空いていた席に前後して落ち着いた。

バスは定刻の午前十一時四十五分に二分ばかり遅れて出発した。動き出すやいなや、三人連れの一人が、ああトイレ行くんやったー、大丈夫やろか、と声を上げた。それを聞きつけて、一時間ちょっとで五條に着きましたらトイレ休憩がありますから、と穏やかな口調で運転手が教えると、それまでなら何とかもつやろ、といくぶん安心した声音になった。

次はいんべ、いんべ、という女声のアナウンスに、彼が前方の運賃表示器の上部に出る次駅表示を確かめると、「忌部」という文字を当てると知れた。忌部とは確か古代朝廷における祭祀を担った氏族ではなかったか、とかんがえていると、曾我川を渡ってすぐ右手に忌部氏の祖神であると聞いている天太玉命《あめのふとたまのみこと》を祀っているらしい天太玉命神社が見えてきた。

彼のような東北の者が、関西を旅してくらくらする思いにさせられるのが、教科書で習ったような歴史的な地名や駅名がいまでもごくふつうに存在していることだ。『源氏物語』ゆかりの須磨や明石は言うに及ばず、仁徳天皇陵の最寄り駅で百舌鳥《もず》古墳群にちなむらしい百舌鳥駅、大阪市営地下鉄の喜連瓜破《きれうりわり》駅や近鉄の布忍《ぬのせ》駅など曰くありげで難読な駅名も多い。こちらへ来ると、物言いが素っ気なくて、何だか地名にさえ自信が感じられるようで引け目を感じる、と震災の後、関西に一時逼れていた知人が打ち明けたものだ。彼にとっては、言葉遣いは方言なので気にならず、かえって親しげに思えるほどだが、新田、野谷地といった歴史の浅い即物的な東北の地名を思い浮かべて、こちらのほうは頷かされ、さしずめ歌枕に囲繞されて暮らしている心地はどういうものか、とおもった。むろん土地の者に罪はなく、特別な意識などもないのだろうが。

「忌部」も通過して、次は「国道曲川」。この近くに曲川遺跡という縄文時代の遺跡があったはずで、それに因むのだろうか、と大きな交差点を見遣っているうちにここも通過した。通過する停留所が多くなると、運転手が車内放送のスイッチを押すのを忘れてしまい、次駅表示と実際の停留所がどんどんずれていくことがありがちだが、今日の運転手に限ってはそんなことはなさそうで、彼のような旅の者にとってはありがたい。待合所にあったチラシを見ると、高速道路を使わない路線バスとしては日本で一番長い距離を走り、全長一六六・九キロメートル、なんと百六十七もの停留所を数えるという。その多くで、バス停通過の際の指差し確認が繰り返されるわけだ。

突如、左手に大きなショッピングモールが現れた。二〇〇〇年の大店法廃止以降に日本のあらゆる市街地の近郊でよく目にするようになった風景であり、さすがに藤原京があった古都の橿原といえども、グローバル化の波は避けられないということか。仙台の南隣の名取から海に面した仙台空港へ行く途中にあるショッピングモールは、高速道路の盛土が遮って、すんでのところで津波から逃れた。もっとも、地震による天井落下やガラス破損、スプリンクラーが作動して水浸しになる被害はあり、しばらくは店内の一部だけが営業再開していた。彼は震災以降、立ち並ぶ建物や行き交う人々を眺めながら、それらが消失してしまっている光景が二重写しになるようになったが、ここでも同じだった。

ショッピングモールの名の付いた停留所でひさしぶりにバスが停車した。ぱんぱんに脹らんだビニールの買い物袋とトイレットペーパーの袋を両手に提げた年配の女性が乗り込んで来て、空席を探すようにしたので、彼がコートの裾が邪魔にならないようにすると、ちょっとごめんな、と隣の席にちょこんと浅く坐って荷物を抱え込むようにした。バス停を二つばかり通過したところで、降りる仕草を見せはじめると、危ないですから扉が開いてから立ってくださいよ、と運転手がやさしい口調で言った。おおきに、と彼に言葉を残して立ち上がり、荷物を重そうにしてステップを降りる彼女に、ゆっくり、ゆっくりでいいですよ、と運転手が声を掛けた。路線バスを生活の足としている姿に、土地の暮らしに少しだけ触れた思いに彼はなった。

近鉄南大阪線の駅がある「高田市駅」を過ぎると、バスはかつての下街道に相当する国道二四号を南進する。右手に金剛、葛城の山並みが眺められないかと見遣ったが、あいにく曇天に霞んでいた。二上山の雄岳雌岳は大阪から近鉄で来るときに車窓から眺められた。二十代の終わりから三十代にかけて、茨城県の電機工場に通勤していた頃は、男体山と女体山の二つの頂を持ち、山の形が似ている筑波山を眺めては、二上山に思いを馳せたものだった。

反対側の大和盆地に川や溜め池が見えるたびに、彼は葦原を探す心地となった。かつて三輪山の麓をめぐる山の辺の道を歩いたときに、ここに人が住み着いた縄文期には大和盆地に巨大な淡水湖が存在しており、その湖岸にできたのが山の辺の道の元の姿だった、という考古学者の説に魅力を覚えたことがあった。日本神話で高天原と黄泉《よみ》の国の間にあるとされる葦原中国《あしはらのなかつくに》を橿原あたりだと解釈した説もあった。それらの真偽のほどはわからないものの、いまの彼には、古代には葦原が広がっているような沼地湿地が国土の多くを占めており、その土地を灌漑によって稲穂の実る水田に変え、度重なる水害を治水によって宥め馴らすことで生活してきたことだけは確かなように思われた。文明は大河の周辺に起こったことを思えば、葦原は古《いにしえ》より世界に共通する水辺のはじまりの風景かもしれない。

彼の水辺をめぐる旅の最初も葦原だった。

震災から一年経った春に、知人に運転してもらって阿武隈川の河口付近へと向かった。崩れたところどころにブルーシートが被せられ重石で留められている土手の腹を目にするだけで川面が見えない川沿いの道をまるでくちなわがのたくっているかのように蛇行しながら延々と引き回されていると、方角が怪しくなる心地がした。やがて堤防の上の道へ出て、河口近くに架けられた亘理《わたり》大橋の手前の船着場だったところに葦原が広がっているのが見え、車を止めてもらった。
あたりは川を遡った津波に浸水したが、まず葦の新芽が芽吹いたのだろう。蕭条とした冬枯れの色を宿した葦原を見渡しながら彼はおもった。海近くの川風はまだ冷たく、丈高い枯草の中を川岸のほうへ向かうと、近くで鳥が飛び立った。青みがかった暗灰色をした羽根の色は五位鷺らしかった。揺れた葦の穂の先に、仙台空港を飛び立ったばかりの飛行機が見えた。

川岸の船着場の石段に立って、川の真ん中の砂州となったところでカモメらしい群れが羽根を休めているのを遠目に見遣ってから、砂地だとばかり思ったところに足を乗せたとたん、ズブズブとはまりかけた。念のために、震災直後に知人の住む沿岸部を訪れたときにも役立ったトレッキング用の編み上げ靴を履いてきたのでよかったが、表面の砂の下は、津波によって運ばれてきたヘドロを含んだ泥地だった。

近くに、外側を白く内側と船底を青くペンキで塗り小舟を修理している合羽姿に帽子を被った男たちがいたので話を聞くと、震災で壊れてしまった小舟を修理してウナギ釣りに使うつもりだと言う。ウナギは引きが凄くって一度覚えたら病みつきになるほどのスリルがあんだよ、と教える一方で、近くの沖で捕れたスズキ、ヒラメから国の基準値を超す放射性セシウムが検出されて水揚げの自粛が要請されているとあって、ウナギも捕ったって自分たちで食べるしかねえもんなあ、とやりきれない口調が滲んだ。……

次はおしみ駅、とアナウンスされ、これも呼び名と漢字とが結び付き難い近鉄御所《ごせ》線の「忍海駅」から、中年の女性に後ろから支えられるようにして年配の女性が乗ってきた。彼はふたたびコートの裾を手繰り寄せたが、二人は坐らず中の方へと足を進めた。バスが発進すると、年配の女性らしい声が彼のところにも聞こえてきた。神経痛に効くからありがたいんや、お風呂もぎょうさんあってな、寝湯に腰掛け湯に座湯やろ、泡風呂もあってん、露天には岩風呂に炭風呂にハーブ湯やろ、それからどくだみの薬湯がええねん。これから向かう温泉の話をしているようだったが、連れの方の声は聞こえない。六千円の回数券買《こ》うたら、十回分の料金で十二回入れるんよ。

聞くともなしに耳を預けていると、一緒だとばかり見えた連れの女性は、ほんなら気いつけてな、と「御所済生会病院」で降りてしまった。そうして、バスが時間調整のために少時停車していると、ごせって変な名前やなあ、と残された方がひとりごち、車中は静かになった。

彼は、さっきの葦原のことへと思いを戻した。二年前のちょうど今と同じ大寒の折に、追波《おっぱ》湾に注ぐ東北最大の大河である北上川河口の葦原に立っていた。指折り数えて二十年前に訪れたときには、河口の手前一〇キロほどは、丈高く生い茂った枯草色の葦原が両岸ともに続いていた。茅葺《かやぶ》き屋根に用いる葦を刈っている光景にも出会い、夕陽が葦原を黄金色に輝かせ、硬い葉擦れの音がさらさらと鳴る様は壮観だった。同じ場所を震災後に再訪すると、津波に流され地盤沈下もしたためだろう、至る所で護岸工事が行われており、かつての記憶からすると葦原は疎らで丈も低かった。それでも、北上川のコバルトブルーと葦原の枯草色のコントラストに目を惹かれた。葦原の上を数羽の鳶が飛び、胡桃の木に止まったノスリらしい鳥影も見えた。

石巻から乗ったタクシーの運転手はときおり咳き込みながら、自宅は流されてしまったのっしゃ、と道すがら話し、んでも亡くなった身内がいないから自分はまだいいほうっしゃ、と溜息を吐いた。そのときタクシーは、五千人以上の人々が暮らしている大規模仮設住宅のそばを走っていた。高台移転地は決まっているが、復興住宅が建つめどはたっておらず、このまま一生仮設住宅で終わるのか、と嘆く声も聞かれるようになった、と運転手は言葉を継いだ。今にも雪が落ちてきそうな曇天の下、プレハブの軒先に洗濯物が寒そうに干されているのを見遣りながら、こんなさなかにあって、二〇二〇年の東京オリンピック開催で沸いているこの国はやはりおかしい、という感想を彼は抱かずにはいられなかった。

さらに右岸を海のほうへと走ってもらうと、新北上大橋が見えてきた。河口からおよそ四キロで、橋の袂近くには津波で児童、教職員に八十四名の行方不明・犠牲者が出た小学校があった。北上川を遡上した津波が、新北上大橋の鉄骨欄干に当たり、橋の袂の堤防から左へ溢れ出して上流の方から逆流してきた映像は彼も目にした。このあたりは以前田んぼだったところだから、地盤も弱くて全部押し流されてしまったのっしゃ、と運転手が言った。すでに長い年月を経た廃墟の佇まいとなっている小学校の前を瞑目しながら通り、半分が流失してしまったために仮橋となっている新北上大橋を左岸の方へと渡った。

この近くに、葦を用いた茅葺き屋根の工事や、国宝・重要文化財の保存修理で知られる会社があったはずだが、と見回してみたが、堤防の改修工事が行われているだけで、建物らしきものは見当たらない。運転手が住所からカーナビで探し当てたところは、津波で流されたらしく空き地となっており、途方に暮れていると、見る見るうちに雪が激しく降り出してきて吹雪となり、視界が塞がれた。何度も人に訊ねて移転先をようやく探し当て、会長職にあるという老人に話を伺うことができた。今度の津波で、葦原の三分の二が地盤沈下してしまい、水没した。手のかかる葦原を保守していた人々の多くも津波に呑み込まれ、集落の大半も流失してしまった。地盤は一メートル近くまで下がり、葦の背が低くなった、と聞いて、来る前に見た葦原のことを思い浮かべながら彼は頷いた。二十年前にも訪れたことがある、と告げると、震災前のあの葦原を知っている方に来ていただいて嬉しいっちゃねえ、と老人が言った。当人も身内を亡くしているはずだった。

帰宅した翌日、彼は発熱し、念のため受診した医院でインフルエンザだと診断され、災害に悪疫が重なることを身を以て思い知らされた。……

停留所名ともなっている「御所橋」を渡ると田畑が広がり、蛇穴という交差点の表記が見えた。下にローマ字で「Ｓａｒａｇｉ」という読みが出ている。さっきまで思いを向けていた石巻市にも蛇田《へびた》という駅名にもなっている地名があった。五世紀前後頃、蝦夷《えみし》が仁徳天皇に背いたため、朝廷が上州の豪族上毛野田道《かみつけのたみち》を派遣して征伐させようとしたが、蝦夷の抵抗を受けて戦死した。そして、従臣たちによって埋葬された墳墓を、蝦夷たちが暴こうとすると、地響きとともに大蛇が現れ、蝦夷たちを殺した、と『日本書紀』にある伝説から生まれた地名だという説があり、いずれにしても古代には、蛇と人間との関わりが深かったであろうことを彼は思った。

いくつかの停留所を通過したバスが国道から脇道に外れたと思うと、「かもきみの湯」という停留所に着いた。整備された公園の一画に公共の施設と見えるゆるやかな丸屋根のまだ真新しい建物が見えた。南の金剛山麓には高鴨神社があり、北の葛城山麓には鴨山口神社、その東には鴨都波八重事代主命《かもつばやえことしろぬしのみこと》神社があり、一帯は鴨と称されている、それに因んだ温泉の名前なのだろう。「忍海駅」から乗って来た年配の女性が、やっとこさ着いたわと言いながら降り口へと向かった。座席の背を触りながら歩いている様子を見て、目が不自由らしいと彼は察した。白杖は持っていなかった。ステップを降りるのに少し手こずっている様子を見て、ゆっくりでいいですからね、と運転手がやさしく声を掛けた。停留所から温泉の建物まで少し距離があるようで、小雪が舞い出した中、一人で立ち尽くしている姿が転回しているバスからずっと見えていた。

国道へと戻ったバスは、再び南下した。すぐに左手に、船形の大磐石の傍らに行基が庵を結び薬師如来を祀ったと伝わる船宿寺《せんしゅくじ》への案内板があらわれた。その向こうには吉野のお山が控えている。前方の、これから天辻峠を越える乗鞍岳の方角には分厚い灰色の雲が垂れ込めていた。峠は吹雪いていることだろう。山へ向かいながら、彼はひたすらに海を思っていた。

「風の森」の停留所を路線バスは通過した。風の森とは、最近付けられたリゾート地あたりの名称のようだが、標高二六〇メートルほどの小高い風の森峠があり、古い歴史を持つ土地だと聞いている。鴨神という交差点を右手に入ると祠だけの風の森神社があり、祀られているのは志那都比古神《しなつひこのかみ》なる風の神様だという。『古事記』で国を生み終えた伊耶那岐《イザナギ》と伊耶那美《イザナミ》は、さらに神を生むことになり、そこで国生みの大事を成し遂げたという神、岩石や土砂をたたえた神、人の居所をつかさどる神、家屋をつかさどる神、海の神、水戸の神、川の神、水の神などの次に、木の神、山の神、野の神とともに風の神として生んだとされるのが志那都比古神である。『日本書紀』では、国生み伝説の中で、伊耶那岐が大八洲国を生みだした後、霧を吹き払った息から級長戸辺命《しなとべのみこと》またの名を級長津彦命《しなつひこのみこと》という風の神が生まれたとあり、表記は若干異なるが音は似ており同一の風の神とみてよいのだろう。シの音は嵐のシと同じで風の意であり、シナは息が長いの意味だとの解釈もある。

　五年前の震災で、仙台の彼の自宅は津波の被害は免れたものの、五日間の停電と三週間にわたる断水、ひと月に及ぶ都市ガスの不通を余儀なくされた。その不如意な日々のなかで、彼は十代から二十代初めの時期に読んで、半ば忘れられていた本を再読して過ごすこととなった。きっかけは、書棚が地震によって転倒し、本が床一面に堆く散乱してしまったことだった。手に取ることが少なくなっていた本は、踏み台が無ければ届かない書棚の最上部や、前後に二重に列べた奥の方へと押しやられていたが、それらもひとしなみに飛び出してきてひさしぶりに姿をあらわした。

　強い余震が続いており、元の木阿弥となりそうだったので書棚に元通りに収納することは当分諦め、とりあえず床に積み上げ並べながら、意外な本と思わぬ再会をして片付けの手を休めて頁をめくることとなった。買ったことをすっかり忘れてしまっていた本に首を傾げ、頁をめくってみると、読んだ記憶が無いのに内容に既読感を覚えて、読まない本も読んでいる、という不思議な思いにとらわれることもあった。そうやって手に取った本の中に『古事記』とダイジェスト版の『日本書紀』もあった。

　御合《みあひ》して生める子は、淡道之穂之狭別島《あはぢのほのさわけのしま》。次に伊予之二名島を生みき……次に隠岐之三子島を生みき……次に筑紫島を生みき……次に伊岐島を生みき……次に津島を生みき……次に佐渡島を生みき。次に大倭豊秋《おほやまととよあき》津島《づしま》を生みき……此の八島を先に生めるに因りて大八島国《おほやしまくに》と謂ふ――まず淡路島、次に四国、隠岐の島、九州、壱岐の島、対馬、佐渡島を生み、そして五穀の実る本州を生み、以上八つの島を大八島国という。

『日本書紀』でも、畿内を中心とした国生みに佐渡、北陸までは出てくるが、古代の倭の勢力範囲ではない今回の震災の被災地である東北地方以北は大八洲国には含まれていなかった、と彼はあらためて感じ入らされることとなった。毛の多い人だとも、古代中国の地理書『山海経《せんがいきよう》』に中華の辺境を毛民国と表しているのに倣ったという説もある、毛人とも記されていた蝦夷が住んでいた東北が道奥国として古代国家の一部に組み込まれて律令体制化が進められるのは大化の改新後のことであり、それ以降も朝廷の征服に抗ってきた。学校で記紀神話を習っても、自分たちとは遠いことのように思われて身が入らなかったのも無理はない。

征夷大将軍に任じられた坂上田村麻呂が数度にわたる蝦夷討伐を行い、胆沢城、志波城を築くのは平安時代になってからである。このとき、降伏した蝦夷の軍事指導者阿弖流為《アテルイ》と盤具公母礼《モレ》の助命を田村麻呂は嘆願したが、京の貴族は反対し二人を処刑した。古代から続いている中央に対する蟠《わだかま》りを、今度の震災後に彼は地元の人々の口から多く聞くことになった。

一方、伊耶那美は火の神を生んだことによりその陰部を焼かれたことが原因で亡くなるのが、ギリシャ神話のプロメテウスが天から火を盗んできて人間に与え、それが文明のもととなったとともに、プロメテウスはゼウスの怒りに触れて永劫の罰を受けることとなるのと重なるようで、火には罰せられる要素があるというような古代の考え方が興味深く、さらに福島第一原子力発電所があった大熊町は、東北でありながら『常陸国風土記』に記されている苦麻《くま》の村であり、七世紀前半の国造《くにのみやつこ》の時代には、本州で朝廷の勢力の及ぶ石城《いわき》国造の北限であったことにも目を留めさせられた。……

さて跡を追て急ぎしかど、行程九里、倦疲れて、暮すがりて、風の森といふ所にたどりつく——時は下って、幕末に土佐脱藩の尊皇攘夷派の浪士たちが中心となって構成された天誅組の一人、歌人で国学者の伴林光平《ともばやしみつひら》も明治維新に五年先立つ文久三（一八六三）年八月十七日夕にここを通っている。もうすぐこの路線バスが到着する五條で、代官所を襲撃し代官鈴木源内らを殺して気勢を上げることになる先発隊は、道中、陣太鼓を打ち法螺貝を鳴らしつつ、河内から金剛山の南端を横切る千早峠を越えて来た。挙兵のことを大坂の宿で知った光平は、直ちに出立して生駒の峠を越えて法隆寺に到着したが、同志はすでに先行していたので急いで後を追って南下し、大和盆地南端の風の森に着く。夕雲のとだえをいづる月も見む風の森こそ近づきにけれ。生駒の山を越えた後、さらに九里の行程を急ぎながら雲間から出た十七夜の月を仰いでいるのは、いまの彼よりも五つほど年少ながら、その頃の歳の感覚では齢五十に余れる、翁である。当時の記述は陰暦なので、日にちから月の形がわかるのがありがたい。

だが天誅組は、蜂起した深夜に京都で政変があり、穏健派に過激派が制圧されてしまったために挙兵の大義名分を失い、暴徒として追討を受ける身となる。伴林光平は五條で合流して記録方を受け持ち、本陣を要害堅固な天辻峠に移した天誅組には、やがて彼が向かおうとしている十津川郷の郷士たちが加わることとなる。

名前の通り風が吹き抜けるらしく、にわかに吹雪き出したなか、彼は祠だけがあるという小暗い森のほうを見遣った。つい先ほど、「かもきみの湯」でバスを降り、傘を持たないようで、小雪の中一人立ち尽くしていた目が不自由らしい老婦人のことが気にかかっていた。誰か迎えでも待っているのならよいのだが……。

雲を透して射すわずかな薄日のほうへ顔を向けるようにしていた立ち姿が、知人のFさんのことを彼に思い出させた。二年前までは十年来、肩凝りや頭痛がするときに世話になってきた十五ほど年長の盲人のマッサージ師である。治療が終わり彼が衣服を着ている間、いつもFさんはおもむろに窓辺へと立って、レースのカーテン越しに外の方へと目を向けているのだった。微かに光が射し込んで来るのが感じとれるというように。まったく何も見えないというんじゃないんです。いつも目の前に靄がかかっているような感じで、ぼんやりと光は感じるんです、とFさんはつねづね言っていた。

震災から二日経ち、つながらない方が多いままでもときおり電話が通じるようになると、友人知人の安否を確認し合うのに追われたが、心配だった一人にFさんがいた。自宅を兼ねた治療院は、津波の被害はなかったが、避難所が設けられた地域にあった。独り身であり目が見えないことと恐がりな性格などを想像して、無事だろうかと何度も電話をかけてみたが、呼び出し音が聞こえてきても誰も出ず、避難所もしくは親類の家にでも身を寄せていればいいのだが、と思うよりほかなかった。

Fさんと電話で連絡がついたのは、三週間ほど経ち四月に入ってからのことだった。地震のときはちょうど治療中で、大きな赤外線スタンドが倒れたけれども、患者と一緒に治療ベッドの下に潜り込んで無事だったと聞かされて安堵したが、当日だけ近所の市民センターの避難所にいたときに、慣れない場所でまるで勝手が分からず、トイレへ立つときにいちいち人の手を借りなければならないので肩身が狭い思いをした、とこぼすのに彼ははっとさせられた。幸い翌日に姪が迎えに来てくれて、姉のところに三週間世話になっていたという。そして、甘い物好きのFさんに、友人知人から届けられた餡パンや菓子などの避難物資のお裾分けをしようと、やはりマッサージで世話になっている彼の妻が訪れた。まだ、パン屋や菓子店は店を再開していなかった。

それからふた月経った梅雨時に、開催が危ぶまれながらも開かれることになった東北地方の視覚支援学校の弁論大会で、彼は審査員を務めたことがあった。視覚障害を持った人たちが、どんな震災体験をしたのかが聞けると思ったが、震災のことはほとんど話題に上らなかった。弁論のすべてが自分の障害に関するエピソードを語ったもので、視覚を喪うという経験そのものが災厄と同等かそれ以上の過酷な体験であり、常に災後を生きていることに気付かされ、彼は己の不明を深く羞じることになった。そのときにも、避難所で肩身が狭かったというFさんのことが思い出された。

やがてFさんの治療院も再開され、震災から三年近くが経とうとしていた頃、彼が近くを通りかかったついでに何気なく立ち寄ってみると、二階のベランダいっぱいに家族ものの洗濯物が干され、玄関前にサイクリング車が停まっていた。怪訝に思って表札を見ると名字が変わっていた。それまであった年賀状のやりとりも翌年からは途絶えてしまい、まるで一陣の風に掻き消されてしまったかのように、Fさんはふっつりと行方が知れなくなってしまったのだった。

そんなふうに、震災以降に姿を見失ってしまった友人知人は彼の周りにまだほかにもいた。近所で突然家が取り壊されて更地になったかと思うと、またたく間に新築の家が建てられて見知らぬ住人が住むようになり、前住者の行方は知れなかったり、馴染みだった居酒屋が地震による全壊の認定を受けて大家が建物を取り壊して再建はされず、立ち退きを余儀なくされてしまったり、さらに彼自身にも覚えがあったが、震災直後の異様な昂揚感のためか疲れを感じず、やや落ち着いた頃になって過労によるとしか思えない突然死を遂げた者も彼の周りだけでも数人いた。それに加えて、ストレスが影響しているのか癌を患う人が目立って増え、そのうちの何人かは亡くなっていた。……

雪が視界を妨げるように激しくなり、運転手が鈍い音を立てるワイパーを動かし始めると、自分も世間から零れかけているような思いが兆した。

「東佐味《ひがしさび》」。「小山」。「居伝町《いでちょう》」。「住川《すがわ》」。停留所を通過する度に相変わらず運転手は指差し確認を怠らず、五條の町が近付くにつれて雪は小降りとなりワイパーも止まった。三在《さんざい》の交差点から左手に分岐しているのが伊勢街道であるという表示を見て、吉野や大和から紀州に行くためには五條は必ず通過する交通の要衝だったことが知れた。交差点を越えたところにあった「国道三在」の停留所を過ぎると、曇天の下でも漆喰に黒が映える重厚な瓦屋根の家が見えた。

「栄山寺口《えいさんじぐち》」という停留所にさしかかると、そこから左手の吉野川へと向かう方角に道が分かれており、その先に、天平以前の養老三（七一九）年に藤原不比等《ふひと》の長子である藤原武智麻呂《むちまろ》によって創建された大和でも最も古い寺の一つで、藤原仲麻呂が建立したと伝えられる八角堂で知られる栄山寺があるのだろう。武智麻呂の次男として生まれた仲麻呂は、天平九（七三七）年の天然痘の流行により、父武智麻呂と叔父の藤原房前《ふささき》、藤原宇合《うまかい》、藤原麻呂らを亡くしている。弾かれたように降車釦を押しては、急いでバスを降りて、車のほかには人通りのない道を寺へ向かってとぼとぼと歩いて行く自分の分身を見送る心地で通り過ぎた。

突然、目の前に、日本一の柿のまち、と書かれた大きな立て看板が道端にあらわれた。文字の上には、最近流行りのご当地キャラクターらしい擬人化された柿も描かれている。それを見て、このあたりは柿の名産地だったことに思い当たった。後ろの座席でも、日本一やて、と感心している声がした。かつては、秋の柿の季節になると、彼の住む仙台では隣県の福島産の柿がスーパーの店頭に並んだものだったが、震災による原発事故があってから、西日本の方の柿が取って代わって並ぶようになり、そのなかに西吉野と産地が表示されたものも見受けられた。吉野郡西吉野村は吉野郡大塔《おおとう》村とともに、いまは五條市に編入されている。

品種は定かではないが、それまではあまり見かけなかった平べったい形をした西吉野の柿は、肉質が緻密でうまかった。だが、その前に、福島県北部の名産で硫黄で燻蒸したあんぽ柿という干し柿にするすべての柿の実を土の中に埋めている映像をテレビで目にしたことが頭を過ぎり、やりきれない思いも抱いたものだ。それから二年かけて除染し、三年目には、食品を切り刻むことなくそのまま放射能検査ができる非破壊式放射能測定機を導入して全量検査ができるようになった一部の農協では、あんぽ柿の出荷が再開されていた。だが、五年経ったいまでも生産、出荷を中止している果樹農家もまだ多かった。

間もなくバスは、最初の休憩地である「五條バスセンター」に着いた。トイレは隣の大型スーパーの入口脇にあることを知らせてから、では十分休憩します、十三時五分出発ですのでそれまでに座席にお戻りください、と運転手が告げ、乗客たちが続々とバスを降り始める後に彼も付いた。おお寒《さぶ》、という声が挙がった。

小用を済ませてから、彼は国道に出て、柿の木はないかと辺りを見回したが見つからなかった。山の斜面に果樹園がないかと探したが、いまにも雪が落ちてきそうな空の下にけぶって眺望が得られない。目を近くに転じると、一〇〇メートルほど先に柿の葉寿司の出店の看板が見えた。最近では東京駅で駅弁としても売られているので馴染みがあった。休憩時間内に買って戻れない距離ではなく、昼時でもあり好物なので少し迷ったが、茶も欲しくなることを思ってあきらめた。次の休憩地の日本有数の吊り橋があると聞く「上野地」の停留所までは、今度は二時間の道のりとなる。

バスの座席に戻ると、敷地の端の詰所で運転手がうまそうにめはり寿司の弁当をつかっているのが見下ろせた。日本一いうから買《こ》うてみたわ、冷蔵のやつやけど。そう言いながら、隣のスーパーの袋を提げた団体客の男性がバスに戻ってきた。柿なんかわざわざ買うてくるもんやない、どこにでもある、採ってきて食うもんや。そやなあ、柿はいろんな人からもらうから、うちでも買わん。すかさず応じる声が挙がり、彼も思わず頬が緩んだ。そう言わんと、名物なんやから。柿は身体が冷えるさかい、宿着いたらありがたくいただくわ。

そんなやりとりを聞きながら、子供の頃、家の庭にも柿の木があった、と彼は思いを向けた。渋柿だったがたくさんの実を付け、木に登って採るのは彼の役目で、柿の木は折れやすいから気をつけるように、と籠を持った母親が下から注意した。柿の蔕《へた》に焼酎をつけてしばらく置いておき渋抜きをした実は、甘柿よりも大きく柔らかく甘いので彼の好物だった。いまでは、どちらかというと固めで歯応えのある実の方が好みだが。

　柿の実を採った後には、木にわざと一つだけ実を残しておいた。木守りといい、来年もよく実るようにという祈りをこめてだとも、旅人のため、あるいは冬を迎える鳥の餌に残しておくのだとも、こちらは父に教えられた。そんなふうにして親しんだ柿の木だったが、幹の中が洞《うろ》になっていたのだろう、ある年の台風で真っ二つに裂かれてしまった。

　彼が二十代の頃に東京で電気工をしていた時分は、公社住宅の修繕工事が主で東京の西半分の団地を経巡った。無花果《いちじく》、柿、栗、銀杏……、ところどころの団地にうまい果実のなる樹木があり、仕事の合間に工事用のスライド式の梯子を掛けてそれらを失敬するのが愉しみだった。その頃から、果樹の実を採って遊ぶような子供の姿を見かけなくなっていた。

　吉野の柿といえば、真つ赤に熟し切つて半透明になつた果実は、日に透かすと琅玕の珠のやうに美しい――と谷崎潤一郎が『吉野葛』で吉野の奥の旧家で振る舞われたずくしについて描いているのが初読の時から忘れられない。熟柿にするのは、よく読めば吉野の原産の柿ではなく、実は皮が厚く長楕円形で尻が尖っている蜂屋柿ともいわれる美濃柿で、旧家の主人が言うには、まだ固く渋い時分に枝からもいで、風のあたらないところに置いておき、十日ほど経てば自然に皮の中が半流動体になり、甘露のような甘味を持つのだという。

それには及びもつかないだろうが、なるほどこんな風味なのだろうな、と想像させられる熟柿に出会ったことが彼にもあった。一昨年の秋、韓国のソウルで韓屋に住む画家の主《あるじ》に庭で採れたという柿をご馳走になった。日本でいう十三夜の月が瓦屋根の上にのぼっていた夜だった。ちょうど食べ頃に熟しました、と言われて今年の初物だという柿を手にし、皮を剝ぐと、崩れる寸前のねっとりとした中身があらわれた。女性たちはスプーンで食べていたが、やはり主に倣い指をべたべたにしながら食べるほうが美味だった。柿を手で包み込み、主が軽く周りから押してみて、完全に熟しているかどうかを判じては勧めるままに、彼はウィスキーをやりながら三つ貪った。

そこまではよい記憶だったが、夜半に辞去して仁寺洞《インサドン》の宿まで三十分ほどの距離を歩いて帰っている途中に急に尿意に襲われ、旅先なので公衆便所の在りかもわからずに、ホテルの部屋に辿り着く直前に暗がりで粗相をしてしまった。酒で尿意が麻痺していたこともあるだろうが、柿には利尿作用があることをすっかり忘れていた、と宿の浴室で後始末をしながら彼は情けなく思った。以来、出先では、こまめに小用を済ませることを心がけるようになった。……

休憩時間が終わって運転手もバスに戻り、乗客の数を確認しはじめた。網棚の彼のリュックの横にいつの間にか置かれていたバッグを指差し、これお客さんの、と訊かれて彼はかぶりを振った。それ私のです、と通路を挟んだ向かいの男性が言った。休憩中に後ろのほうから移動させたのだろう。運転手は念のため不審な荷物ではないか確かめたらしかった。

今度は定刻通りにバスは出発した。すぐに国道を右折して、ゆるやかな坂道を上ると、JRの表記は五条駅でバス停は「五條駅」となっている駅前に着いた。駅前というものの再開発もされず手つかずの土地で、子供の頃に遊んだ原っぱを思わせるような懐かしさもあった。タクシーが三台客待ちしており、古びたバスの待合所もあるにはあったが閑散としていた。ロータリーというよりも横長の空き地といった空間でバスはUターンして、いくぶんは賑わいの残っている坂を下ってふたたび大和街道へと戻った。

「五條町」のバス停を過ぎると、右手に桜井寺があるのを見落とさないように彼は待ち受けた。松の木の下に桜井寺と刻まれた石柱のある入口を目にすることができた。天暦《てんりやく》年間（九四七〜九五七年）に桜井康成の創建と伝わるその寺は、代官所を襲って焼き払った天誅組が本陣を構え、五條を天朝直轄地とする旨を宣言し、五條御政府という看板を束の間だが掲げた場所だった。歴史ある場所には、明治維新までは斬首、処刑をともなういくさという災いもあり、境内には代官の首を洗った石手水鉢も残されているという。寺の隣は銀行の支店の建物になっていた。

すぐに本陣の交差点となり、このまま国道二四号を真っ直ぐ進めば橋本、和歌山。右に折れて国道三一〇号を行けば河内長野。左に折れて国道一六八号を行けば十津川、新宮という案内板があった。当然のようにバスは左折して、江戸時代の町並みが残っている新町への入り口の「戎神社前」の停留所を通過すると、やがて吉野川を渡りはじめた。

幅の広い流れの岸辺や小さな中州に、枯草色の、葦なのか荻なのか薄なのかが、ちらほらと見えて寒風になびいていた。北上川の河口近くで目にした葦よりは、だいぶ背丈が低いが、ここでも彼は葦のことに思いを馳せることになった。

そもそも、彼が、よしともあしとも読まれるイネ科の多年生の植物である葦に興味を抱くようになったのは、仙台平野の沿岸部を流れる運河の貞山堀の開削を指揮したと言われる川村孫兵衛《かわむらまごべえ》重吉《しげよし》のことを調べている中でだった。貞山堀の前身で、その南部分に相当する木曳堀《こびきぼり》は、伊達政宗が仙台城を築き、城下に町を作るのに必要な物資を運ぶために、木材の集積地である阿武隈川と、城下を流れる広瀬川と河口付近で合流する名取川とを結ぶ水路が必要となって作られた。開削の時期については諸説あり、鍬入れは政宗が徳川家康より新城築城を許可されて普請の縄張りを開始した慶長五（一六〇〇）年あたりか、それに先立つと見てよいだろうが、完成した時期は築城開始の年の一六〇一年とするものから、寛文八（一六六八）年だとする説まで実に六十七年もの開きがある。とりあえずの開通をみた初期の木曳堀は普請を急がされ簡単なものだったので、護岸を改修することなどに時間がかかったとも想像されるが、それにしても六十七年の歳月とは、と以前の彼にはやや訝しくおもえていた。

だが、今回の震災を経ることにより、彼はその歳月に別の意味を見出すようになった。つまり、木曳堀が完成する間には、巳刻過ぎ、御領内大地震、津波入る。御領内に於て千七百八十三人溺死し、牛馬八十五匹溺死す――と伊達家の記録にあり、松平陸奥守政宗献初鱈、就之政宗領所海涯人屋、波濤大漲来、悉流失、溺死者五千人、世曰津波云々――と『駿府記』には最古の津波の語句とともに記されている、慶長十六（一六一一）年十月二十八日に起こった慶長大地震とそれに伴う大津波があったことに気が付かされたのである。不十分だった木曳堀を改修して完成させることは江戸時代の震災復興事業でもあったのだと。

川村孫兵衛重吉は、一五七五年（一五七四年、一五七六年という説もある）に、長門国阿武郡に生まれ、はじめ毛利輝元に仕えたが、慶長五（一六〇〇）年の関ヶ原の戦いで毛利氏が大幅に減封された際に浪人となり、仙台藩の飛領だった近江国蒲生郡に滞在中、在京していた伊達政宗にその才能を見出されて家臣となったとされる。

妻が隠れキリシタンであったともいわれるためか、生年も定かでないことをはじめ、前半生の多くが謎に包まれている川村孫兵衛重吉の足跡を少しでも窺い知りたいという思いから、琵琶湖東岸に近い蒲生郡を四年前の冬に訪れたとき、近江八幡の西の湖周辺の葦原を貸し自転車で廻った。そこで水郷に小舟を出していた地元の人に、葦簀にするよしは、あしとは区別している、よしは節と節の間が空だが、あしは茎の中に綿毛状のものが詰まっている、あしは茎の中が詰まっていて腐りやすいので、葦簀には中が空で腐らないよしだけを用いるという話を聞いたのだった。

実際そのときに、かたわらに丈高く生い茂っている枯草を手元に引き寄せて一本手折ってみると、確かに茎の中は空だった。もう一本も空。そのとき足下でごそごそっと音がして鼬《いたち》が逃げ去った。葦の髄から天井を覗く、ということわざもあるが、葦の穴がふさがっていたら狭い天も見えはしないか、と納得させられた。

ところが、旅から戻ってきて改めて葦を辞書で調べてみると、よしで引けば、あしに同じ、とあり、その前に、アシの音が悪しに通じるのを忌んで、善しに因んで呼んだもの、という註が付けられている。いっぽう、あしを引くと、イネ科の多年草。各地の水辺に自生。世界で最も分布の広い植物。地中に扁平な長い根茎を走らせ大群落を作る。高さ約二メートル。茎に節を具え葉は笹の葉形。秋、多数の細かい帯紫色の小花から成る穂を出す。茎で簾《すだれ》を作る。よし。そう記されてあり、よしもあしも特に植物の種類を区別しているわけではなかった。古くは、『古事記』の記述にある日本の別名、豊葦原の瑞穂の国は、とよあしはらのみずほのくに、であるから、あしと呼ばれていたようだが。

その二年後、北上川河口近くの葦を使った茅葺き屋根工事をしている会社の会長にも、よしとあしについて訊ねた。すると、このへんでは、よしもあしも区別なく、屋根材になれば茅《かや》というのが普通の呼び名です、という答えが返ってきた。そのおおらかな捉え方にも惹かれる思いが湧いた。

ここは、元は田畑だったのが、明治末から昭和の初めまでかかった北上川の大改修で移転して川に沈み、葦原になったんです。海が近いので干潮の時に作業をする、というのがこのあたり独特のやりかたで、そのときには小高くなっているところが畔だとか、昔の田んぼの様子が津波の前にははっきりわかっていました、と会長は言い加えた。当時は、洪水を防ぐためだと言われれば、満足な補償がなくとも、田畑をつぶすのに従うしかなかったのだろう。それでも津波は防げなかった。何度か訪れたことがある鉱毒被害の跡地が広大な葦原になっている北関東の渡良瀬遊水地も重なって浮かんだ。

辞去して、待ってもらっていたタクシーで石巻まで戻る車中から、彼はふたたび葦原を見渡した。まさに田五百石を給せんとす、重吉之を辞して野谷地を請ひ受けて田を開く、官之を聴く、即ち田百石を野谷地に賜ふ——伊達政宗から五百石で召し抱えると言われたときに、川村孫兵衛重吉は、それなら領内の野谷地を賜りたいと答えて、与えられた荒地を新田に変え、近くの木曳堀の開削の指揮にあたった。その後、古来暴れ川だった北上川の改修工事も行い、舟運路としての機能を飛躍的に高めたことで、石巻は江戸廻米の一大集積地となった。震災の一年後の春に貞山堀の岸辺を歩いたときにも、浸水した跡から葦が芽吹いていたことを振り返り、陸奥に流れて来た川村孫兵衛重吉も、妻を残してきたと伝えられる近江で見慣れていたはずの葦を東北の地で目にして心を安らがせることがあっただろうか、とそのときの彼は思った。……

それにしても、葦のことをよしともあしとも読んで、善悪双方の意味となるのは興深い。吉野川を渡ってからも、彼の葦への思いは持ち越されていた。

漢字も、同じ植物であるにもかかわらず、さまざまに葦、蘆（芦）、葭をあてる。もっとも、江戸後期の本草学研究書である『本草綱目啓蒙』によると、葭ハ初生ナリ、蘆ハ長ナリ、葦ハ已成ナリ、而シテ蘆ハ其総名ナリ、とそれぞれの漢字の意味するところは区別されており、それに倣えば一般的には蘆と表記するのが妥当のようにも思えるが。蘆荻《ろてき》といえばアシとオギ、水辺に生える草の総称となる。鳰《にほ》の浮巣の流れとどまるべき蘆の一本のかげたのもしく——と伊賀国生まれの芭蕉は『幻住庵記』に表し、あしと読ませていた。

植物図鑑にあたると、ススキもオギもヨシ（アシ）もイネ科の植物で、山野や路傍に生えるススキは、葉が細くて中央に白いすじがあって株になる。湿地に生えるオギは葉はススキと似ているが、株にならず茎が土の中を這って一本ずつ立ち、穂の色はススキよりも白い。根元が水に浸かっていることが多いヨシは、葉の幅が広く中央のすじは目立たず一本ずつ立つ。現代の植物分類学での標準和名はヨシ。ちなみに茅（萱）は、茅葺き屋根工事をしている会社の会長に教わった通り、単独の植物を指すのではなく、イネ科のススキ、ヨシ、チガヤ、カルカヤ、それからカヤツリグサ科のスゲ（菅）など、屋根を葺く丈の高い草の総称となる。

辞書では、あしの項の用例として、難波の葦《あし》は伊勢の浜荻、が南北朝時代に撰集された連歌集の『菟玖波集《つくばしゅう》』から採られていた。物の名や、風俗、習慣などが、土地によって違うことの譬えに用いられる言葉だ。

そのことを彼は、中国地方で柏餅を出されたときに実感した。東では、柏餅といえば餡の入った餅が一枚の柏の葉で包まれているのが相場だが、柏よりも小ぶりの、丸みを帯びた楕円形の葉二枚で挟むようにして包まれており、聞くと、秋に朱い実を付けるサルトリイバラの葉で、地元ではこれが常識だという。以来、全国各地を訪れたさいに、柏餅を包んでいる葉のことを訊ねてみると、西日本のほうではユリ科のつる性落葉低木のサルトリイバラの葉であることが多く、名前も柏餅ではなく、しばもち、かたらもち、と呼ばれることもあった。ほかに中部地方ではホオノキの葉を用いていたり、鹿児島では肉桂の葉で包んでいるところもあった。

なぜ東国ではブナ科の柏の葉なのか、が気になって調べてみると、一八四三年に山崎美成が江戸時代の風俗を記した『世事百談』に柏餅の項目があるのに行き当たり、そこには、端午の日に、柏の葉に餅を包みて、互ひに贈るわざは、江戸のみにて、他の国にはきこえぬ風俗にして、しかもまた古き世よりのならはしにもあらざるにや――と記述され、延宝八（一六八〇）年作の水巴の句、押しならべ両葉が間やかしはもち、が挙げられていた。

もともとは、『万葉集』にも詠まれているかしはとは通名で、食べ物を蒸すときに下に敷いた炊し葉のことを指していたものらしい。カシワの葉で包むからかしわもち、なのではなく、かしわもちを包む葉のことを総称してかしはと呼んでいたのが、江戸で柏に特定された柏餅ができたのは、秋に枯れた柏の葉が春に新芽が出るまでは落葉しないことから、武家社会において代が途切れない縁起物とされたことに因るらしい。

縁起を担ぐといえば、江戸時代の初めに、現在の日本橋人形町のあたりに最初の吉原の遊郭ができたときにも、そこが葦原《あし》が広がる低湿地だったので、あしが悪しに通じるのを忌んで吉原としたと言われている。もっとも、徳川家康が幕府を開こうとした当時の未開の江戸は、東側の多くは葦が生い茂る低湿地で、西側が薄や荻が生い茂る台地だったのだろう。葦立に由来する足立、菅茂に由来する巣鴨、荻が茂った窪地の意味の荻窪といった地名にそれが残されている。

あしをよしと言い換えるようになったのは、伊勢島には浜荻と名づくれど、難波わたりにはあしとのみいひ、あづまの方にはよしといふなるが如くに――と嘉応《かおう》二（一一七〇）年の『住吉社歌合』にあり、平安末期の頃と想像されるが、難波潟短きあしのふしのまも逢はでこのよを過ぐしてよとや――という伊勢の歌が『新古今和歌集』には見られるので、都の公家、歌人たちはあしと呼んでおり、同時期に興った武士たちが、柏餅の柏の例と同じように縁起を担いでよしと呼び始めたのではないか。……

「大川橋南詰」。田畑が開けたところにあった「野原」の停留所を通過し、「五條病院前」で、「五條バスセンター」を出てから初めて路線バスは停車した。相変わらず雪がはげしく降りしきるなか、スカーフを頬かぶりにした七十年配の小柄な婦人が乗ってきた。右腕にギプスをしていた。彼が居住まいを正すようにすると、小さく会釈して横に坐った。

交差点を過ぎると道が狭くなり、まもなく「霊安寺《りょうあんじ》」の停留所に差しかかった。町名にとられた霊安寺は廃寺となっているが、隣の鬱蒼とした森の中に御霊神社があり、井上《いかみ》内親王が祀られている。井上内親王は、聖武天皇の皇女として生まれ、夫の白壁王が光仁天皇となり即位したのにともない皇后となったが、七七二（宝亀三）年に光仁天皇を呪詛したとして皇后を廃され、子の他戸《おさべ》親王も皇太子を廃された。さらに翌年には、光仁天皇の姉の難波内親王を呪詛し殺害したとして、他戸親王と共にこの宇智の地に幽閉され、七七五年に他戸親王と同日に薨去《こうきよ》した。井上内親王は、現身に龍になり給ひにき、と『水鏡』は記す。

それから後、二十日ばかり夜ごと瓦や石、土くれ降りき。つとめて見しかば屋の上に降り積もれりき――、冬雨も降らずして世の中の井の水みな絶えて宇治川の水既《すで》に絶えなむとする事侍《はべ》りき――と天変地異が続発し、光仁天皇や井上内親王追放の首謀者藤原百川《ももかわ》らは、鎧兜《よろひかぶと》を着たるもの百余人来たりて吾を求むとたびたび見えき――と悪夢に悩まされるようになり、とうとう百川も急死するに及ぶ。

これらは、他戸親王の異母兄の山部親王（のちの桓武天皇）の立太子を目指した藤原百川の策略によって、冤罪に問われて幽閉されたとも毒殺されたともされる井上内親王の祟りによるものだと恐れられ、その怨霊が龍となり藤原百川を蹴殺した、と『愚管抄』は伝える。そして、光仁天皇の後に即位した桓武天皇は、平城京から長岡京に遷都を行った後も怨霊を恐れ、延暦九（七九〇）年に勅願で御霊神社（本宮）を創祀し、井上内親王にも皇后の位が復され、吉野皇太后の称号が贈られた。そういえば、坂上田村麻呂を抜擢して蝦夷討伐を敢行し、田村麻呂が阿弖流為《アテルイ》らを京へ護送し、現在の盛岡に志波城を築いて東北地方がほぼ平定されたのも桓武天皇の治世の下でだった。

御霊信仰は、非業の死を遂げた人の怨霊の祟りによって地震、雷、大火、風水害といった天災や疫病、政変などが起こると考えて、怨霊を鎮めて御霊とすることで祟りを免れるというもので、貞観地震のあった八六九年には京都で御霊会が行われ、これが祇園祭の起源ともされる。十三世紀には御霊本宮から十箇所に御霊神社が分祀され、さらに宇智郡各地に勧請されて御霊信仰が一円に広まり、五條市内だけでも現在二十三もの御霊神社があると聞く。

その地をバスで通りながら、五年前の震災での、津波の直接の犠牲者はもとより、その後、過労や心身を消耗させて亡くなった知人たちの霊のことを彼は思わずにはいられなかった。その中には、自死した叔母もいた。自宅での身内だけの葬儀の場で、二十五年ほど前に未成年で亡くなった息子に呼ばれたのだと親族たちは口にしたが、繊細な神経が震災後の人心が荒んでいると感じられる世の中の遣り切れなさに耐えられなかった、と彼には思えてならなかった。七年前に彼が父の最期を看取ったときに、ひと回り年が離れた姉である母親の肩を抱いて一緒に付き添ってくれたのもその叔母だった。彼女が自分の息子を看取ったのも同じ病院だ、と彼は後で気付き、何とも申し訳が立たない思いがした。花の晨《あした》に片頰笑み、雪の夕べに臂《ひぢ》を断ち——小児麻痺で少し足が不自由だった叔母がよく口ずさんでいた御詠歌の哀調を帯びた節が蘇ると、花の香を嗅いだ心地になった。子供だった彼がよく母方の実家に預けられたときに、叔母はまだ未婚で家におり、こまめに面倒を見てもらったものだった。彼が近くの川で足を滑らせて塡まってはズボンを濡らして帰ってくると、よく川に塡まる子だっちゃねえ、とからかいながらも身体を拭いて着替えさせてくれた。……

隣で婦人が三角巾で吊った腕を窮屈そうにしているのを見て、大変ですね、と思わず彼が声をかけると、雪道で滑り、手を突いて骨折してしまったということだった。十津川村から延々と片道三時間もかけて通院していると聞いて、彼はこの路線バスの旅を思い立ったときから何度も目にして頭に入っている時刻表を思い浮かべた。おそらく、「新宮駅」を朝の五時五十三分に出発し「十津川温泉」を八時一分に通る一便に乗ってきたのだろう。それだと午前十一時前に五條の病院に着く。それから治療を受けて、午後一時半頃にやって来るこのバスに乗って午後四時過ぎに十津川村に帰る。十津川のバス停から家までは近いんですか、と訊ねると、十津川温泉の停留所に着いたら、今度は村営のバスに乗り換える、という答えが返ってきた。

うまく再現できないのがもどかしいのだが、その口調に、関西弁らしさがあまり感じられないことに彼は気付いた。語尾に方言はあったが、たぶんアクセントがちがうのだろう。東の年配者と話しているようでもあった。天嶮の地であると聞く十津川村には、諸方からさまざまな流入者があったといい、明治維新の地租改正まで、長い間公租を免れる免租地であり続け、藩に依らない自治権が認められていたとも聞くので、もしかするとそうした影響が言葉にも残っているのだろうか、と彼は想像した。

いったん丹生川を渡ったバスは、T字路を左に折れて丹生川沿いの道を進んだ。「丹《たん》原《ばら》」。「上丹原」。道はさらに狭まった。右手に果樹園があり、柿の木かと目を瞠ったが、雪で定かではなかった。柿の直売所の看板も見えたが閉まっていた。次はおぶす、おぶす、というアナウンスに文字を確かめると「生子」で、これも普通には読めない。山間に入って行く道はどんどん狭まり、右手の車窓に迫った山の斜面には、土砂崩れ防止のネットが張りめぐらされるようになった。いったん流れから離れ、また近付いたと思うと「老《おい》野《の》」。右手に、これが吉野杉なのだろう、雪をかぶった杉林が見えてきて旧西吉野村に入ったことが実感された。

次第に標高が高くなっていくようで、左手に切り立った崖に丹生川が見えるようになった「老野南口」を過ぎて小さなトンネルを抜けると、次は「神野《こうの》」。初めて聞く名前ばかりで由来も知らないが、不思議と懐かし味を帯びているのは何故だろう、としばし考えていた彼は、地方の路線バスの停留所には字《あざ》の感覚がまだ残されているからかもしれない、と思い当たった。

子供の頃、彼の生家がある界隈は、南小泉字桃源院東という字で呼ばれていた。旧奥州街道の国道四号に架かった広瀬橋の袂から海の方へと折れる井土浜街道の根元に桃源院という黄檗宗の寺があり、今では彼の父の墓所もそこだが、寺からその街道をおよそ一キロ東に下ったところに彼の生家はあった。それが、現在も使われている若林何丁目何番何号という機械的な住所表記に変わったのは、小学生の頃だっただろうか。大人たちも地縁の煩わしさから逃れたような明るい顔付きで歓迎していたような記憶がある。その元になった一九六二年に施行された住居表示に関する法律は、町をわかりやすくしたり、郵便物を配達しやすくすることを目的にした制度だが、多くの歴史的地名を持つ字の消滅にもつながった。若林という地名は伊達政宗の隠居所だった若林城があったことに因んでいるので歴史が無いとはいえないが、字表記の方が、土地の雰囲気を濃密に表していたことは否めない。

最寄りのバス停は「松原公会堂前」で、彼の母親は親戚たちから、松原の姉さん、松原のおばちゃんなどと呼ばれていた。松原は広瀬橋下の川に沿った地域で、昔は松原が続いていたのだろう。ここには松原地蔵尊があり、天保年間に陸奥を襲った大飢饉で仙台藩だけでも二十余万人が餓死したと言われる死者たちの供養の為に建てられたと伝えられていた。そんなおどろおどろしい記憶を留めた松原の名を付けたバス停はすでに無く、いまは「若林二丁目」といういかにもすっきりとしたバス停の名になっていた。

戦後の世の中から字への意識が失われたことを危惧する声は、過去の水害の記憶を訪ねた旅の折にもしばしば耳にしたことだった。熊野の新宮市で、昭和十九年十二月七日の東南海地震と昭和二十一年十二月二十一日の昭和南海地震のことを伺った八十過ぎの方は、災害地名の調査もしており、二〇一一年の八月から九月にかけて紀伊半島を襲った大水害で那智川の流域にあり被害が大きかった場所が、昔から知られる災害地名の蛇落野《じゃらくの》が転訛した条直野《じょうろくの》という字を持つ土地だったことに注目していた。災害地名に関心を抱くようになったのは、国民学校の二年生だったときに、東南海地震の津波を目撃して植え付けられた恐怖心だったという。

それから三年後、広島市でも七十四名の死者を出した大規模土砂災害が発生した。特に被害が大きかった安佐南区八木三丁目の旧地名は上楽地芦谷で、さらにその前は蛇落《じゃらく》地《じ》悪《あし》谷《だに》だったと知って、前の話との類似に驚かされ、暗然たる思いに沈んだ。

土砂崩れのことを蛇抜けとも言い、蛇が付く地名は鉄砲水や山津波が発生した場所に付けられる。大きな蛇が頭上から落ちてきたときの恐怖を彼は想った。昭和四十二年八月に羽越水害に襲われた荒川が流れる新潟県の関川村を訪れたときにも、村には大蛇による洪水伝説のある蛇喰《じゃばみ》という集落があった。東京の目黒区にもかつては蛇崩《じゃくずれ》という地名があり、大水で崩れた崖から大蛇が出たという伝説があったが、昭和七年の目黒区誕生を機に姿を消した。交差点にはいまでも名前が残されているので、彼は電気工として都内を駆け巡っていた頃に目にして、妙な名前だと思ったものだった。確かに蛇と付くと、耳触りのよい地名ではないので、あしをよしと言い換えるのと同じように、名前を変えたい思いもわからないではないが、地名の改竄は歴史の改竄に繋がる。

東日本大震災の時にも、被害に遭った沿岸の土地の名前が、平成の大合併によって地名が変えられてしまっているので、土地の記憶とうまく結び付かないことがあった。東松島市の野蒜地区は合併前の鳴瀬町野蒜のほうが、南三陸町も志津川町、歌津町のほうが昔から慣れ親しんだ地名であり、津波で七十四名の児童と十名の教職員、スクールバスの運転手も亡くなった大川小学校も、石巻市というよりも河北町といった方が場所がつかめる思いがしたものだった。

しかし、地名をよく見せたいという思いは、何も戦後に始まったものではなく、すでに奈良時代にその先駆が見受けられるようだ。元明天皇の世、七一三（和銅六）年に発せられた勅令、いわゆる好字令である。それまでの旧国名や郡名、郷名の表記は大和言葉に無理に漢字を当てたもので、漢字の当て方が一定していなかったり無理があるものもあった。そこで漢字を当てるさいにはできるだけ好字を用い、二字の名称となるようにしたので好字二字令ともいう。泉が和泉に、近淡海《ちかつあはうみ》が近江《おうみ》に、遠淡海《とほつあはうみ》が遠江《とおとうみ》というように……。

これは、遣唐使が唐で日本の地名を説明するときに、粟《あわ》国や木《き》国、无耶志《むさし》国などという文字に引け目を感じ、洛陽や長安などの中国の地名に倣ったからだとされる。そして、阿波国、紀伊国、武蔵国などとしたというのである。そのときに、北関東の上毛野国、下毛野国も、毛の字が無い上野《こうずけ》国、下野《しもつけ》国に変わり、その地を流れていた毛野河は後に鬼怒川となった。……

次は、あのうわだきたぐち。丹生川沿いに走ってきた路線バスの女声のアナウンスにあのうと聞いて、咄嗟に彼は穴太という漢字を想った。琵琶湖西岸に沿って走る京阪石山坂本線に穴太《あのお》という駅があり、城郭などの石垣を積む石工の集団として知られる穴太《あのう》衆ゆかりの土地だということで、降り立ってみたことがあった。だが、前方の表示は「賀名生和田北口」と出た。遅蒔きながら彼は、二つの朝廷が対立した南北朝時代に、後醍醐天皇、後村上天皇などの行宮《あんぐう》があったとされる賀名生《あのう》の地にこれから差し掛かることを知った。

トンネルを抜けた右手の丘陵には、一目万本、東雲《しののめ》千本なども言われ、麓から中腹まで覆い尽くすように二万本の梅が咲き誇る賀名生梅林があると聞いていたが、急勾配の山裾の道を進んでいるのと降りしきる雪とで、あいにくそちらへは視界が得られない。反対側の谷を挟んだ遠くの丘陵地にも梅林がありそうなのが雪の切れ目から辛うじて窺えた。急斜面のずいぶん高いところに人家が踏み止まっているのも見えて来ると、どうやって下界と行き来しているものか、と首を傾げる心地となった。二十年ほど前に、ノルウェーのフィヨルドを行くフェリーで一緒だった仔犬と赤ん坊を連れた若い女性が途中の船着場で降り、迎えの青年の姿も見えた一家の背後には、急斜面の岩場が立ちはだかっているばかりだった不可思議な光景が蘇った。

「賀名生和田」。「賀名生農協前」。「上和田」。このあたりは山間に集落がわずかに開けており、バス停の間隔も二〇〇〜三〇〇メートルごとと短い。時間調整のためか、運転手は無人の停留所でも停車して、後続車両を前に行かせた。丹生川の流れもぐっと近くなった。酒屋へ三里豆腐屋へ二里、とは辺鄙な土地の譬えだが、酒屋もあり、油揚げの貼紙をしたうまそうな豆腐屋も見受けられた。鍼灸指圧の看板が出ていた「上和田」のバス停から、茶色い杖を突いた年配の男性がひさしぶりに乗客となった。

それにしても、賀名生をかなうやかなおなどと読むならわかるが、あのうと読むのはいささか無理筋に思えて、彼が家に戻ってから調べたところでは、やはりもともとは穴生あるいは穴太と書いたようだった。吉野にある、頼朝の追手を逃れて来た源義経が隠れ住んだと伝えられる吉水神社の建武の頃の文書に、宇智郡西穴生荘と荘園名で記されたものがあり、建武の新政の崩壊後に足利尊氏によって京都の花山院に幽閉されていた後醍醐天皇が秘かに脱出し、延元元（一三三六）年十二月にここに到ったときには穴生だったと推察される。後醍醐天皇は当地に留まるのを断念し、五日後にさらに吉野山へと逃れて南朝（吉野朝廷）を成立させた。

また、南北朝時代の公卿で南北両朝から厚い信任を得たとされる洞院公賢《とういんきんかた》の日記である『園太暦《えんたいりやく》』の文和《ぶんな》元（一三五二）年二月二十六日条には、――伝聞、今上皇帝令出穴太此間改名於賀名生宸居《しんきよ》、令赴住吉給――とあり、当時の今上皇帝こと後村上天皇が、穴太を賀名生に改名した行宮を出て摂津国住吉に赴いたことを伝え聞いたと記されている。その記述からは省かれているが、正平三（一三四八）年に足利方の高師直に吉野を襲撃されて行宮を吉野からこの地に移した後村上天皇は、南朝が正統でありたいと叶名生《かなふ》と名付け、正平六年に足利尊氏が一時的にだが南朝と和議を結んで帰順した正平一統が実現すると、願いが叶ったことから賀名生に改められたと現地では伝えられている。そして、明治になって、当初の読みのあのうに統一されたというのである。

それらを知って、改めて地図を見てみると、五條市西吉野町賀名生のそばには、改められる前の名残らしい向加名生という地名もあり、読みを調べるとむかいあのうだった。地名の消失は、由緒ある賀名生も例外ではなかったようで、昭和三十四年に賀名生村が白銀《しろがね》村、宗檜《むねひ》村と合併して西吉野村となったときにいったん消えて、賀名生の里と通称されるのみとなったが、平成十七年に五條市に編入したのち、平成二十三年に西吉野町和田地区の一部が西吉野町賀名生と変更されて、住所表記として復活した。字としては和田、向加名生などとされていたようだ。

路線バスの車窓からは、九十七代後村上天皇、九十八代長慶天皇、九十九代後亀山天皇を指すのであろう、南朝三帝ゆかりの地という看板は目にしたものの、『神皇正統記』を著した北畠親房の墓のあたりも、南朝の皇居跡の堀家住宅のあたりも舞う雪に掻き消されて定かには出来ず、通り過ごしてしまった思いが残った。

賀名生の集落を抜けると、右手に丹生神社があり、葉を落としていたが樹形から公孫樹らしい大木が見えた。そこから道は琵琶首状に大きく蛇行する丹生川に沿って曲がりはじめ、支流に架かった小さな橋を渡ると、やはり読み名が独特な「大日川《おびかわ》」のバス停を通過した。流れと反対側の右手には杉と檜の林が続き、丈高く直立した幹の根元の方だけが見えていた。葉が見えないので、最初は杉と檜の区別が付かなかったが、目を注ぎ続けていると、杉の樹皮が細かく鱗片状になっているのに対し、檜の表皮はめくれており、雪に濡れて赤身を帯びているという違いがわかるようになった。川岸に製材所らしいものも見えて来た。

Ｓ字に道を曲がりきると「黒渕」。そこから一キロ近く黄色いライトの連なりが続くトンネルを抜けると「黒渕口」で、左手は岩を噛む清流のたたずまいとなった。やがて下市の方へと向かう県道二〇号との分岐を過ぎると「城戸《じょうど》」。そこに南北朝の時代に吉野へ向かう途中に天皇が立ち寄ったと伝わる西吉野温泉の表示もあった。丹生川と支流の宗川の合流地点であり、ここから国道一六八号は支流の宗川に沿ってさらに南へと進む。

次の「塩川原橋」のバス停の名は、温泉に塩分が含まれていることからきたのだろうか。そのためなのか、右手に替わった川原には葦に似た植物も見えた。よしともあしとも読める葦のことを思い出して、彼は、ある意味で吉野も葦野であり悪し野でもあったといえるのではないか、という想像をふくらませた。次第に登りがきつくなり、「坂巻」を過ぎると山峡を進むといった気配が濃くなった。次の「宗川野橋」の停留所で、杖を突いていた男性が降りた。二叉になった道とともにさらに枝へと分かれた沢のほうに沿って進む道は、「市原」を通過して、さらに急な登りとなり、いよいよ峠が近くなってきたことが知れた。バスが重そうな唸りを立てはじめた。

いっそう強まってきた雪で視界が遮られ、吉野杉、吉野檜の根元ばかりが見えている山道を行きながら、彼は吉野について続けて思いを巡らせることとなった。吉野の地名は古く、天つ神の子であるとされる神武天皇の東征のさいに、八咫烏《やたがらす》に道案内されて熊野国から大和国に入る折に通った地として記紀に記されている。『古事記』にはそこで出会った国つ神として、阿陀の鵜飼の祖である贄持之子《にへもつのこ》、吉野首等《おびとら》の祖である井氷鹿《ゐひか》、吉野の国《く》巣《ず》の祖である石押分之子《いはおしわくのこ》が登場する。

時に筌《うへ》を作りて魚《うを》を取る人有り、と記される阿陀の鵜飼の祖とは、吉野河の河尻で出会ったとされ、吉野川の最下流にあたる五條市のかつては阿陀郷のあった阿陀比売神社のあたりらしい。そして、吉野の首等や国巣の祖は、光る井の中から出てきたり、石を押し分けて出てきて、どちらも尾生《あ》る人とあらわされている。いまでも吉野の川上村に井氷鹿の里があり、吉野町には国栖の地名が残り谷崎潤一郎の『吉野葛』の舞台ともなっている。尾生るは、現在でも吉野の樵は尾のついたままの獣皮を腰につけるというが、その尻当てを垂らしている姿が見えたとするのが通説のようだが、天つ神の側から見た吉野の国つ神こと先住豪族の描かれ方は、東北の蝦夷が毛人とも記されていたのを彼に思い出させ、吉野への親近感を抱かせたものだった。

この頃のくだりは、半ば神話の世界であるから正確な比定は難しいだろうが、神武から数えて二十一代目となり、中国の宋書、梁書に記される倭の五王の中の武に比定される雄略天皇は、吉野での狩りを好んだとされる。このあたりから、狩りに適した良い野であることから吉野となった、という地名の謂れが生まれているのだろう。『古事記』に描かれるこの雄略天皇と葛城《かづらき》之《の》一言主大神《ひとことぬしのおおかみ》とのやりとりの話が、彼には興味深かった。

雄略天皇が百官を従えて葛城山に登ったときに、向かいの山の尾根伝いに登っていく人があり、行列や装束も天皇の一行とそっくりだった。天皇が、この大和の国に吾をおいてほかに王はないのに何者か、と従者に問わせると、向こうからの答えも同じで、天皇がひどく怒って百官とともに矢を弓につがえると、向こうの人々もまた皆が矢をつがえた。そこで天皇は、互いに名を名乗ってから矢を放とうと提案すると、吾が先に問われたので吾の方から名乗りをしよう、吾は禍事《まがこと》も一言、吉事《よきこと》も一言で効験を顕す神、葛城之一言主大神であるぞ、と言った。天皇は惶《おそ》れ畏まって、自分の太刀と弓矢をはじめ、百官の衣服をも脱がせて、拝礼して献上した。すると一言主大神は拍手してこの奉物を受け、天皇が帰るときには皇居のある泊瀬の山の入口まで送ったという。

路線バスが通ってきた御所《ごせ》市にある一言主神社に祀られ、鴨の地とも関係のある国つ神の一言主神が託宣をなし、天つ神系の天皇よりも優位であったことが窺えるような話である。ところがこの説話は、時代が下るにつれて微妙に変化してくる。『古事記』から八年後の七二〇年に成立した『日本書紀』では、雄略天皇が葛城山で自分とそっくりの容姿をした一言主神に出会う所までは同じだが、互いに名乗り合った後に、馬の轡を並べて同じ鹿を追い駆けながら、矢を射ることを譲り合い、日暮れまで一緒に狩りをしたとされており、一言主神と天皇とが対等の立場になっている。

さらに、平安期の七九七年に奏上された『続日本紀《しょくにほんぎ》』では、高鴨神を再び葛城に祀ったことが述べられたところで、道鏡の弟子だった円興《えんこう》と、その弟の賀茂田守《かものたもり》が次のように言上したと記される。昔、雄略天皇が葛城山で狩をしているときに、老人がいていつも天皇と獲物を争っていたので、天皇は怒って老人を土佐国に流しました。その人は我々の先祖の神が化身して老夫の姿となっていたものなのです、と。そこで称徳天皇は田守を遣わして、神を土佐から葛城に戻し、本拠である高鴨に祀らせたというのである。ここでは高鴨神と一言主神が同一視されているようだ。

律令国家が整えられていくにつれて、大和朝廷に従わず異族視された土蜘蛛が住んでいたともされる葛城の有力豪族だった葛城氏の勢力が低下していくとともに、奉祭していた一言主神の地位も下がっていったのだろう。『日本霊異記』になると、賀茂氏の一族で七、八世紀に葛城山にこもって修行した修験道の開祖とされている役小角《えんのおづの》に使役される鬼神にまで零落している。役小角は初老を越えた四十有余歳の身でなおも巌窟に住み、葛の粗衣を着て松の葉を食い、清水の泉で沐浴し、これらの修行によって呪法を修め、霊術の力を身につけた。そして、多くの鬼神を誘いせき立てて、金《かね》の峯《たけ》こと金峯山《きんぷせん》から葛木の峯こと葛城山との間に橋を渡して通せ、と命じる。そこで神々は嘆き、葛城山の一言主神は人に乗り移って、役小角が謀反を企てていると朝廷に讒訴《ざんそ》し、時の文武天皇は役小角を捕縛しようとするが、験力のせいで捕まらず、人質としてその母を捕まえる。役小角は母を許してもらうために自ら捕まり、伊豆の島へ流される。三年の後、特赦の詔が下った役小角はついに仙人となって空に飛び去った。そして、一言主神は、役小角に呪縛されたまま今でも解けないでいると語られる。さらに、『役行者本記』では、黒蛇となって葛城東谷に投棄されることとなる。

『今昔物語集』にも同様の説話があるが、こちらでは鬼神たちはひどく見苦しい姿をしているので、夜ごとに隠れて橋を架けようとする。すると、役小角は一言主神を呼んで何の恥があって姿を隠すのか、と咎め、それならばとても橋は造れません、と一言主神が答えると、怒って呪縛し谷の底に置いたとされている。

芭蕉が、『おくのほそ道』の旅の二年前の一六八七年から翌年にかけて、深川から伊良湖崎、伊勢、故郷の伊賀上野を経て大和、吉野、須磨、明石へと旅をした折の創作を、芭蕉没後に大津の門人川井乙州《おとくに》が編集して成った『笈の小文』で、猶《なほ》みたし花に明行《あけゆく》神の顔、と葛城山で詠まれているのは、この説話を踏まえてのことだという。元禄十一（一六九八）年に、風国《ふうこく》が集めた撰集の『泊船集』には、句の前に――やまとの国を行脚して、葛城山のふもとを過るに、よもの花はさかりにて、峯々はかすみわたりたる明ぼののけしき、いとど艶なるに、彼の神のみかたちあしと、人の口さがなく世にいひつたへ侍ればーーと前文が付されているので、彼にも照応が納得された。

そういえば芭蕉は、役小角のことも『おくのほそ道』のなかで詠んでいた。栃木の修験光明寺を訪れた際に、高下駄を履いた役小角の像が祀ってあるのを前にしての、夏山に足駄を拝む首途《かどでかな》哉、の句は一晩で富士山に登り下りしたというその健脚にあやかりたいとの思いだろうか。……

これから登りますのが天辻峠です。「大久保口」を過ぎたところで、女声のアナウンスが流れ、バスは九十九折《つづら》りの雪道を慎重に登りはじめた。少し前から口数が少なくなっていた後ろの乗客たちが、固く押し黙っている気配が伝わってくる。彼も、五日前の軽井沢のバス転落事故のことをちらと頭に浮かべた。路肩の向こうは絶壁で、ガードレールの丈が低いのでバスの座席からはそれが見えず、直に谷底が覗いているように感じられる。ああ、怖いなあ。後ろで年配の女性のつぶやきが洩れ、崖に面した側の席を移動しようとしたのだろう、走行中の車内での座席の移動は大変危険ですのでお止めください、と運転手が落ち着いた口調でマイクで注意した。相変わらず、カーブミラーを見ては指差し確認を怠らず、対向車を確認するとしばし停車し、馴染みらしいトラックと最徐行して擦れ違うときには、ときどき互いの雪の情報を教え合っている運転手に、ここに来て彼は全幅の信頼を寄せようと思った。隣のギプスをした婦人は、険しい山道にも慣れた様子でうたた寝をしていた。

トンネル前で後ろの車を行かせるために停車し、席を移動するなら今のうちに、と促されて何人かが動いたが、渓谷は、前に左に右に、と車窓の側を替えてあらわれる。おもむろにハンドルを切っていく運転手の所作に、モンゴルを旅行したときに、ときおり停車しては草原全体を見渡すようにしてから、馬の手綱を繰るようにハンドルを切って道なき道を駆って行った現地の運転手の仕草が重なった。

遠くまで幾重にもなった山々の斜面が雪で白く粧われていた。こうなると彼には杉と檜は判別がつかない。そのなかに、緑の色合いがことなる箇所があるのに彼は目を留めた。樟《くすのき》や樫など常緑の照葉樹だろうか、遠目には幅の広い緑の帯となって見える。「下永谷《しもえいたに》」の停留所近くの斜面に、小さな針葉樹が植林されているのを見遣ってから、「永谷《えいたに》」に差し掛かると、突然、目の前に土色の肌を露わにした土砂崩れの跡があらわれた。多くの杉が無惨に倒されているのも見えて、それは津波に薙ぎ倒された防潮林を想像させ、山津波という言葉を彼に改めて思い知らせた。これまでも、賀名生を過ぎたあたりから、小さな崖崩れの跡は目にすることがあったが、これだけの規模のものはなかった。三年前に、二〇一一年の台風十二号による集中豪雨で土石流が生じた熊野の那智川沿いの那智勝浦町井関、市野々地区を見て回って以来のことで、おそらくここも同じ時に被害に遭ったものだろうか。

あれ見てみ、ひどいわー、ほんまやなー、という声が次々とバスの車内で挙がった。

ヘアピンカーブの途中左手に、峠とうふ店と書かれた看板が見えた。吹雪の中、店は閉まっていた。いよいよ天辻峠を越えると知れた。途中から積雪もあり、チェーンを履かずに大丈夫だろうか、と彼は案じていたが、どうにかここまで登ってきた。雪国というほどではないのだろう。標高九九三・四メートルの乗鞍岳の西方の鞍部にあたる天辻峠に、陰暦の文久三（一八六三）年八月、挙兵の大義名分を失い追討を受ける身となった天誅組が防戦のために五條から本陣を移した際には、秋口とはいえ嶮岨な山道に難儀させられただろうが、現在は昭和三十四年に峠の一五〇メートルほど下に穿たれた全長一一七四メートルの新天辻トンネルを抜けて越えられる。

まもなく、それらしい古びたトンネルの円い入口が見えてきた。バスは入口の扁額に辛うじて新天辻隧道《ずいどう》と読める前でウィンカーを出して一時停車し、後続の車を先に行かせた。その後も、運転手はすぐにバスを発進させず、人差し指をトンネル内に向けて、向こうから大型車が近付いて来ていないか慎重に確認しているようだった。その上で進入したトンネルは狭く、上部に一列だけ黄色いライトの列なりがあった。これまで通ってきたトンネルは、比較的広いと黄色いライトが両脇に二列あり、狭いと上部に一列だけになることに彼は気付いていた。

黄色いライトは低圧ナトリウムランプで、排気ガスや塵などの影響を受けにくいので光が透りやすく、紫外線をあまり発しないので蛾などの虫を呼ぶことがなく、外灯などに使用される水銀ランプに比べて消費電力が少なく済み、寿命も長いことからトンネルで使用される、とかつて電気工だったときに電球の交換にもあたっていた彼は思った。ただし、赤色が黒っぽく見えるなど演色性に劣るので、トンネル内に設置されている消火栓は蛍光の赤色で塗装されていたはずだ。整然と切れ間なく点る黄色い光の列は、保守管理している人の手を彼に想わせた。向こうから対向車が来て擦れ違う。普通車ならよいが、大型車同士は難しそうだ。路面の状態が悪く、バスの車内はがたがたと振動した。

見えてたら怖いでしょうねえ。

左右の視界が妨げられている中で、さっき見た崩落の景色が残像のように浮かぶと、身の裡から聞こえて来る声があった。白杖を畳んでリュックの脇ポケットに入れ、まなじりを上げ加減にして列車の窓外に意識を向けながら口を開いた青年の声だった。あれは五ヵ月ほど前の盛夏の時季だった。彼は、一九六八（昭和四十三）年八月十八日に、岐阜県加茂郡白川町の国道四一号において生じた飛驒川バス転落事故の現場を訪ねようと、美濃太田から白川口へ向かって飛驒川に沿って走る高山本線の普通列車に乗っていた。

お盆直後の週初めとなった八月十七日、彼は、早朝の東北新幹線でまず東京へと向かった。車内は思いの外混んでおり、ぎりぎりまで故郷や旅先に滞在し、そのまま職場に向かうとおぼしい人の姿が目立った。途中、集中豪雨により東海道新幹線の一部のダイヤが乱れている、という電光掲示板の案内が入り心配させられたが、東京駅での乗り換えはスムーズにいき、名古屋までは定刻に到着することができた。ところが、飛驒へと向かう特急列車に遅れが出ていた。前夜から朝にかけての集中豪雨で、ダイヤが大幅に乱れており、前がつかえているので、ところどころで停まりながらの走行となっていた。満員の車内は、世界遺産の白川郷や五箇山に行くのだろう、八割方が外国人旅行者で占められ、通路に大きなリュックを置いて坐っている者もいた。彼が隣り合わせたのも、アメリカから旅行で来たという小さな子供二人連れの夫婦の夫の方だった。妻は後ろの座席におり、姉弟と見える子供たちは、はしゃぎながら前後の座席を行ったり来たりしていた。

各駅停車に乗り換えるために美濃太田で降りた彼は、リュックを背負い白杖を手にした男性がホームの自動販売機の前で立ち竦んでいるのを見かけた。手に、買ったらしいお茶を持っているが、何か困った様子だった。どうしましたか、と彼が近寄って訊ねると、コーヒーはあるでしょうかー、と言う。ベージュのチノパンに黒いTシャツ姿で、歳は三十前後と見えた。ええ、あります。ブラック、微糖、ミルクコーヒー、カフェオレがあります。温かいのはなくて、全部冷たいのです。そう彼が教えると、朝ブラックを飲んだから、カフェオレにしようかな、と青年が財布の小銭入れのファスナーを開けて、お金取ってくださいと言った。彼はそこから百円玉と十円玉を取って自動販売機に入れ、カフェオレの釦を押した。カフェオレを渡してから、行き先を聞くと、高山本線の各駅停車を乗り継いで富山まで、ということだった。見当が付かず、何時間かかるのかと訊ねると、高山と猪谷《いのたに》で乗り継いで、およそ五時間半ほどだが、ダイヤが乱れているのでもっとかかるでしょう、と事も無げに答えた。

青年は、坊主頭だということもあるのか、彼が視覚支援学校の弁論大会の東北大会で審査員を務めた縁で知り合った、視覚支援学校の理療科でマッサージを教え、柔道もしているY先生に、おっとりとした雰囲気がどこか似ていた。生徒たちからは〝地蔵〟という渾名で呼ばれているというY先生とは、二度酒を酌んだことがあり、盲人が感じていることを色々と教えてもらった。例えば、バスで空いている席を教えてくれるのはいいけれど、腰をつかまれて、こっちこっちと引っ張られるのは嫌です。そういうときには、ここですと教えてくれれば、あとは自分で坐れますから。誘導してもらうときも、手を引っ張って連れて行かれると怖いので、並んで立って肩を貸してもらえると助かります、そうして、段差がある、など声をかけてもらえれば、などと。

五年前の震災後に会ったときには、健常者でも不如意だった暮らしに加えて夫婦ともに目が見えないことから、地震で温水器が壊れてしまった風呂に、奥さんが旦那が入っていることに気付かずに追い炊きの代わりに鍋で沸かした熱湯を入れようとして、それをもろにかぶって火傷をしてしまい入院したことが、笑い話のようにして語られたものだった。

普通列車の到着まではまだ時間がありそうなので、彼は、ホームのベンチに坐りましょうか、と青年を誘った。ありがとうございます、と応じた青年に、Y先生に教えてもらったように肩を貸して一緒に歩いて白いベンチへと向かい、並んで腰を下ろした。ああ、少し薄日が射してきましたね、と顔を空に向けて青年が言った。景色は見えませんが、雰囲気は伝わってくるので、それを感じるのが楽しいんです。のんびりと各駅停車に乗っているのが好きです、それから路線バスなんかも。ただ乗って運ばれているだけで楽ですから。それは彼にもわかる気がした。職場の夏休みを利用して大阪から来た、この路線を旅するのは三度目です、と言いながら、青年はリュックから紙包みを取り出して天むすを頬張りはじめ、お茶を飲んだ。確かに旅慣れている感じだった。そうか、コーヒーはあとで車中で飲むのか。車内販売はないし、道中はまだまだ長いものな、と彼は察した。

高山行きの普通列車が到着して、彼はふたたび青年に肩を貸して一緒に乗り込み、横並びの座席に隣り合わせに坐った。列車は飛騨川沿いに走り、渓谷の景色を見せ始めた。川は見えてますか、と青年が訊ねた。ええ、こちら側の右手にずっと見えています、と彼は答えた。ずいぶん増水して濁流となっています。岸辺のふだんは水に浸かっていないようなところまで水が来ていて、樹木が薙ぎ倒されています。ああ、上流からの流木も見えます。声に出して伝えることに慣れていないので、いくぶん照れ臭さを覚えながら説明してから、うるさくないですか、と彼が訊くと、何をおっしゃる、と青年は少し芝居がかった口調になり、とても助かります、と言い加えた。それで彼も、説明を続けた。川の手前は急斜面の崖になっています。常緑の檜と広葉樹が生い茂っていて、大きな葉を付けた朴《ほお》が目立ちます。ほう、朴ですか。何枚も葉っぱがプロペラみたいに付いています。ほう、プロペラみたいですか。朴は初夏に白い大きな花を付けて、甘い香りがするんです。それは嗅いでみたいですねー、と会話が弾んだ。

停車を繰り返しながらも上麻生駅を過ぎ、ふたたび飛騨川が見えて来ると、車掌が車内放送で飛水峡を知らせた。だが、飛水峡と思われるあたりは、さらに水嵩を増した濁流が流れており、V字に鋭く切り立った川の岩盤に、水流による浸食のために甌穴《おうけつ》と呼ばれる円形状の穴が数多く見られるという景観は、残念ながら茶色く濁った水中に没してしまい、かろうじてゴツゴツした岩肌の上部が覗き見えるだけだった。それを伝えると、残念ですねえ、と青年は言った。やがて左手にダムが見えた。

列車は通学の便ともなっているらしく、乗り合わせて向かい側に坐っていたジャージ姿の女子高生たちが、あれ見て、すごいよ、わー怖いよー、と指差しながら口々に言い合った。その先に、小さな土砂崩れの跡があったのを伝えてから、四十七年前のちょうどこの時季に、もう少し先に行ったところで、大規模な土砂崩れに巻き込まれて多くの死者を出したバス転落事故があったんです、と彼は言った。ああ、前に旅行したときに、確か聞いたことがあります。そうですか、私はこれからそこへ行くつもりなんです。彼は、峡谷を挟んだ向こうに見える国道四一号に目を向け続けていた。離れたかと思うとまた近付き、もうすぐ白川口駅に着くと思われたあたりで、事故現場はあの辺りだろうか、と彼は見当を付け、やはりずいぶん谷が深そうだ、と窓に顔をくっ付けるようにして見遣りつぶやいた。すると青年が、見えてたら怖いでしょうねえ、と思いがけない言葉を口にしたのだった。

青年と別れて、彼は白川口駅に降り立った。改札への跨線橋に、——お疲れ様　ここが

頂上　あと少し――と書かれた貼紙が見えて、遅れて到着した旅の疲れが少し解ける思いで微笑まされた。降りたのは女子高生二人と彼だけで、二人は出迎えに来ていた車で去って行った。彼は、晴れ間も見えて、シャーシャーと鳴く蟬時雨が降り注ぐ人気の無い道をリュックを背負って宿へと向かった。飛驒川に架かった大正時代に完成したという説明板のある鋼製の吊り橋の白川橋を渡る。眼下には濁流が轟轟と音を立て、白い飛沫を上げていた。飛驒川を見下ろす高台にあった宿までは、地図で見ると直線距離はさほどでもないと思われたのに、坂道をぐるりと遠回りさせられて、汗だくとなって宿に辿り着いた。

荷物を置くとすぐに、彼は宿の人にタクシーを呼んでもらい、飛驒川バス転落事故現場付近に、一周忌に合わせて慰霊のために建立されたという天心白菊の塔へと向かった。国道四一号を行く途中から、にわかに天気が崩れだし、遠くで雷鳴も聞こえはじめた。天を斜めに指呼しているような細長い三角錐に似た形をした慰霊塔へ着くと、明日の慰霊祭の法要を前に関係者が訪れたのか、黄色い菊や女郎花、桔梗などの供花があり、周りに咲き誇っている百日紅《さるすべり》の紅い花とともに小雨に濡れていた。

塔の脇の白い看板の由緒書きには――昭和四十三年八月十八日午前二時十一分この上流約三百米の国道四十一号線上で折からの集中豪雨を避難していた観光バス二輛が、山上から流出落下してきた土石流に押し流され、濁流渦巻く飛驒川に転落水没し一瞬にして乗客・乗務員百四名の尊命が奪われるという一大惨事が発生しました。しかも、この中濃地方で時を同じくして災害のため十四名の犠牲者が出ました。同年八月十七日夜半から十八日未明にわたり突如として襲った、異常にして激甚なる集中豪雨による災禍はまさにこの地方の機能を麻痺せしめ、各所に悲惨な被害と事故を惹きおこしたものでありました――云云と記されてあった。ガードレールから身を乗り出して崖下を見ると、葛が蔓延《はびこ》る向こうにいくつも白い渦を巻いた濁流が見えた。雨脚が強まり雷鳴も近付いてきたようなので、早々に引き揚げることにした。タクシーの運転手の話では、バス事故と住民被害をもたらした豪雨を指して、3・11ならぬ8・17として四十七年前のことが地元ではいまでも語り継がれているということだった。

今日も何だか厭な雲行きとなりましたね、と帰り際につぶやいた運転手の言葉どおり、宿の食堂で一人だけの夕食を摂っていると、雷雨がどんどん凄まじくなってきた。点けていたテレビのローカルニュースが、――高山　飛騨　今夜遅くまで土砂災害に警戒を　竜巻などの突風　落雷に注意を――というテロップを映し出した。昨日からこんなあいにくのお天気なのでいい鮎も入らなくて、と鮎が小ぶりなのを詫びた女将が、その代わりというように郷土料理の朴葉寿司を出してくれた。朴葉巻や朴葉味噌は知っていたが、鮭の切り身、きゃらぶき、椎茸、紅ショウガなどをのせた寿司飯が朴の葉で包まれている朴葉寿司は彼は初めてだった。女将に訊くと、旧暦の端午の節句に昔から作られてきたもので、朴葉には殺菌作用があり、花が咲く頃のものは特に香りが良いので、その時季に取って保存しておくという。

その頃までは、まだ物珍しい夕めしを味わう余裕もあったが、雷雨の中で湯に浸かる気にもなれず、さすがに草臥れたので早々に寝床に入り、部屋の明かりを落としてうとうとしていると、床下からドスンと突き上げられたような一撃で、彼は飛び起こされた。地震ではなく、近くに雷が落ちたのだろう。それからは、激しい雷鳴と、窓を青白く照らし出す稲光、どんどん水嵩を増していくらしい飛騨川の流れの音が耳について眠れぬまま、資料で読み知った四十七年前のバス事故のことを振り返ることとなった。

当時彼は九歳だったので、事故のことはおぼろげに記憶していただけだったが、この事故をモチーフとした小説を発表した女性作家と二〇一〇年の暮れに対談する機会があり、自然が牙を剝けば一瞬で人間を呑み込んでしまう危険を孕んではいても、日本的な奇跡的な美しさを感じさせる土地、という彼女の言葉が心に留まり、一度は現地に足を運びたいと思ったのだった。その思いは、東日本大震災による津波の被害を目の当たりにし、そこに自然の景観を損なう巨大な防潮堤が造られていくのを見続けている中で、さらに強まった。

犠牲となった観光バスの乗客たちは、名古屋市内の団地の住民が中心で、海抜三〇〇〇メートルの乗鞍岳からの御来光を見るという企画に人気が集まり、七百五十人以上もの参加者に十五台のバスが手配され、八月十七日午後十時十分に犬山を出発した。昭和四十三年といえば、高度経済成長期の折、家族でのバス旅行がブームとなっていたのだろう。彼自身も同じ頃、家族と共に、いまは石巻市となっており、東日本大震災の津波の被害も大きかった北上町の十三浜へ、地引き網体験の日帰りのバスツアーに行った記憶がある。

バスツアーの当日は、台風七号の影響で名古屋周辺は朝からにわか雨が降るぐずついた天気で、岐阜地方気象台は午前九時三十分に大雨・洪水注意報を、同十一時十分に雷雨注意報を発表していた。そのままならツアーは中止となったかもしれないが、午後になって雨が小降りとなり、晴れ間も見えてきたこともあり夕刻には注意報が解除された。午後七時の天気予報では、岐阜県の翌朝は晴れる見込みだと報じられたこともあって、主催者はツアーを決行する。だが、その後局地的な積乱雲が多数発生し、いまではよく耳にする、いわゆるゲリラ豪雨となった。気象台は午後八時に雷雨注意報を出し、午後十時三十分には大雨警報・洪水注意報に切り替えたが、携帯やスマホも無い時代だったので、それを把握するのは難しかったのだろう。そして、夜半近くにこの白川町の先の金山町の休憩所まで辿り着いたところで、激しい雷雨による道路状況悪化でツアー延期が決断され、日を越えた頃、名古屋へと引き返すこととなる。ここで留まって天候回復を待てばよかったが、結果的にはそれが命取りとなってしまった。

二つのグループに分かれて走っていた中、先を走っていた第一グループの六台のバスは、度重なる土砂崩れで進路が前後ともに完全に阻まれ、猛烈な雷雨の中で立ち往生となった。そして、四十分ほど経った午前二時十一分、物凄い雷と同時に巨大な土砂崩れが発生し、直撃を受けた三台のバスのうち七号車はかろうじてガードレールに押し止められたが、五号車と六号車の二台のバスは増水した飛騨川へと呑み込まれてしまった。

バスが転落するのをなすすべも無く目撃していた人々の姿を、寝床で彼が思い浮かべると、四年前の震災の津波のときのことが重なった。見えていることが何の助けにもならず叫ぶよりほかない、立ち往生の明視。

遠くでダムの放流を知らせるサイレンが鳴った気がした。幻聴かもしれない。崖下の飛騨川の水音は、相変わらず高まって聞こえているが、雷はおさまり、叩き付けるようだった雨もいくぶん小降りとなったようだ。四十七年前、飛騨川に転落した二台のバスのうち、五号車の車体は翌日に転落現場から約三〇〇メートル下流で横倒しになって圧し潰された状態で発見され、四十一名の遺体が収容されたが、もう一台の六号車は発見できず、まだ残されている多数の行方不明者を捜索するために、事故現場の上流にある上麻生ダムと、そのさらに上流の名倉ダムの放流を停止し、川の水が引いたわずかな時間を利用しての捜索が行われたというときのことを彼は想像していた。

増水時にダムのゲートを閉鎖することは、ダム本体の決壊を招く可能性もあるので、ダム管理上前代未聞の措置であり、水位零作戦と呼ばれたその作戦は、事故から四日後の八月二十二日に決行された。そして、六号車が転落地点からおよそ五〇〇メートル下流の川底で仰向けになり半分砂に埋もれ岩に引っかかった状態で見つかった。だが、ダムの貯水湖が満水になり危険な状態となったために、捜索隊は待避を余儀なくされ、いったん再放流が開始された。そのときもサイレンは鳴っただろうか。水位零作戦は二十三日と二十四日にも繰り返されて、ようやく無惨に折れ曲がったバスの車体を引き揚げることができ、子供の遺体も見付かったが、多くの行方不明者はさらに下流へと流されてしまっていた。そこで次には、飛水峡よりも下流にある川辺ダムの人造湖である飛水湖の貯水を全放流して捜索した。それでも、伊勢湾まで漂着していた遺体もあり、結局九名が行方不明のままとなったという……。

寝床で、それきり立たない音に耳を向かわせていると、子供の頃にサイレンの音に怯えさせられた記憶が蘇った。台風などの大雨のさいに、生家のそばを流れる広瀬川から、上流部にある大倉ダムで放流が行われることを知らせる警報のサイレンが轟いた。長く引き延ばされた音が、少しの休止を挟んで、何度か繰り返される。急を告げる不穏な響きは昼間でも不気味で、夜中はなおのこと蒲団の中で身体がこわばった。

彼が生まれる九年前の昭和二十五年八月に、ヘレン台風くずれ熱帯低気圧によって、生家近くの堤防が決壊し、死者六名、行方不明者四名、家屋流失百三十八棟、全壊二十七棟、半壊二十五棟、床上浸水二千三百二十三棟、床下浸水二千八百七十一棟の被害を出した記憶がまだ新しく、子供だった彼の耳にも入ることがあったのだろう。それだけではなく、昭和二十二年九月にはカスリーン台風、二十三年八月にはユーリス台風、同年九月にはアイオン台風と、空襲で焼き払われた仙台の街の復興のさなかに度重なった台風の襲来が、浸水被害や粗末な仮橋が多かった橋の流失をもたらして、まだまだ困窮していた暮らしを打ちのめしたことは、しばしば大人たちから聞かされたものだった。戦時中に木を伐り出したまま放置されていた山が、水害を大きくしたという人もいた。

出水のときはにおいがちがう。土のにおいがものすごくしてくる。

記憶の中から声が聞こえ、薄闇の中で、今度は彼はにおいを探る心地となった。そう彼に教えたのは、日本有数の清流として知られる荒川が流れる新潟県関川村の古老だった。そこもまた、一九六七（昭和四十二）年八月二十八日に三十時間に七〇〇ミリという猛烈な雨をもたらした羽越豪雨によって堤防が決壊し、村で三十四名の殉難者を出し、家屋の全半壊三百七十一棟となった災厄の記憶があった。

震災からもうじき三年になるという真冬の二月に、認知症になって特養の施設にいるという老母の見舞のためもあって、東京の会社をたたみ、築百二十三年、十二年間無人の家に四十三年ぶりに帰郷した、という案内を寄越した年長の知人を、羽越豪雨のことを調べるかたがた訪れた。知人もまた、高校二年生のときに羽越豪雨を経験して、家が浸水被害に遭い、中学時代の軟式テニス部の先輩と友人の弟を水死で亡くしていた。夏休み最後の日で、一階の部屋で寝ていたところ蒲団ごと床が持ち上がってきて水が入ってきたという。

その後、一階だけは住めるようにと畳や襖を入れたが、そのときに物置と化した二階や外壁などは手を付けていない、という知人の言葉どおり、水害の痕跡はいまでも家屋に留められてあった。跡継ぎである知人が東京に出てしまい、二人いた妹たちも家を出たので老夫婦だけが残されることとなり、周りのよその家のように長男に嫁が来たときに家を改築する機会が得られなかった、という事情が察せられた。離婚し、車の運転をしない知人が、田舎で生活の不如意に耐えながら独りで自炊生活しているのは、そのことへの償いの思いがあってのことかもしれなかった。東日本大震災後に故郷にUターンした人たちの話を聞くことが、彼もあった。

出水のときのにおいを彼に教えたのは、羽越豪雨があった当時、消防団の分団長をしていたという八十過ぎの人だった。もともと家が酒屋で、ふだんは日本酒の技術者でもあるので、匂いには敏感なせいかもしれない、とも言った。その古老によれば、羽越豪雨の前年にも7・17水害というものがあり、その被害が復旧しきれていないところに再度集中豪雨に襲われたために被害がさらに拡大した事情があったという。7・17水害のときに古老は三十代半ばで、当初はのんきに構えていたが、高くなったところから双眼鏡で眺めてはじめて、ところどころの家が無くなっており、川も切れかかっていることを知って事の重大さに気付いたという。川の内側というものは脆く、一箇所でも濁流が入ろうものなら、すぐに広がってしまい、米坂線の線路、国道は水没し、橋も全部だめになった。孤立した集落の人々を、ともかく舟を出して濁流の中を助けに向かうことにした。洪水は、津波とはちがって、一瞬ではなくて、段々に水が上がってくるので、時間はある。だが、どこで助けに向かうか、避難させるか、その時期を見極める判断が難しい……。

においを探り当てることはできないが、いまここの木曾川の川筋でも、そうした切迫の度が高まっている地域があるかもしれない、と寝床で彼は想った。四年前の震災の際も、地震から津波の到達までは三十分ほどの猶予があった。

翌朝は雨が上がり、晴れ間も覗きはじめていた。今日は盛夏の太陽が昇りそうだった。

眠りは足りなかったはずで、いくぶん頭の奥に痼りが残っていたが、喘息と群発頭痛を抱える身にとっては、低気圧の通過に比べれば何のことも無く、爽やかとさえいえる目覚めだった。部屋の窓から崖下に見下ろす飛驒川の濁流は、沢沢の流れも集めて昨日よりもさらに水量を増していたが、ともあれ危険は去ったというたたずまいと見受けられた。右手すぐのところには、小規模な名倉発電所の変電設備の林立する鉄骨と高圧線が、夏の陽を反射して銀色に光って見えている。昨夜、寝入りばなに起こされた雷はあそこに落ちたのだろう、と電機工場で発電所や変電設備の配電盤を製作していたこともある彼は気付いた。

夕べは眠れなかったでしょう。でも大事にならないでよかったですね。女将とそんな会話を交わしてから一番早めの午前七時に用意してもらった朝飯を喰った。昨夜は夕飯後に部屋に引き揚げて早々に、人の出入りの気配があったが、並べられた膳はやはり一つだけで、客ではなく地元の人たちが防災の集まりでも持っていたのだと察せられた。荷支度を少し早々に精算を済ませて、リュックを背負い坂道を下っていくと、道に蟬の死骸があった。何年も地中にいて羽化したばかりのところを折悪く豪雨に打たれたものか、透き通った羽はまだ柔らかそうだった。

まずは、昭和十一年に運用開始し、水力で最大出力二万二二〇〇キロワットを発電しているという名倉発電所を柵の外側から一通り見て回ってから、役場のほうへと引き返し、昨日渡った吊り橋の白川橋のところで合流する支流の白川沿いを歩いてみることにした。途中の傾斜地に、土砂災害警戒区域、と赤字に白抜きされた目立つ文字で書かれた看板が立てられていた。土石流、崖崩れによる危害が生じる恐れのある区域なので、大雨等による危険を感じた場合は、早めの自主避難をするように、と記されてある。そして、土砂災害の前兆現象の例としては、雨が降っているのに川の水が減る、山鳴り・流木の発生・川の水が急に減る、がけからの小さな落石・がけのひび割れ、がけから湧き水が出る・湧き水が濁る、とあった。

白川に架かった河岐橋《かわまた》という小さな橋を渡り、対岸の川沿いの道を少し遡ると、濁流となっている飛騨川に比べて水量は少なく、水底も透き通り、瀬は川の名の通り岩を嚙む白い流れとなっていた。カジカの瀬、と書かれた木の立て看板があり、ここのアスファルトにも油蟬の死骸が落ちていた。まぶしい青空を見遣ると、迫った峰に白い雲が盛んに湧き出ていた。対岸の丘の上に昨夜の宿の横長の建物が見えた。

釣券取扱所、という紺色の幟《のぼり》が出ているのに目を留めて近付いて行くと、囮鮎《おとりあゆ》、と書かれた店の前に、白いランニング姿で野球帽をかぶり首にピンクのタオルを掛けた小柄な男性がしゃがみこんでいた。顔を見合わせて挨拶を交わすと、自ずと昨夜の集中豪雨を口にし合うこととなった。水を流しっぱなしにしている生け簀から小魚を取り出しては、餌にするのか小刀で捌いている主人に鮎漁のことを訊ねると、今年の鮎は形も大きくて、少し水が涸れていたんやけど、昨夜の雨で明日あたりが釣りには最高になるな、と白川へ目を向けた。飛騨川は少し汚れてしまったのか、鮎がまとまって生息するようになって友釣りには向かなくなり、白川のほうが人気だという。

四十七年前のバス転落事故のことを聞いてみると、んーとねえ、と言いながらおもむろに立ち上がり、少し思い出すようにしてから、消防団に入ってはおらなんだけど、うちは詰め所になっとったもんで、いまは壊れてもうないんやけど、あの橋のあたりに家があって、とさっき彼が渡ってきた河岐橋を遠く見遣って、事故の時には、そこが消防団の本部になって、転落現場から誘導されて歩いてくる者があったりして大騒動になってな、と語り出した。

後で裁判でも問題になったんやけど、あんときは白川口の駅の近くの飛泉橋で飛騨川の水位を警戒してた消防団員が、五号車やったかな、の運転手を呼び止めて、この先は土砂崩れの危険があるからと運転見合わせを勧告したんやけど、まだ通行規制は敷かれておらんかったし、一号車から三号車までは先に橋を渡っとったもんやから、後を追って、六号車と七号車も続いた。そして、少し遅れて走ってきた八号車以降のバスは、消防団の警告にしたがって駅前の広場で待機したんで、間一髪難を逃れたんや。だから、何で消防団の警告を無視したんやろうってな。

あの夜は、このあたりも水害に遭って大変で、水がこのあたりまで来てね、と二階の天井あたりを指差すのに、地元民も十四名が犠牲となったと聞いている彼は深く頷いた。

テレビの映像見てて、津波も大変やと思ったけど、土砂崩れは一瞬やからね、これはこれで怖いやね、と言ってから、それからここは水難事故もあるやろ、今年に入ってもう二件起こっとる、と話題を転じた。去年は、わたしが一人助けたんや、あの橋の下のところで。今年はね、大学生の孫が助けたんよ。その日は鮎の解禁日やったもんで川には大勢釣り人がおるわね、一人が足を滑らせてここのちょっと下《しも》から流されたもんで、孫が追い駆けて行って、流れがゆるやかになるやっぱりあの橋の下んところで助けた。そやけど、助けられたその人はどういうことか知らんけど、二十日ばかり前に、今度は馬瀬川で死んでしまった。ともかくここは合流地点やから、いろんなことがあるな。

その話に驚かされながら、もともと川のそばには川の専門家が住んでいたものだ、とも語った関川村の古老の言葉が思い出された。昔は家の中で囲炉裏で火を焚いていたので、薪拾い、流木集めがあって、洪水のときには子供もみんなで流木を集めにいく。竹の竿を川に出して、流れてくる木にひっかけて引き寄せる。流れがまだ強いときは、子供が流される、ということもあった。流木は、水に浮かんでくるだけなので、かえってよく燃える。川で流木を拾うのは、川木拾い、と言って自分の拾った木には石をのせて目印にしたりもした……。

目の前の七十年配の囮店の主人も、さしずめ川の専門家にちがいなかった。話を聞かせてもらった礼を言って役場のほうへと戻りながら、釣り人が溺れかけたというのはこの辺りだろうか、と急な流れに目を遣り、ここで命拾いをしたものの、その後の生き心地がしっかりとつかなかったなかで、ふたたび溺れて死んでしまったのではないか、と震災後にそうした例をいくつか身近に見てきた彼は思いを馳せた。

窓口が開くのを待って向かった町役場で、バス転落事故の合同慰霊法要のことを訊ねると、午前十一時から天心白菊の塔の前で予定どおり行われると教えられ、村で出すマイクロバスの座席に余裕があるので同乗させてもらえることになった。町長をはじめ町の関係者が十名ほど乗り込んだマイクロバスの車内では、ひとしきり昨夜のゲリラ豪雨の話題で持ちきりとなり、ちょっと8・17の再現かと思わされた、という年配者の声も挙がった。

青い屋根のテントの下に僧侶たち、関係者、遺族とおぼしい面々が三十名ほど参集し、彼も椅子を勧められたが、丁重に遠慮して報道の者たちとともにテントの外側に立っていた。開始を待っている間に、川の対岸に高山本線の下り列車が通るのが見えた。バス転落事故の当日、白川口駅の駅長は豪雨をついて遅れてやって来た列車に進行現示の青信号を出さなかったという。苛立つ乗客に詰め寄られることもあったようだが、後になって、崩落した時刻は定かではないが、白川口駅付近で線路崩落が発見されて、上麻生駅から白川口駅間は復旧のため一ヵ月近く不通となり、駅長が頑として進行を拒んだことが大事故を防いだとされる。

毎年、百日紅の花が咲くたびに、四十七年前に起きた飛騨川バス転落事故のことが思い出されます、と町長が挨拶し、読経のなか関係者や遺族たちによる焼香が行われた。三十三回忌をもって遺族会は解散したが、事故から四十年となる二〇〇八年からは、合同の慰霊の法要は町の仏教会で主催されるようになり、現在も続けられているということだった。法要の間も深い谷底からは、勢いはいささか衰えたものの水音が上ってきて、周りの山々からは蟬時雨が降った。百日紅の紅い色が、青空の下で昨日よりも鮮やかに映じた。

法要を見守りながら、東日本大震災後に人心が少し落ち着いたように見えたのも、宗教儀礼が入りお盆を過ぎた半年経った頃だった、と彼は振り返った。知人たちの中には、菩提寺の住職が津波で亡くなり、先祖代々の墓も流されてしまった者もいた。行方不明者がまだたくさんおり、遺体が見付かっただけよかった、という言葉がしばしば聞かれた。行方不明であっても、葬式を行わないことには初盆を迎えられないので、お盆前には葬儀が集中して、一日に五十件もの葬儀を行った寺もあったと聞く。宗教の違いを超えた合同の慰霊祭も執り行われた。お盆明けの八月二十日に広瀬川で毎年行われる灯籠流しの折に、彼が亡父に加えて、震災で亡くなった知人、アスベスト禍に斃れた知り合いの供養を書いていると、隣で、初盆用のひと回り大きな灯籠に、父、母、兄供養、と記し終えた同年代の男性がいて、胸を衝かれたものだった。それでも、どうにか初盆を迎えることができたという安堵の色が窺えた。……

長く狭いトンネル内は照明の間隔でオレンジ色の光輪が次々と現れては流れて行った。ようやく近付いてきたらしい出口から白く眩しい光が射してきてトンネルを抜けると、ふたたび山の雪景色となり、彼は記憶の中の盛夏から厳冬へと引き戻された。

たった今頭上を越えてきた天辻峠がある山も、飛騨川に転落したバスが向かおうとしていた乗鞍岳と偶然にも同じ名だったと気付くと、その暗合に不思議な思いとなった。名付けはどちらが古いのか知らないが、どちらもなだらかな山容が馬の鞍に似ているところから付けられたのだろう。修験者たちの行場があったという共通点もあるのかもしれない。

天ノ辻峠、天ノ川辻峠とも呼ばれた天辻峠のトンネルを抜けたが、十津川村はまだまだ先で、長く町村合併を拒み続けてきたものの二〇〇五年に五條市に編入して五條市大塔《おおとう》町となった旧大塔村に路線バスは入ったところだった。とはいえ古くは遠津川、遠都川などと書かれ、港や都から遥かに遠い辺境の地だという広義の意味では、十津川の地に入ったといってもよいのだろう。

五條市の旧大塔村について誌した資料には、今日、十津川と言えば大塔町より南の十津川村を指すが、これは近世になってからのことであり、平安・鎌倉期には遠津川郷は大塔町、野迫川《のせがわ》村を含む十津川上流地域までを指していた呼称であったとされている。『太平記』には、後醍醐天皇が企てた倒幕の計画が鎌倉幕府に密告されて首謀者達が捕らえられ、翌年には後醍醐天皇が隠岐に流された一三三一年の元弘の変の際、後醍醐天皇の皇子で叡山の座主として大塔に在していた大塔宮護良親王《だいとうのみやもりよししんのう》が、還俗し幕府の追及を逃れて、柿色の衣に笈を背負い小さな頭巾をまぶかくかぶった田舎山伏の装束で熊野へ隠遁しようとした折に、紀伊路を印南町の切目王子神社まで辿ったところで、大塔宮の夢に童子が出てきて、熊野三山は鎌倉幕府を支持するか天皇方を支持するかがまとまっておらず、その間は倒幕の大義が成り難いので、これより十津川の方へ御越え候ひて、時の至らんをお待ち候ふべし――と告げたのに従って十津川へと山道を分け入り、三十余里、十三日をかけて十津川にいたり、土地の豪族であった竹原八郎とその甥の戸野兵衛に匿われる記述が見える。その場所が実際は、十津川を行き過ぎてしまい、かつては十二村荘といった当地の殿野という地域だったというゆかりから、明治二十二（一八八九）年に町村制が施行された際に、同じ読みでは畏れ多いと、あえて読みだけは変えて大塔《おおとう》村に改称したという。

十津川はまた十尾津川と表わされたこともあり、こちらは渓流の多さを象徴しているととれる。明治二十二年八月に起こった十津川大水害のことを調べるのが、彼の今回の旅の目的の一つだった。その未曾有の災害のときには、十津川の上流部にあたる天ノ川が流れるこの大塔村でも、災害の二年後に宇智吉野郡役所が編纂した記録である『吉野郡水災誌』によると、二十五箇所の大規模崩壊が起こり、土砂が河川を堰き止めて生まれた新湖の堰が決壊して濁流が発生し、村内での死者は三十五人、流出戸数四十三戸、全壊戸数二十戸の被害が出たという。これは村全体では、百戸に十四戸が流出または全壊し、千人に十七人の割合で死亡した計算になる。

さらに百二十二年前の再来とも言われた二〇一一年の台風十二号による被害の爪痕も、これまでも峠の手前の西吉野地区でもたびたび目にしてきたこともあり、彼は窓外にそのしるしを探そうとしていた。雪景色の中にあって、紅葉して落葉する樹木が多い冬の東北の山ではあまり見かけない、樫や樟、タブノキ、スダジイなどの常緑の光沢の強い照葉樹がところどころに目に留まり、西の国へ来ているという思いとなり、山全体が神域となっているようにも感じられた。

バス、怖々くだってんなあ、というおばちゃんのつぶやきが後ろの座席から聞こえてきた。トンネルを抜けてから、バスは雪道を緩やかに下りはじめていた。天辻峠は紀ノ川・吉野川水系と熊野川水系の分水嶺をなしており、右手の崖下に見える沢の流れも南へと向きを変えていた。運転手はカーブに差しかかると減速し、ギアをシフトダウンしてエンジンブレーキを利かせながら下る。雪道は下り坂のほうが危険だと言われるとおりに、軽井沢のスキーバス転落事故も、入山峠の曲がりくねった峠道を越えて緩やかな下りとなった道の左カーブで発生していた。

相変わらず運転手は、カーブミラーを見て指差し確認し、対向車が目に入るとしばし停車することを繰り返していたが、路肩で除雪中のショベルカーをクラクションを軽く鳴らして遣り過ごし、道が急に狭くなった箇所に、サイレンを鳴らしていない救急車が吹雪の中を進入してきた。双方立ち往生となり、どちらかがバックすることも難しく、互いにサイドミラーをたたんでじりじりと進むこととなった。バスの左手の路肩には除雪した堅雪が積み上げられており、ただでさえ狭い道がさらにすぼまっている。その上に高く直立した杉木立が迫っていた。救急車のほうの路肩は急斜面の崖で、その遥か下を沢が流れている。

果たして擦れ違えるかと固唾を呑んでいる乗客たちの中にあって、彼は降雪で霞み幽玄で神々しくさえ見える杉林を見上げ、バスごと見えない手によって吊り上げられて運ばれているような感覚を覚えていた。天狗が出てもおかしくないような心地となり、ここが天ノ辻と呼ばれることに改めて思いが向かった。やっと擦り抜けることができると、あーよかったー、ひやひやしたなー、という声とともに拍手が起こった。それをよそに、彼の目の前の運転手はよくあることだというように平然としていた。

雪がへばりついた古い石垣に沿ってポールが置かれた「天辻」のバス停を過ぎるとすぐ左手に、ここから旧道を峠のほうへと戻るように上ったところに天誅組本陣遺跡があることを示す立て看板が見えた。挙兵直後の文久三（一八六三）年八月十八日に、会津・薩摩藩を中心とした公武合体派が長州藩を主とする尊皇攘夷派と急進派公卿を京都から追放した政変が起こり、孝明天皇の大和行幸は中止となって挙兵の大義名分を失い、暴徒と見なされることとなったのを、天誅組の一党は十九日夜に知ることとなる。進んで一党の討死を主張する者もあったが、天ノ辻の要塞に拠って、古来、勤王の志の篤い十津川の郷兵を募集し、各地の勤王軍の呼応を待とうと決断して、二十日に本陣を五條の桜井寺から撤収し南へと下った。

風の森峠を経て、五條で天誅組と合流した伴林光平が記録した『南山踏雲録《なんざんとううんろく》』によると、当初は義軍の心持ちが天に通じたかのようなおどろおどろしき空の気色だったのが、午飯の頃から晴れてきて心行く秋の山登りとなったようである。路次の、五條　芳野川船

渡　野原《ノハラ》　丹原《タンバラ》　和田　江出《エヅル》　大日川《オビカハ》　加名生《アナフ》　鳩の首峠　永谷《ナガタニ》　天《テン》の川辻　以上五里強也云々――と誌された土地のいくつかは、彼もバス停を通ってきた。このあたりの道行きに、南朝の運命や大塔宮のことが想われることもあっただろう。

　そして、天ノ川辻へと着くと、天然の要塞をなす急峻な土地でありながら、天川、富貴・橋本、五條・下市方面からの物資の集散地として栄えて問屋や旅館があった天辻峠付近の簾《すだれ》の地で財をなし、天ノ川の水が逆さに流れても鶴屋の資産は滅びん、とまで言われたほどの豪商だったという鶴屋治兵衛宅を借り受けて本陣とした。『大塔村史』には、勇ましく太鼓を鳴らしながら現れた武装集団である天誅組について、鎧兜をつけた天忠組の持つ槍の穂先が光り、怖くて外に出られなかった、という村人からの聞き書きが残されている。女子どもは戸をたてて隠れていた、村人は簾の不動祠より奥に隠れ、残った老婆が死を覚悟して、よそへ行かせてくれというと、三総裁の一人で挙兵の実質的な首謀者だった当時二十七歳の吉村寅太郎は、居ってくれたらええ、どつきもたたきもせんと言った、などという話も残されている。ちなみに当地では、その関わりから天誅組を伴林光平などの表記と同じく天忠組としている。

『南山踏雲録』には、天の川辻と云所は、簾村の上手也。懸河《けんが》四囲に灑ぎ、絶壁咫尺《しせき》を遮隔して、要害究竟《くつきやう》の地なれど、水の手隔たりて民家の少きのみぞ、兵衆の愁《うれひ》なりける

——と記されてある。確かに飲み水を入手するには、絶壁を遥か下まで降りて行かなければならなかったのだろう。

光平がこの地で詠んだ、榧《かや》の実の嵐におつるおとづれに交るもさむし山雀の声、という歌も残されている。彼は常緑の針葉樹である榧の木を探してみたが、雪景色の中では定かではなく、朝に冷え込んだ本陣の寒さと透明な大気だけは想像できるようだった。榧の実はアクが強いが食用になるので、非常食として天誅組の兵たちが食糧とすることはあっただろうか。

天誅組は十津川村をはじめ近隣の村々から郷士を集めることに成功し、一時は千名を超える勢力が集ったものの、武装は貧弱で、この陣中で急遽土地の木工や竹工を呼び入れて、木製の大砲を十二挺造る。だが実戦では、不発だったり破損してほとんど役に立たなかったようだ。追討軍との戦いに敗れ続けて三十余人を残すのみとなった九月十四日、ついに本陣を放棄するにいたる。そのときに、家財道具から兵糧にいたるまで率先して天誅組への協力を惜しまなかったとされる鶴屋治兵衛は、自らの屋敷が敵に資することのないよう、火を放つことを承諾したという。もっとも、天の十字路ともいえる馬の背状の尾根道で三方から追討軍の攻撃を受けており、残されたただ一つの南への退路を確保し、追撃を断ち切るためにはそうせざるを得なかったとも考えられる。焼失した館の跡地には明治三十八年に天辻小学校が建てられ、百名近くの生徒がいた時期もあったようだが、過疎化が進んで昭和五十二年に休校となり、現在は維新歴史公園として整備されているということだった。

人里離れているので天体観測には恰好の地なのだろう、大きなパラボラアンテナが見える「星のくに」というバス停には温泉設備や道の駅などもありそうだったが、悪天候とあって人の乗り降りはなかった。しばし停車した後に動き出したバスの中にいる彼は、もともと天の辻には入ってくる人出て行く人の往来があり、生死を分かつ場所でもあったはずで、星に行方を定めることもあったことだろう、そこを現代の我々は、動力付きの乗り物に運ばれ、さらに隧道に潜って辻をそれとは知らずに通り過ぎてしまう、という疚しさのようなものを感じた。

下りの勾配がきつくなったカーブをバスはさらに減速して早足ほどの速度でそろりそろりとターンしはじめると、すぐに「下天辻」の停留所があり、通過したその先はヘアピンカーブの連続となった。沢を舐めるような上りの九十九折りの峠の雪道を運ばれているときには、彼は大蛇がとぐろを巻いていくような体感を身の裡に蘇らせていた。震災後に知人の車で阿武隈川の河口付近へと向かったときには、川に沿った道を蛇行させせられ延々と引き回されながら、まるでくちなわがのたくっているように感じたものだった。

水神は龍であり、また蛇とされることを彼は想った。震災後に都心の美術館で開かれた水をめぐる展覧会で、彼は人頭蛇身の神である宇賀神に目を惹き寄せられたことがあった。正面下に細まった尾があり、そこから反時計回りに五巡してとぐろを巻いた蛇身は頭部を真っ直ぐにもたげ、その上の顔は頭部に髷を結い、眉間に皺を寄せ、両眼を見開いて眉目を穏やかに下げ、口髭顎鬚を蓄えた威厳を保った面相となっていた。蛇身と人面が違和感なく結合されているのが何とも面妖だった。さらに見ていくと、対照的に頭上に宇賀神を戴く蛇頭人身像の弁才天像もいくつか展示されていた。

白い飛沫の見える渓流に沿った下りのカーブの道をスリップしないようにゆっくりと運ばれながら、今度はとぐろを巻いて固着していた記憶がほぐれてくる体感があった。新天辻トンネルの中で、見えてたら怖いでしょうねえ、という盲人の青年の一言が蘇り、昨年の八月に飛驒川を旅した記憶に思いが向かったが、きっかけはそれだけではなかった。唐《から》谷《や》。ずっと押し留めていた名を彼は心のなかでつぶやいた。

あの後、盲人の青年の行跡を追うようにして高山本線の各駅停車で日本海の富山まで足を延ばしてから三日後に帰宅した。それからふた月近く経った十月半ばの休日の夕刻のことだった。高校時代からの一級上の友人で大学の教師をしている佐竹から突然電話がかかってきた。

震災前からの無沙汰を詫び合った後、じつは唐谷君のところに不幸があって、と佐竹が遠慮がちに切り出した。唐谷は七年ほど前に父親を亡くしており、二世帯同居していた母親は、この数年ずっと患いがちだと聞いていたが、今年の五月の連休にひさしぶりに中学以来の悪友四人が集まって酒を呑んだときに、おふくろがこの春のはじめに死んだよ、と打ち明けられたばかりだった。それでも佐竹の電話に彼は咄嗟に、亡くなったのは家族だとばかり信じ込み、家族の誰が、ととぼけたことを訊くと、いや唐谷君本人がです、と佐竹は言いにくそうに伝えた。

唐谷とは大学院で一緒だった佐竹は、その頃は互いに新婚で、共通するオーディオの趣味もあり、夫婦での行き来があった。その後子どもが生まれ、佐竹が海外の大学に招かれるようになると付き合いは疎遠となっていたが、地元の大学に戻ってきたこともあり、ひさしぶりにオーディオ談義でもしたいと思い、週末の前に家に電話をかけてみた。すると奥さんが出て、挨拶もそこそこに涙声で唐谷の死を知らされたという。

そんなまさか。前に会ってから半年も経っていない。医者から心臓に少し気をつけるようにとはいわれているんだが、と言いながら背を丸くして咳き込み、店の座敷の窓際に坐り、煙草を吸うたびに開けた窓から煙を吐き出すようにしていた姿を蘇らせながら彼は呻いた。

それほど悪いとは思わなかったが、やはり心臓なのだろうかと思い訊くと、いや病気ではないらしい、と佐竹は答えた。じゃあ事故なのか、と訊いても無言でいるので彼はおぼろげながら事情を察した。そのことには触れないようにしながら、佐竹が唐谷の奥さんから知らされたことをぽつりぽつり話すには、亡くなったのは母親の初盆を無事に済ませたばかりの八月十七日の朝のことで、その前から相続や墓のことなどで揉め事があり、鬱を患っていたという。葬式も済ませたというので、焼香にだけでも伺わせてもらいたいと佐竹が申し出ると、申し訳ありませんが、今はまだどなたとも会えません、と丁重ながらきっぱりと断られたということだった。そして電話を切りぎわに、ちょうど今日が四十九日でしたと告げられた。

いずれ焼香だけでもできるようになったら連絡しあうことと、唐谷の死を知らせるのはごく親しかった者だけに当面は限ることを確認してから電話を切った後に、彼は電話機の上の壁にかけてあるカレンダーをめくってみて、唐谷が死んだのがちょうど飛驒川への旅の初日だったことに気が付いた。あのときにはすでに唐谷は死んでいたのか。それでも、遺体と対面しておらず、葬儀にも出ていない身にはまるで実感が湧かなかった。

唐谷が死んだよ。台所から居間へと顔を出した妻に彼は告げた。電話をしている声ですでに察しが付いたようで、表情がこわばっていた。唐谷は、オーディオの具合を診てやるか、と何度か家に来て飯をともにすることもあり、しばしば夫婦の会話にも上った。

八月のお盆明けに死んでいたらしい、佐竹ははっきりとは言わなかったけれど、自殺かもしれない。……嘘でしょう、唐谷さんはそんなことをする人には見えないけれど。ああ、おれも、のんべんだらりと仲間の内では一番長生きしそうな奴だと思っていたんだが、何でかなあ。彼は肩を落として溜息を吐いた。前に、新幹線で唐谷そっくりの男を見かけたって話しただろ、と妻の顔を見て言うと、やや間を置いて思い出したようで、ああ、そういえば、と頷いた。あれはいつのこと。飛騨から帰ってくるときだったから、ちょうど唐谷が死んだばかりの頃になるな。妙な暗合に、夫婦でしばし顔を見合った。

飛騨への旅から帰ってくる途中、富山から開通して間もない北陸新幹線で大宮まで来て、東北新幹線に乗り換えた車中でのことだった。一番後ろの窓側の座席に落ち着くと、車輌の中ほどで網棚に荷物を載せようとしている男の横顔が見えて、あれっ、唐谷か、と思わず彼は心の中で声を発した。五月の連休に中学時代の友人たちで酒を呑んで以来で、黒縁の眼鏡はそのときと同じだったが、顔付きはいくぶんふっくらとしており血色もよく、若返ったようにも見受けられた。母親の看病もあって、一年ほど前に早期退職をしたはずだが、その前に東京に単身赴任していたときの帰省はこうだったのだろう、と想像させる背広姿だった。その新幹線の車内から、帰省途中と題して薦めのＣＤや再生装置の音を良くするためのオーディオ談義のメールを携帯から連続して何通も寄越すのが常だった。本人ならば、母親が亡くなったこともあり、上京して再就職口を探してきた帰りかとも思われた。車内は混んでおり、隣席に乗客もいたので、トイレに立ったときにでも確かめてみよう、と彼はのんびりと思った。

大宮を出ると、はやぶさは彼が降りる仙台まで止まらない。その間、旅の疲れもあって彼はいつのまにか眠っていた。もうすぐ仙台に着くという車内アナウンスで目が覚めた彼は、何気なく背伸びをしながら車内に唐谷に似た男の後ろ姿を探した。だが、さっき見かけたはずの男は見当たらない。仙台で降りた彼は、しばらくホームに立って、唐谷本人か、似た男の姿があらわれるのを待ったが、見失ってしまった。帰宅した彼は、他人の空似ってやつだったのかな、とそのことを妻に伝えたのだった。

その後、唐谷にメールを出して確かめてみようと思っているうちに、日々の忙しさにかまけてそのままとなっていた。オーディオの相談もあったし、薦めのCDを教えてもらいたくもあった。だが、連休中に酒を呑んだときに、経済の先行きが不安なことを口にして、退職金だけでは心許ないので、フルタイムでなくともいいから、アルバイト程度でも仕事ができるところに心当たりはないか、と軽い口調ながら相談されたことが心の隅に蟠っていた。唐谷は英語が得意で、辞書を引くには便利だと、高校生の頃から右手の親指の爪を長く伸ばしていた。だが、日々締め切りに追われている身だといっても、旅に出るほかには一日中家の中に籠もっている彼は、世の生業には疎く、ほまち仕事のようなものでも唐谷に斡旋できる器量はなかった。友達甲斐がないと言われればその通りで、そのことも連絡を取ってみることの逡巡につながっていた。

あのときには、すでに唐谷は死んでいた……。それでも、メールを出せば返信が来たのではないか、という不合理な思いが残った。仕事の斡旋では力になれなくとも、散歩に出るほかは家に引き籠もって暮らしている心持ちを、唐谷の好物の蕎麦でも啜りながら語り合うことはできたのではないか、との悔いがあった。

まあな。唐谷の口癖を彼は心の裡に蘇えらせた。仕事は忙しいのか。まあな。相変わらずオーディオの調整に余念がないのか。まあな。震災は大変だったな。まあな、すぐに戻ってきたかったんだが足がなくて、三日後に何とか新潟経由で帰ってきた。親父の墓がある寺が津波で本堂まで浸水して、墓も流された。瓦礫と一緒に掘り起こされたんだが、泥をかぶっていて磯の臭いがしていたな。それでも寺が完全に流されてはいないだけマシか。海に近い親戚はすっかり流されて、死んだのかどうかも分からない。地震で壊れたというスピーカーは直ったのか。まあな、端子をガムテープで仮留めして、少しずつ小道具の微調整を繰り返して、何とか聴ける音を出す所まで漕ぎ着けたが、ひと月後の余震で元の木阿弥だよ。おぞましくも、またガムテープで仮留めして、諸事仮留めだ。いずれちゃんとハンダ付けするときには頼めるかな。

まずは何事も、まあな、とやんわり受けておいてから、それっきりになる話題はそのまま沈黙が続き、言い加えることがあればおもむろに詳しい話に移るというおもむきの口調は、知り合った中学の頃から変わっていなかった。

中学に入学したばかりの教室で、彼は唐谷と席が前後ろになり言葉を交わすようになった。窓際の一番後ろの席が唐谷で、彼はその前だった。中学へは二つの小学校が合流し、唐谷とは別の小学校だった。互いに校名の呼び名を引っかけて、馬鹿囃子小、万歳小、と野次り合った。彼が通った馬鹿囃子のほうは、もともとは畑だった土地で工場勤めや農家の子供も多くて、どちらかというと田舎臭くて粗野な雰囲気があり、唐谷が通った万歳は、町場にあって藩政時代からの商家や、官舎があった国鉄や電電公社などの子供が多く、垢抜けていた。

中学校のすぐ裏手に唐谷の家はあり、閉まっている裏門の塀をよじ登って越えて来れば三十秒で教室の席に着ける、始業のチャイムが鳴ってから家を出ても充分間に合う、とうそぶいていた。誘われて昼休みに一緒に塀を越えて立ち寄ってみると、そこは小学生のときから新聞の夕刊配達をしていた彼のかつての配達区域で、キャッチボールができそうな空き地を横断して向かうと、ケージで猿を飼っているので印象に残っていた平屋の家だった。それを言うと、ああ、猿を飼っていたのはおれだよ、もっとも、死んでしまったけれど、と打てば響くように唐谷が答えた。猿はやっぱりバナナが好物なのか。まあな、だが果物なら何でも食べたな、林檎でも蜜柑でも柿でも。他愛もないやりとりだった。親は共稼ぎをしていると言い、家の中はひっそりとしていた。後で知ったことだが、祖母が奥の部屋に同居していたものの、物音一つ立たなかった。

教師の目が届き難い席であるのをよいことに、授業中には駒がマグネットになっている二つ折りのポケット将棋盤でよく将棋を指した。腕は唐谷の方が格段に強く、十局指して彼はせいぜい一つ勝てるかどうかだった。そんなある日、唐谷がポケット将棋盤のかわりに、一冊の文庫本を放ってよこした。今読み終えたばかりだが、特に最後の、「ハドリバーグの町を腐敗させた男」が滅法面白いぜ、と囁きながら。小学生のときは無線と少年野球に夢中で、中学に上がってからはバスケット部に入っていた彼にとって、その『マーク・トウェイン短篇集』が文学に開眼するきっかけとなった。

さっそく最後の短篇から読み始めてみると、突然届けられた一通の手紙と金貨の入った行嚢が発端となって、息づまるような心理劇が始まり、それがやがて、町中の人間を巻き込んだ人間活劇の様相を呈し、果ては、野次馬の群衆の馬鹿騒ぎやコーラスまでが流れて来るといった露悪的なユーモアに満ちた語り口の連続に、彼は授業中に含み笑いを嚙み殺すのに、ひと苦労させられた。彼は小学生のときに、放課後に仲間たちとサッカーをして遊んだ後、薄暗い教室にサッカーボールを返しに行き、一番後ろの席に鈍く光る百円硬貨を見付けて教師に届けようと拾い上げたとたん、教壇に潜んでいた女教師に、盗もうとしたのだろう、という謂れない叱責を受けたことがあった。それ以来、教師嫌いに陥っていた彼にとって、そうした偽善者たちの鼻を徹底的にへし折ってやりたいと希っていた当時の気分にぴったりの痛快この上ない物語だったということもある。

昼休みに唐谷の家にしけこむことは、しばしば繰り返され、煙草も覚えた。はじめて吸ったのはいこいだったかエコーだったか。給食を早食いすれば休みは小一時間ある。放課後は、唐谷は運動部に所属していなかったが、彼のほうはバスケット部の練習が夕刻まであった。同級生の中ではめっきり大人じみていた唐谷は、玄関脇に増築されたらしいリビングのソファに彼を招き入れると、一番好きな作曲家だというブルックナーの交響曲のレコードをかけながら、おもむろにサイフォンでコーヒーを淹れてくれた。クラブ活動をするくらいならブルックナーの八番でも聴いていたほうがいい、と唐谷はよく口にした。ほぼ専用にしているらしいステレオ装置のアンプは、口の字形の木製の外箱に銀色の筐体が収められた見るからに高価そうなもので、彼の家のアンプもレコードプレーヤーもスピーカーも一つのキャビネットに納まっているものとは雲泥の差があった。左右の重く頑丈そうなスピーカーからは、彼が家で聴いたなら、うるさいと親から文句が出るにちがいない大音量が鳴らされた。

コーヒー豆はすでに挽かれた粉が缶に入っていた。まず、水の入った下側のガラスの容器をアルコールランプで加熱して沸騰させる。それから、フィルターを装着してコーヒー粉を入れた上側の漏斗状のガラス容器を差し込むと、湯が上へと上っていき、コーヒーの粉と混じって抽出が行われる。そこで唐谷は、竹べらを使って手慣れた仕草で粉をほぐすように攪拌した。そして、頃合いを見計らってアルコールランプの火を止めると、抽出されたコーヒーはフィルターで粉が濾過されながら、下側のガラス容器へと戻ってくる。その様は、アルコールランプを使った理科の実験をしているようでもあり、理科好きだった彼は興味を惹かれた。インスタントではないコーヒーを飲むのは初めてで、苦味よりも強い酸味に当惑顔でいると、モカ・マタリという種類の豆だと唐谷が教え、コーヒーは酸味が肝心なんだとも言った。そのうちミルでコーヒーを挽くのはもっぱら彼の役目となった。

唐谷の導きで、クラシック音楽を聴きかじるようにもなった彼は、すすめられて読んだマーク・トウェインの例の短篇の印象を、ワーグナーの楽劇「ニュルンベルクのマイスタージンガー」のようなたっぷりした酩酊感を覚えた、と告げると唐谷は満足そうに頷いた。指揮者のカラヤンがベルリンフィルを、ベームがウィーンフィルを従えて来日した公演がＦＭで生放送されるときには、唐谷と小学校が一緒だった森野という絵が得意なもう一人のクラシック好きも加わり、ＦＭチューナーのある唐谷の家に集った。そんな一夜、ピアニストのポリーニの来日演奏会を聴いているときに、中学に上がってからは夕刊ではなく朝刊配達をするようになり、クラブ活動でも疲れていた彼は、不覚にも鼾を立てて寝入ってしまった。そのことでは大人になってからもずっと唐谷にも森野にもからかわれることとなった。

同じ高校に進んでからも唐谷との付き合いは続き、そのうちガリ版刷りで同人誌を出すようになった。表紙は、中学浪人した後、ちがう高校に進んだ森野が描いた。文学の話をしながら吸う煙草は、二人ともゴールデンバットに変わっていた。一番安上がりだったこともあるが、――甲府へ行つて来て、二、三日、流石に私はぼんやりして、仕事する気も起らず、机のまへに坐つて、とりとめのない楽書をしながら、バツトを七箱も八箱も吸ひ、また寝ころんで、金剛石も磨かずば、といふ唱歌を、繰り返し繰り返し歌つてみたりしてゐるばかりで、小説は、一枚も書きすすめることができなかつた――と愛読していた作家が記しているのにあやかったということもある。

厭世的になった唐谷が、生きることはあさましい、と何やら仄めかすようなことを口にして、一週間ほど高校に出てこなくなったことがあった。新聞配達に向かう前の夜更け過ぎに、夜っぴて起きている唐谷のところを訪れ、梟の鳴き真似をして、家の隅に小屋風の板敷きの小部屋を増築してもらっていた勉強部屋の木戸を開けてもらい、小一時間話し込むことはしばしばだったが、その間はどういうわけか訪れるのは憚られた。週明けに、いくぶん白っぽい顔をして学校に現れた唐谷は、だめだったよ、と開口一番呻くように言ったきり押し黙った。その姿に接して、何があったのかを彼は訊ねはしなかった。以来、そのことにはずっと触れないままで来た。結婚したり引っ越したりと、連絡を取り合うことが間遠になった時期もあるが、それでも高校を卒業してからもずっと付き合いは続いてきた。彼がカセットのウォークマンでしか音楽が聴けない時期には、唐谷はわざわざ手持ちのレコードやCDからダビングしてくれたカセットテープを手紙とともに送ってくれた。

バスの車窓から、ところどころに崩壊の跡が見えて来た。コンクリートで補強工事が行われている箇所もある。あんなん山崩れが起きたらひとたまりもないわー、と悲鳴のような声が挙がるなか、彼はその崩れの光景が自分の身体の裡にも起こったことのように感じていた。

唐谷の死を佐竹からの電話で知らされてからも、実感が薄く、遺体とは対面していないので、何かの理由があって失踪しているのではないか、という希望を捨てきれない思いがあった。よしんば、その死が事実だとしても、自殺ではなく何かの事故に巻き込まれたということもあるのではないか。そんな自問自答を繰り返しながら気を持ち堪えて、二日後に迫っていた長めの原稿の締め切りをどうにか終わらせた。鬱を患っていた以前の自分なら、とても無理だっただろうとも彼は我が事ながら思わされた。

ところが、締め切り明けの朝、大量の鮮やかな赤色の下血を見た。腹部の痛みなどはまったく無かった。咄嗟に思い当たったのは痔からの出血で、様子を見て出血が続くようなら肛門科へ行こうとまずは決めた。翌朝も出血が止まらず、電話帳で調べた数件の肛門科に電話をかけてみた。予約なしですぐに診ることは難しい、と断られ続けたなか、たった今予約がキャンセルとなったばかりなので三十分以内に来院できるなら、と受付らしい女性に言われてすぐさまタクシーを呼んで向かった。直ちに治療室へと招き入れられ、直腸鏡が入れられるやいなや、これは直腸の上からの出血だなあ、どんどん流れて来てますよ、早く大きな病院に行ったほうがいい、と医師が言った。

もともと彼は、大腸の腺腫の手術を受けた十年余り前から、定期的に内視鏡検査を受けるように医師から命じられており、数年前からは小さなポリープとともに大腸の腸管内壁の一部が袋状に腸壁外に突出した憩室がいくつかあると診断されていた。これまではずっと無症状でおり経過観察で済んでいたが、憩室から出血することがあるので気をつけているように、とは言われていた。その病院の緊急外来を受診して、とりあえず血液検査と大腸のCTを撮り、内視鏡検査も受けると、下剤を飲む前処置をしていないので出血している憩室は確定はできなかったものの、やはり憩室出血だろうと即刻入院となった。とりあえず安静にして絶食し、栄養剤とともに止血剤を点滴して出血が止まるのを待つ。それでも出血し続けるようなら、クリップで止血する。出血量によっては輸血もしなければならない。ヘモグロビンの数値も低いです、これだけ出血しててふらついたりしませんでしたか、と当直の医師に訊かれてはじめて、そういえばこの数日、立ち眩みがしばしば起こっていたことに彼は遅まきながら気付かされた。

憩室出血にはいくつか原因が考えられますが、何かストレスになるようなことはありませんでしたか、と医師に訊ねられ、四日前に親友の死を知らされたことを告げると、大腸は第二の脳といわれるぐらいストレスに弱いので、それが引き金となった可能性は大いにありますね、と頷かれて、彼は精神よりも身体の方が正直なものだと、つくづく痛感させられることとなった。大腸の血管の脆くなっていたところがストレスに堪え切れずに決壊してしまったのだろう。

病床で彼は、終日点滴につながれている身となった。ベッドの脇のスタンドに高く吊された薬液が、左腕の内側に留置された針から静脈に入っていく様を見詰めながら、この病院に世話になるのも四度目か、と頭の中で指を折った。

前回は、二年前の春に胆嚢摘出の手術を受けたときだった。手術そのものは三時間ほどで、たいしたものではなかったが、彼には喘息の持病があるので、全身麻酔や手術の際に喘息の発作が起こることが懸念された。それはどうにか避けられたが、もともと気管支が過敏なので、麻酔のときに挿管したチューブの刺激によるものか、術後も咳き込みがひどく、肺炎を起こした影響が一年ほど続いた。ドレーンや導尿、点滴の管と監視装置の電線につながれて、身体を動かせずにいた手術直後の夜に比べれば、今回は点滴の針が刺しっぱなしとなっているものの、安静にしていれば取り立てて腹に痛みもなく、つかのまの休息に恵まれたとさえ言えるほどだった。だが、休息という言葉を浮かべた先から、長い単身赴任の所労の後に早期退職をして得られた休息の果てに命を絶った唐谷のことに思いが向かうと、不穏な響きと感じられた。七階の窓際のベッドから見える晴れた秋空に、にわかに白い光が氾濫してくるようだった。

今度の入院は、胃腸科の病棟とあって、四人部屋の同室の者たちも皆、絶食して点滴で栄養を摂る身らしく、ときおり部屋の入口にある車椅子でも入れる広いトイレに立つ気配が起きるだけで、仕切りのカーテンをぐるりと閉め切った内側はことのほか静かで、傍らの点滴の微かな音も聞こえてくるようだった。二十四時間切れ間なく続けられる点滴の速度は、以前に喘息の大発作を起こして担ぎ込まれたときに比べてずいぶんとのんびりしており、心臓の鼓動よりもよほど遅かった。滴がゆっくりと鼻提灯のように膨らんで弾け、点滴ラインの途中の太くなった管のところに半分ほど溜まった薬液に落ちる様を眺めていると、貧血のせいもあるのかとろりとした眠気が差した。

半醒半眠の心地のなかで、スクラッチノイズを伴った古い音色のヴァイオリンの旋律が彼の頭の中で鳴った。ウィーン生まれの甘美な音色で知られる名ヴァイオリニストのクライスラーが、交通事故で頭蓋骨骨折の瀕死の重傷を負い、その後遺症に悩まされて引退する間際の一九四八年に弾いたショーソンの詩曲。管弦楽による緩やかで神秘的な序奏の後、独奏ヴァイオリンが瞑想的な主題を静かに歌い出すが、最初から音程がやや外れている。情熱が高まったり鎮まったり、感情が急いたり沈静化したりするメランコリックな曲調が続く中、ヴァイオリンはところどころでフレージングが途切れ、録音のせいもあって音もカサつき気味となり、急に力が抜けたりする箇所もあって、全体としては恣意的で譫《うわ》言《ごと》のような演奏だというしかない。だが、それでもつい引き込まれてしまう妖しい魅力があった。

十九世紀のオーストリア生まれの小説家にウィーンの辻音楽師の姿を描いた短篇がある

と、年長の同業者に教えられたことがあった。フルートを吹く辻音楽師は辻にも立つが、夜更けに家で一人笛を吹くこともある。その音色は通る人の耳を惹きつけるが、調べを追おうとすると、たちまち、思いもかけぬ音へ移る。あらためてたどろうとすれば、さらに脈絡もない音へ転じて、あげくには聴くほうが混乱におちいり、気の触れそうなまでになるという。それでも、心に触れてくる。ほとんど感動に近いものを覚えさせる、とも。肝硬変による痛みに耐えられなくなって剃刀で頸部を切り、そのまま死去した小説家のほかの作品はいくつか読んだが、教えられた短篇はまだ読む機会がなかった。だが、クライスラーの詩曲を初めて聴いたときに、彼が真っ先に思い浮かべたのが、その未読の短篇の辻音楽師が奏でる音色だった。

そして、この演奏の存在を教えてくれたのも唐谷だった。あれはメールのやりとりがまだ頻繁だった頃だから、震災前のことだ。例の帰省途中と題したメールで、なかなか忙しい、盆に仕事を持ち帰るのは御免だが、どうなることか、と前振った後で、長年探していたクライスラーの詩曲をとうとう見つけた、演奏時間十五分ほどの詩曲一曲だけが収録されている奇妙なＣＤだ、という興奮を抑えきれない文面の報告があり、もうたっぷり弓を保てなくて、雨ざらしの油絵のような、老残の大女優のような痛ましさの中に、かつての比類ないクライスラーの音がわずかに蘇る、ほんの一瞬だがな、と唐谷らしい形容での感想が記されてあった。まあ、ひび割れた骨董、どころか、完全に割れてしまった骨董だろうが、破片でも魅力が伝わってくる、これは推薦しようにも手に入らないので、今度貸すとしよう、と付け加えてあり、骨董の比喩は、我が国の音楽批評の第一人者と目される批評家が、長年待たれて一九八三年に初来日した高齢のピアニストの演奏に触れて、ひび割れた骨董、と休憩時間のインタビューで評したことを受けていた。

それから震災が起きたこともあり、唐谷からCDを借り受ける機会がないままとなっていたが、ずっと気には掛かっていたある日、たまたま彼がインターネットの音楽配信サイトを検索していると、件の演奏を含んだ英盤のアルバムが中古では九万円以上もしていてとても手が出ないが、ダウンロードなら安価に購入できることを知った。唐谷が聴いた一曲だけが収録されたCDとは異なるが、詩曲の演奏データをみると、同じときの演奏に間違いなさそうで、伴奏を務めているのはベル・テレフォン・アワー管弦楽団、ドナルド・ヴォーヒーズ指揮となっていた。

音質を劣化させた圧縮音源のMP3でしか配信されていないのが残念だったが、さっそく購入してパソコンからDACを介して聴いてみると、もともとの録音が悪いのでさして問題にはならず、唐谷が伝えようとしたことはよく理解できた。途中で、音の密度、空気感が薄くなっている箇所があり、一瞬欠落した部分をエアチェックの音源で繋いで修復していらしいことが窺えた。それでも、曲が進むにつれて演奏は次第に調子を取り戻し、歌いまわしのうまさや絶妙なポルタメントなどが聴かれるようになり、往年のクライスラーが確かに蘇っていると感じられる一瞬があった。

この詩曲の演奏がなぜ自分たちの心に触れてくるのかを、唐谷と語らず終いとなってしまったことが、いまの彼には大きな心残りだった。オーディオ装置が地震で故障してしまい、しばらく音楽が聴けなくなっていたためか、薦めのCDのやりとりもすっかり間遠となった。帰省途中のメールも届かなくなったと思っていた矢先、彼がゴールデンウィーク中に一人暮らしをしている老母の元を妻とともに訪ねた折に、近くに災害復興住宅とともにできた大型スーパーへ買い物の手伝いに足を向けると、入口の脇のベンチに腰を下ろして煙草を吹かしている唐谷の姿があった。正確には、気が付いたのは彼の妻で、彼は友人の姿を見逃して店内に入ったところで、唐谷さんがいた、と後ろから妻に呼び止められたのだった。

妙なところで出くわしたので、お互い少々きまりが悪いような表情で、唐谷が無沙汰を詫び、こっちこそと彼も応じた。ジャージ穿きにカーディガン姿で、足元はサンダル履きだった。車で買い物か。まあな、家族で買い物の運転頼まれてな。連休中はずっとこっちにいるのか、と何気なく彼が訊くと、まあな、と受けることなく唐谷は少し言い淀み、知らせるのが遅くなって済まなかったが、実はこの三月で辞めたんだ、おふくろの面倒も看ないといけなくなって、来年以降は保証できないけれど、いまなら希望退職すれば退職金が割り増しされるっていうんでな、という答えが返ってきた。その口元から前歯が欠けているのが覗き見えた。

戸惑っていると、まあ、折を見て連絡する、そろそろ迎えに行くから、と唐谷が腰を上げ、気が向いたらいつでも連絡してくれ、それじゃあ、と彼も手を上げて別れた。スーパーの広い店内に入って、それとなく唐谷とその家族を探したが、混雑に紛れてしまい見付けることはできなかった。それから音沙汰がないまま一年が過ぎ、今年のゴールデンウィーク前になって急に唐谷からメールが来て、中学時代の悪友で集まって酒でも呑もうと誘われたのだった。当日は、深夜近くにお開きとなり、皆で揃って大通りに面した居酒屋を出ると、彼はタクシーを拾うために店の前に佇み、近所なので歩いて帰る三人の後ろ姿を見送った。唐谷の前歯は治療されていた。それが生前の唐谷を目にした最後となった。

十九世紀末のフランスの作曲家ショーソンは、一八九九年に別荘のあったパリ郊外のセーヌ河畔の小村で自転車事故で死んだ。長女と一緒に自転車で、パリから着く夫人と子供たちを迎えに近くの駅まで行く途中、先に走っていた長女がしばらく行って振り向くと、父親の姿が見えず、引き返すと門柱の根元にショーソンは倒れていた。こめかみを砕かれて即死だった。目撃者がいなかったことから、その死は謎として残され、自殺とする説もあったことを、病床で彼は思い出した。クライスラーは、亡友イザイから譲られたショーソン自筆の詩曲の原譜をアメリカ議会図書館に寄贈するまで所有していたことでも知られていた。

深夜に同室の者たちの鼾に悩まされながらクライスラーの演奏する詩曲を頭の中に蘇らせていると、ベッドの横に据えられている床頭台の脇のハンガーに掛けたタオルが、薄暗がりの中で微かに揺れることがあるのに彼は気付いた。カーテンはそよともうごかない。身じろぎもしないで点滴を受けているので、自分が微風を起こしているはずはなく、部屋の空気がうごいている気配も感じられない。空調の加減で温度差が生まれているのかもしれないが、ここに唐谷が来ている、と彼は思いたかった。おれにも経験があるが、こんなメランコリーの極みのような曲であっても音楽が聴こえているうちは大丈夫だった、クライスラーの詩曲を最後に聴いたのはいつだったか、と微動するタオルを凝視しながら彼は唐谷に問いかけていた。

一週間続いた憩室出血は絶食と止血剤の点滴でようやく止まり、粥も食べられるようになって退院できたものの、彼の身体の不調はそれからもしばらく続いた。医師からは、便秘をしないことと食物繊維を摂ることを心がけるようにと言われただけで、確とした予防法があるわけではないらしく、ともかく今後も出血したらいつでもすぐに来るようにとのことだった。一度貧血の症状が出てしまうと、改善されるには数ヵ月の時間を要するそうで、そのせいもあるのか、やや高血圧気味だった血圧も、上が一〇〇を超えるか超えないかというまでに下がった。ときおり立ち眩みが起こるのは相変わらずだった。

そんな折、今度は母方の実家を継いでいた七歳違いの従兄が胃癌で亡くなった、という知らせがもたらされた。高校時代には自転車競技の選手としてインターハイに出たこともあるその従兄から、よく母親の実家に預けられた彼は自転車乗りや水泳のバタフライを教わった。昨年の自死した叔母の身内だけの葬儀の場にも従兄は顔を出していた。いまにして思えば、顔付きがどす黒くなっていた印象があったが、まさか死病に冒されていたとは想像だにしなかった。

従兄の家は県北の田園地帯にあった。この地では葬儀の前に火葬が行われるので、午前八時半の出棺に間に合うようにと彼は始発の地下鉄で北の最終駅まで行き、そこからタクシーを飛ばした。火葬、葬儀に続けて行われた菩提寺への納骨の際に、彼はさらに追い打ちの衝撃を受けることとなった。長男だった亡き従兄には、姉と弟がおり、弟のほうは彼と歳が近いこともあって最も親しく遊んだ記憶がある従兄だった。小高い丘の中腹の少し地面が平らとなっている所で土器拾いをしていて、暑さにまいっているように伸びている蛇を見付け、彼が何気なくその尻尾を振り回して得意そうに見せると、馬鹿っ、蝮だ、放せ、と従兄が叫んで慌てて蛇を放り投げると、蛇は崖から小川に転げ落ち、洗濯をしていたおばさんの悲鳴が起こったこともあった。

その弟のほうの従兄の姿が見えず、彼は火葬の控え室でも葬儀の間もずっと気になっていたが、何か事情があることが察せられ、周りの参列者に訊くことは躊躇われた。九年前に従兄の母親が亡くなったときに、通夜の席で隣同士になると、近況を報告し合うことになり、デザイン事務所を共同経営していたが立ちゆかなくなり、近いうちにつてを頼って北陸へ赴くという話をした後、しきりに子供の頃を懐かしみ、あの頃は楽しかったなあ、と淋しく笑った。それ以来会っていなかった弟のほうの従兄の名と忌日が、一族の墓の一番端に刻まれているのを見たのだった。今年の四月に亡くなっていた。

納骨の後の繰り上げ初七日の精進落としの会食でも、従兄の弟のほうの話題は避けられている雰囲気だった。憩室出血して以来、彼はずっと酒を控えていたが、その場では勧められるままに酒を呑んだ。ここに来て身近な人の死を突然知らされることが続く、と呻くように思いながら杯を重ねた。

帰りは、マイクロバスで従兄の家へと戻る親族と別れて、会食の会場から歩いて行けるバスターミナルから仙台駅までの高速バスに乗った。東北道を南下しているさなか、彼は右眼の奥に熾火が燻っているようなじりじりとした痛みを覚えはじめた。退院してからこの数日、右眼の奥に鈍痛を感じることがあったが、その痛みはいつの間にか治まっていた。ところがいまは、熾火がちろちろと炎を出し、眼の奥に火箸を押し当てられたような激しい痛みと化す気配があった。身に覚えのあるこの痛みは、と彼は顔をゆがませた。群発頭痛の発作にちがいない……。

ときおり悩まされてきたものの、五十の声を聞いてからは頭痛の中では最強といわれる群発頭痛の発作が起こることはなくなっており、当初はくも膜下出血なども疑われて診断がつくまで一日入院したこともある脳神経外科の医師からも五十を過ぎて寛解した患者も何人かいると言われて、その痛みからは解放されたと思ってきた。群発頭痛の発作の時期には、血圧が急激に下がることがこれまでの経験からわかっていたので、憩室出血以後の血圧低下によって、鎮静化していたマグマが再び噴出したのかもしれないと彼は想像した。

たとえ少量でも飲酒が発作の引き金となるので、この数日いつ発作が起きてもおかしくない状態となっていたのが、今日の酒で誘発されたのだろう。激しい痛みを堪えながら、彼は喪服の内ポケットを探って財布を取り出した。念のために、群発頭痛の発作を鎮める薬を常に一錠だけ忍ばせるようにしていた。発作が起きたらできるだけ早く飲むのが鉄則だったから、薄ピンク色の丸薬を唾で呑み込んだ。十年近く入れっぱなしにしていたので、薬効が薄れていないか心配だったが、二十分ほどすると次第に痛みが弱くなり、どうにか我慢できる痺れぐらいの感覚に変わっていった。

彼の受難はその後も続いた。食物繊維を摂るようにしているにもかかわらず、大腸の働きが弱まっているためか便秘が続くようになった。従兄の葬儀に出た翌日の昼過ぎ、便意を催したのでトイレに入ると、大量の固まった便が肛門を塞いでしまいにっちもさっちもいかなくなった。無理に息むと肛門が裂けそうだし、それよりも大腸から出血するのが心配だった。

シャワートイレの温水を当てながら、妻を呼んで持ってきてもらった便秘薬を飲み、大量の水を飲み、炭酸水を飲み、湯も飲んでみたが、いっこうに埒があかず、苦しいのに横にもなれず、便座に踞っているしかなかった。冷や汗が出、腹の痛みは増す一方で、彼は妻に薬局で浣腸を買ってきてもらうように頼んだ。タクシーで急いで出て行った妻を待つ間も、トイレにこもってじっと耐えていた。立ち往生ならぬ坐り往生。三十分ほどして戻ってきた妻から、店員に勧められたというロングノズルの付いた浣腸を二つ手渡され、ともあれ彼は試してみた。固まった便の隙間から薬液がいくらかでも滲んで入ってくれることを祈りながら。しばらくして、少しだけ便がうごく気配があり、ここぞとばかりに彼は強く息んだ。気を失うかと思うほどだった。

硬い土に植えてある樹木の幹を引っ張り上げて大量の土がへばりついた根っこが出てくるように、最初は手首大のものが、その奥から拳大の塊が出てきて、彼は大きく息を吐いた。幸い出血はなかった。そのまま風呂場に駆け込んでシャワーを当てようとすると、肛門から何か出ているものに気が付いた。脱肛かと思いながら押し込んだが、二〇センチほどもあり、直腸が脱出してしまったのだと後になって知った。……

あ、鹿ですね、野生の鹿の群れです。下りのカーブの途中に運転手に教えられて、彼は物思いから我に返った。いくぶん大袈裟だが、巡礼の旅をしているという思いが兆した。追い越せる道幅があり、対向車もいないことを確認してから、バスはほんの少しだけ停まってくれた。二〇〇メートルほどの標高差を一気に下ったので、天辻峠付近では吹雪いていた雪も小降りとなって視界が生まれ、右手の崖の斜面に初めは岩や樹木と保護色となって見分けがつきにくかったが、目が慣れてくると数頭の鹿の姿が認められた。

ほんまや、鹿や、ほれあそこ。ああ、たくさんいよる、と後ろから声が挙がった。かわいい、と思わずつぶやいた若い女の声がすぐ後ろで聞こえた。それまでは、バスが発車してからというもの、くぐもった男の声や女の潜めたささやき声がときおり背中から伝わってきて、眠っているのではないことが知れるだけだった。「五條バスセンター」で休憩した際に見かけたときには、痩身で黒縁の眼鏡をかけた男のほうは三十前と見え、小柄な女は少しだけ年下と見えた。旅行という印象ではなく、格別荷物も持たずに普段着のままぶらっと出かけてきたという感じだった。

鹿は、灰色を帯びた茶色の身体をこちらに向けて、逃げようとしないでじっと見ている数頭があれば、斜面をのぼっているのもいた。白い斑紋がある子鹿もいた。奈良公園や厳島神社で見た鹿よりも小柄で、尻が白いのが目を惹いた。前に目にしたことがある羚羊《かもしか》のような恰好でしばらくこちらを窺っていた鹿も、すぐにぷいっと身体をひるがえして群れに加わり、崖の急斜面を登りはじめた。よく滑って落っこちないね、と感心している後ろの若い女の口調が東の方らしいのに彼は気付いた。

鹿はせっかく植林した杉や檜の皮を食べるから厄介やな、と隣の座席のギプスをした婦人がつまらなそうに言った。

鹿たちは道路を横断して沢の水を飲みに来た帰りだろうか。バスがふたたび動き始めると、彼は想像した。仙台の彼の自宅近くに鹿落《ししおち》坂という急坂があり、鹿や羚羊が水を飲みに広瀬川へと降りてくるのが坂の名前の由来とされていた。その坂の途中には断崖を背にした鉱泉宿があったが、東日本大震災の地震で崩れた崖の岩に襲われて壊滅し、解体を余儀なくされて廃業していた。そのほかにも、山手なので津波の被害はなかったものの、地震による大規模な地すべりが起きて、百世帯以上を対象とした集団移転事業が実施された地区も隣接していた。公道を挟んで、切土だった土地と盛り土だった土地とで被害の明暗が残酷なほどに分かれていた。彼の住む土地も地すべり防止区域に指定されているが、集合住宅なので基礎の杭が岩盤まで深く打たれていたようで、地盤沈下によって建物の底部が露わになった被害だけで済んだ。とはいえ、動けば東日本大震災以上に揺れる恐れがあり、市の被害想定では死者千三十二人にのぼる長町―利府断層という活断層も近くを走っている。

やがてバスは、雪道に乗り捨てられたように雪をかぶっている軽自動車を何台か通り過ぎた後、この先急カーブスピード落せ、の看板を目印に左へ大きく曲がると、沢がぐっと近付いてきて、小さな滝が見えた。あれが雨乞い滝だろうか、と彼は見遣った。神社にある木で作った狛犬を滝壺に投げ入れ、それを持ち帰って般若心経を百回唱えるのがこのあたりでの雨乞いだったらしい。ほかにもオニグルミの根から採った汁を十津川の支流の舟ノ川に落下する篠原滝に流す総流しという雨乞いの行事も大塔村にはあったと聞く。十津川村では、オヒタバリといって、雨乞いのために高野山の奥の院へ火をタバリに行った。タバリは賜りであり、オヒタバリはお火賜りだろう。近い時期に不幸がなかった男二人が選ばれて、鉄砲の火縄に分けてもらった火を持って夜通し走り通し、持ち帰った火を村人それぞれの縄に移して、自分の田畑をぐるぐる回って雨乞いをした。

降り過ぎる雨も困るが、雨が降らないのも農作業に被害をもたらす。十津川で大水害が起こった明治二十二年は、夏に入ると猛暑となり、八月は日照り続きで村民は黍《きび》などの穀物や野菜が枯れるのを心配して雨を待ち望んでいたというから、雨乞いも行われたのだろう。そして八月十五日になってやっと空が曇りだし、十六日は蒸し蒸しする不安定な空模様となり、十七日になって待望のにわか雨が降った。村人たちは喜んだが、それが大豪雨の予兆だった……。

小さなコンクリート橋を渡った、と思うとすぐに、右手の雪景色の中でもつやつやとした常緑樹の樹間からしだいに眺望が開け始め、満満と水をたたえた貯水湖らしい景色が広がった。いくぶんクリームがかったエメラルドグリーンの水の色に目を吸い寄せられるまに、車窓から右後方を振り返ると、透明度は高くないが、湖面が周りの風景を鏡のように映し出していた。

しばらく湖に沿って走るなか、今度は彼は、反対側の左手に続くコンクリートの防護壁に目を注ぎ続けた。このあたりのどこかに、使用されることのなかった鉄道用のトンネルの坑口が口を開けているはずだった。緩やかな右カーブが続く途中に、待避場所のように道路幅が広くなっている箇所があり、行き過ぎながら見遣ると、それらしく大きく円く穿たれた穴の入口に鉄柵が設けられてあった。

鉄道とは、五条駅と新宮駅とを結ぶ計画で一九三九（昭和十四）年に建設が着手されたものの未成線に終わった五新線である。沿線には吉野杉や檜などの木材の産地があり、その木材を輸送する目的があった。もともとは筏流しを行っていたが、人力には限りがあり、安定した物流ルートを確保するためにも鉄道の必要性があったのだろう。だが、すでに大正時代に国会で建設予算が付いていたにもかかわらず、関東大震災とその後の経済不況で予算が抑制され、政権交代の度に建設再開と中断を繰り返した挙げ句、利害が錯綜しているためにルート決定までに衝突が起こり、ようやく五條から生子《おぶす》までの五・五キロが着工されたものの、戦争によって工事中断を余儀なくされてしまう。

戦後、昭和三十二年に工事が再開され、二年後に五條から城戸《じょうど》までの一一・七キロの路盤工事が完成したが、今度は、国鉄バス路線とする計画案が浮上し、近鉄が国鉄から引き継いで電化する構想や、南海が気動車運転の構想を表明したこともあって、混乱に拍車がかかった。結局、近鉄、南海両社の乗り入れ案は立ち消えとなり、バス派と鉄道派の対立が続く中、五條—城戸間は暫定的にバス路線として使用されることに決定し、城戸から阪本までは引き続き鉄道建設が続けられ、開通した後は鉄道路線に切り替えて運行するという折衷案が採られることとなった。そして、昭和四十七年三月には、五新線の最大の難所とされた天辻トンネルが長さ約五キロ、総工費約十三億九千二百万円を投じ、約五年の歳月をかけて完成する。だが、国鉄再建法によって昭和五十七年に工事は凍結され、路線が十津川村まで来ることもなく、一度も列車が走ることのないままに、総工事費四十三億円をかけた五新線の計画は幻と化したのだった。

日本の近代から現代にいたる歴史に翻弄され続けた路線といえる五新線の遺構を、バスが五條を出たときから彼は気にかけてきた。県立五條病院を過ぎて少し行ったところで、左手に分かれる一車線ほどの道があり、路線バス専用道路一般車両通行禁止の立て看板が出ていて、ここが二〇一四年九月で閉鎖された五新線の路盤を利用したバス専用道路の入口だったらしいと察せられたほかには、賀名生《あのう》を走っているときに丹生川を挟んだ対岸を並行して走っているはずの路線のあたりに目を遣ったが、激しい雪に視界が得られなかった。やはり定かにはできなかった賀名生の皇居跡のあたりが、鉄道になった場合に賀名生駅となる予定だったらしい。天辻トンネルの阪本側の坑口の先は建設されることなく終わっているので、五新線の遺構を目にすることができるのはここまでだった。トンネルの出口の先約百メートルの所に阪本駅を作る予定だったらしいが、トンネルの反対側は道路を挟んで貯水湖で、その向こうは急峻な山となっており、駅を作れそうな平坦な地は見当たらなかった。もっとも、ダム湖ができる前はこのあたりに集落があったのかもしれない。

現在、天辻トンネルの中心部では、宇宙線や不純物からの雑音が少ないことから、一九九七年に大阪大学核物理研究センターが大塔コスモ観測所を開設して、ニュートリノや暗黒物質の観測を行っているという。飛驒川のバス転落事故の現場を旅して富山まで足を延ばしたときに、富山の神通川流域で発生したイタイイタイ病の原因となったカドミウムを含んだ廃液を排出していた神岡鉱山の地下に東大宇宙線研究所のニュートリノや陽子の研究を行うための実験装置であるカミオカンデ、その後にスーパーカミオカンデが設置されていると知ったことも彼は思い返した。

左手の防護壁が切れて民家が数軒立ち並んだところを進むと、今度は細長く蛇行している湖に架かった朱塗りのやや長い鉄橋が目の前にあらわれた。ここでも指差し確認をして、対向車が渡り終えるのを待ってからバスは大塔橋を渡り、袂で待っていた黒い乗用車にクラクションを一つ鳴らすと、「阪本」の停留所が見えた。T字路の辻になっている正面には、山を背負って年代を感じさせる木造三階建ての旅館があり、左手の道は奈良県道五三号を天川へ、右手は国道一六八号を十津川、新宮へ向かう標識が出ていた。運転手がカーブミラーで対向車が来ないことをしっかりと確認してから、旅館の軒先をかすめるようにして右へ折れると、大型車がやっと通れる狭い道となり、左手に郵便局もある阪本の集落をそろそろと通った。

四五〇メートルほどの標高はあるものの平坦な道が続き、人心地がついた思いで時計を見遣ると、五條のバスセンターを出てから一時間近くが経っていた。昔の人はこの道のりを一日で歩いたのか、と彼は思った。出がけに読んだ資料の中に、幕末から大正にかけての大阪の儒学者で通天閣の命名者としても知られる藤沢南岳が、十津川大水害の三年前にあたる明治十九年八月に五條から十津川を通り、熊野の本宮、湯の峰まで歩いたときのことを『探奇小録』という紀行文に書いていることが紹介されてあった。孫引きになるが、その日程によると、八月二日の朝の辰の刻（八時）に五條を発った南岳は、賀名生、天辻峠を経て阪本に泊まっている。天誅組は血気盛んな武装集団だったが、明治の学者の体力でも、人力車や駕籠にも乗ることはあったかもしれないが、峠越えをしても一日の歩行距離だったのだろう。

一八六三（文久三）年の八月二十日に天辻峠を越えてきた天誅組は、十八町下ったらえとこある、と天川辻で言われていったん阪本の集落に入る。『南山踏雲録』にも、此夜初更、天川辻ヲ超エテ坂本村ニ宿ス、とある。だが、廿一日、坂本村ヲ出デ天川辻ニ還リ御陣ヲ定ム、と翌日には天嶮の地である天ノ川辻に戻り、鶴屋治兵衛宅を借り受けて本陣とした。バスの中からすり鉢の底のような地形を見回しながら、確かにここでは容易に侵入されかねず守りにくそうだ、と彼は想った。

天誅組が阪本で宿としたのはどのあたりなのかはわからないが、ダム湖に水没した集落に古野瀬というところがあり、明治の頃の阪本の中心だったというから、もしかするとそこだったかもしれない。猿谷ダムの工事が着工したのは昭和二十五年で、七年後の昭和三十二年に竣工した。この阪本のあたりでは、旧天川の蛇行した流れに沿って右岸側を広げる形で細長いダム湖は作られたようなので、古野瀬はさっき渡ってきた大塔橋の対岸のほうだったのだろうか。右手に湖が接している道を進みながら、彼は思いを馳せた。古老の言葉を聞き書きしたとされる記述では、雨乞い滝は古野瀬の集落の奥にあったということだった。

天誅組がやって来てから二十六年後の明治二十二（一八八九）年に十津川大水害が起こる。八月十七日に降り出して農民に喜びをもたらした雨は、夜に入って雨脚が激しくなるとともに風も強くなり、雷鳴も轟き出して嵐の様相となる。十八日になるとますます激しさを増して、阪本では早くも橋が流失。十九日もバケツをひっくり返したような雨が降り続き、雷鳴と稲光が飛び交い、増水した天ノ川や十津川は激流となって山裾を浸食し、斜面の崩壊が起こり始めた。『吉野郡水災誌』の原文には、十九日ニ及ンデハ雨虐暴横《うぎやくぼうわう》ヲ極メ百渓万澗《ひやくけいばんかん》悉《ことごと》ク漲溢《ちやういつ》シテ天之川ニ流注セリ、とあり、また、是夕《このゆふ》各地《かくち》雷電《らいでん》交々《こもごも》発《はつ》シ山《さん》河《が》震動《しんどう》民心《みんしん》恟々《きょうきょう》門戸《もんこ》ヲ閉鎖《へいさ》シ只《ただ》神仏《しんぶつ》ニ生命《せいめい》呵護《かご》ヲ祈請《きせい》シテ已《や》マザリシ——雷と山河が震動する様に怖れ戦いた人々は、神仏に命乞いを縋るしかなかった。

そして、現在の大塔橋から天ノ川を二キロほど上流に行ったところにある天川村大字塩野では、八月二十日午前八時四十分頃、中山平山、戀ノ谷山、桑佐古山、日中佐古山が、縦四百八十間（約八七〇メートル）、横三百五十間（約六四〇メートル）にわたっていっせいに大規模崩壊し、天ノ川を閉塞して、周囲は三里強（約一二キロ）、水深は五十間以上（約九一メートル）に達する塩野新湖を発生させた。山地崩壊のことをこの地では山抜け、あるいはクエと呼ぶ。

このとき、下流の阪本では川の水が干上がり、川魚が跳ねるのを見て衣の裾を上げて捕まえる人もいたという。さながら津波が来る前に、潮が引くことがあるように。その日のうちに新湖の堤は決壊し、奔流となって押し寄せた。塩野に接した塩谷の五十余人の住民は、小規模な崩壊が起き始めた十九日の早朝には集団で避難することを決意して、激しい風雨にさらされ危うく崩壊に巻き込まれそうになりながらも、乗鞍岳の南麓を通って大塔村の天辻峠近くの簾に無事に到着して救助を受け、大崩壊の難を逃れたという。それらのことを想うと、周りの山々の重みがにわかにのしかかってくるような感覚に彼は襲われた。

改めてダム湖ができる前の地図を見ると、旧国道一六八号は、五新線の天辻トンネル口を通り抜けた先で右寄りに進み、いまは水没した阪本の旧集落へと入り、やがて突き当たった旧天川の右岸に沿って急カーブを描き、やはり水没した旧県道五三号と途中で合流し、旧大塔橋を渡って旧天川の左岸へと出て十津川へ向かっていた。紀ノ川（吉野川）の水を慢性的な水不足に悩む奈良盆地へ分水する代わりに、熊野川の水を流路変更を行って紀ノ川水系の丹生川へ導水して補塡する事で、和歌山県側へも灌漑用水補給を図ろうとした十津川・紀ノ川総合開発事業の一環として進められた猿谷ダムの建設に伴い、道路の付け替えだけでなく、大塔村と天川村で九十五戸の住民が水没対象となり、強い反対運動も起こったという。たとえ災害に襲われなくとも、発電や水源確保のために住み慣れた家を追われることはある。

バスはカーブミラーを睨み、左にカーブを切りながら小さな阪本隧道《ずいどう》に進入し、すぐに抜けると、そのまま直進すれば湖となるところを左に折れ曲がって「下阪本」の停留所に差しかかった。右手には白いワイヤーが薄日に光る狭い吊り橋が湖上に架かり、対岸に小さな集落が見えた。切り立った荒削りの斜面と湾曲した湖との間の曲がりくねった道は狭くなり、突っ込んできた乗用車がバックしたり、バスが積雪のある路肩一杯に寄って擦れ違いさせたりしながらしばらく進み、そこから二車線となるところで赤い郵便配達のトラックが待っていた。バスも一旦停止し、運転席の脇の窓を開けて、最初のほうはよく聞き取れなかったが、……から下天辻の間だけがちょっと悪いです、とトラックの運転手に雪道の情報を伝え、気ィ付けて行ってよ、と声をかけて擦れ違った。

やがて右手に銀色の鉄橋が見えてきてT字路となり、その交差点が「小代下」停留所だった。バスは左折してさらに南下するが、右折して橋を渡れば国道五三号を高野山へと向かう。数軒の民家があるこの辻でも軒先ぎりぎりに曲がると、左手の家の前に出ていた紅色の前掛けをした七十年配の女性がバスに向かって親しげに手を上げ、運転手も笑顔で応じた。

バスはダム湖に沿った道を進んだ。次は「猿谷」です、と告げた女声のアナウンスが、続けて猿谷ダムの説明をはじめた。奈良県内に出来ました最初の本格的なダムで、昭和三十一年九月に完成されました。堰堤の長さ一七〇メートル、高さ七四メートル、水深七〇メートル、一七〇〇万立方メートルの水を湛えている、周囲一五キロの人工湖でございます。完成年月が、彼の持っている資料の本体の完成年よりも一年早いが、おそらく湛水開始したときを指しているのだろう。

しばらく片側一車線を保っていた道のまま、バスは小代下トンネルに入って行った。左右の視界が塞がれ、赤味を帯びたオレンジ色の照明が両脇に点るコンクリートの穴の中を進むと、彼は、大腸の憩室出血をした際に受けた内視鏡検査中の大腸のモニター画像を見ている心地となった。ところどころ黒ずんでいるのも腸壁を思わせる。その入院中に、彼がクライスラーの演奏によるショーソンの詩曲とともに頭の中で蘇らせた曲がもう一曲あった。やはり、メランコリックな曲想で、ホロヴィッツが演奏したラフマニノフのピアノ曲だった記憶があるが、曲目は定かではなかった。その曲を収録しているレコードを所有していたような気もするが、ＣＤに取って代わられてレコード自体もう久しく取り出されることがなくなっていた。そんな、ほとんど忘れ去っていた曲が、なぜか唐谷の死とともに急に思い出されることとなり、入院中で確かめられないのがもどかしく、なおのこと思いが募った。

一週間ほど高校を休んだ後、だめだったよ、とあらわれた唐谷と、ふたたびレコードを聴くようになった頃、語られることのなかった心情を代弁するかのようによくかけられたのがその曲だった。ゆっくりとしたアンダンテ・カンタービレで奏される叙情的な旋律が綿々とした情緒を感じさせ、左手の奏でる重いリズムと旋律との対位法的な楽想が葬送行進曲を想わせる箇所もあった。六、七分ほどだったと思われる演奏が終わると、詰めていた息をどちらともなく深く吐き合った。

退院後、彼は真っ先にレコードコレクションを確かめてみた。長い間買っていないレコードは、度重なる引っ越しの際に手放したり、唐谷に譲ったり、離婚して家を出た際に置いてきた盤もあり、残っているのは三百枚ほどだった。五年前の大地震のときには、CD、レコードともに収納している棚が転倒防止を施していたにもかかわらず倒れてしまい、CDはケースが割れたり中身が飛び出て傷付いたものもあったが、レコードは棚の一番下だったためか被害はさほどなく、取り敢えず元通りに立てた棚に収納して、盤面のチェックなどはせずにそのままにしていた。

すぐに、それらしいレコードは見つかった。ホロヴィッツ・プレイズ・ラフマニノフというタイトルで、ピアノに向かうホロヴィッツの上半身がアップになったジャケット。唐谷のところで目にして、見様見真似で買い求めたものに違いなかった。第二番のソナタの他、前奏曲や練習曲などの小品が収められており、ホロヴィッツが一九六五年に十二年ぶりに歴史的カムバックを果たした二年後と三年後のコンサートでの録音だった。楽興の時作品十六の三ロ短調、という曲目を見付けて、ああこれだった、と彼はひとりごちた。シューベルトの同名の曲が高校時代の彼は好きで、それを言うと、ラフマニノフに同名だが全くちがった印象の曲がある、と唐谷に教えられたのだったか。

盤を取り出してみると、埃が付いているばかりか、白っぽい黴が付着していた。さっとだけレコードクリーナーで拭いてから、気を急かせながら高校時代から使っているレコードプレーヤーにかけてみた。繋いでいるフォノイコライザーと真空管アンプは、九年前に唐谷が買い換えによって不要になり、置いていったものだった。いまでは形見となってしまったイタリアンチェリーが施された真空管アンプに火を入れるときに、彼は瞑目して一呼吸した。

確かにこの曲だった、とは知れたものの、針先も汚れてしまっており、パチパチというスクラッチノイズもひどく、音飛びも起こして、とても聴けたものではなかった。長い間手入れを怠っていたことを反省して、まずはレコードを水洗いすることにした。唐谷が見たら、水道水にはカルキや不純物が含まれているので、バランスウオッシャーで洗浄しなくては、と言うだろうな、と思いつつ。ラベルがふやけないように、速やかに水分を拭き取り、乾燥させる。最後に、クロスで拭き上げると、白っぽくなっていた盤面が、ともあれ新品のときのような黒い輝きを取り戻した。

スクラッチノイズはいくぶん減じて、どうにか聴けるようにはなったが、針先にレコードの材料のスラッジがこびりついてしまっているらしく、音の歪みや高音部のビリつきはなくならない。彼はこの機会に、レコードプレーヤーに最初から付いていたMMカートリッジをMCカートリッジに換えてみることにした。いくぶん高価になるが、音がより繊細になるということで、唐谷が真空管アンプと付属のフォノイコライザーを持参したときから勧められていた。

退院してから、パソコンに届いていた佐竹からのメールを開いて、唐谷は早朝に自宅近くのマンションの屋上から飛び降りたらしいことを彼は知った。その光景を思い描かないように努めながらも、屋上の際で煙草を吸っているときに、過って足を踏み外した事故だったのではないか、という思いが捨てきれなかった。そんなことをしでかしそうな奴ではあった。何かをしていなければ居たたまれず、彼は手持ちのレコードをすべて水洗いして綺麗にし、通販で購入したMCカートリッジへの交換と配線に没頭した。丁寧に扱われているレコードは、決してノイズを発することなく、CDではカットされている周波数帯域の音までが収録されているので、CDよりも音がよい、と唐谷が事あるごとに言っていたとおりに、レコードの音は蘇った。彼は、一日に何度も、晩年のクライスラーによるショーソンの詩曲と、ホロヴィッツ演奏のラフマニノフの楽興の時第三番ばかりを繰り返し聴いた。はやる思いとそれを引き止める葛藤をラフマニノフの曲から感じ取りながら、自分が憂愁というものに初めて接したのは、唐谷のリビングでこれを聴いたときではなかったか、と彼は振り返った。……

バスが長い小代下トンネルを抜けると、続けて湖の岸すれすれに架けられた扁平なトラス橋の芝崎橋があらわれ、渡って少し行くと、円いランガー橋の滝谷橋だった。曇天の下、右手に広がる緑がかった灰色をしたダム湖へと目を注ぐと、静謐な水面を覗き込むように弾かれる楽興の時第三番の冒頭が彼の頭の中で鳴った。目を前方に迫ってきた山に転じると、大規模に崩落したままとなっている斜面の跡や、杉檜林が抉られた箇所をさらなる崩落防止のためにモルタルやコンクリートで網の目状に補修されているのが見えてきた。その光景は、どこか今の彼の内面とも照応しているかのようだった。

工事中らしいトンネルの坑口が左手に大きく口を開けているのが見えて来て、銘板には新猿谷トンネルと記されてあった。その前を行き過ぎて、相変わらず切り立った山の斜面が迫り、土嚢で簡易補修した跡もある、バスがようやく通り抜けることが出来る狭隘路を行きながら、さっきのトンネルは、大型車両の擦れ違いが難しい国道一六八号の交通困難を解消するバイパスとなるのだろう、と彼は想像した。

ほどなく、猿谷ダムの堰堤と青いクレストゲート（洪水吐）が右手に見えてきた。カーブミラーが見える二車線になったところで、バスはおもむろに停車し、少し待っていると、向こうからバスがやって来るのがミラーに小さく映った。みるみる近付いてきたのは、「新宮駅」を午前九時五十九分に出発した第三便のバスらしい。擦れ違うときに、やはりこちらの運転手が峠近くの雪道の情報を伝えた。下天辻から損保橋の辺りがちょっと悪い、と今度は彼にも聞き取れて、「下天辻」の停留所から「阪本」への急な下り坂の途中で渡ったのが損保橋らしい、と想像した。
ま、ぼちぼち登ったら大丈夫やろ。そう言って再発進すると、すぐにダムの管理所らしい建物に差しかかり、そこが「猿谷」停留所で、通り過ぎるとまもなく狭く薄暗い猿谷隧道に入った。真ん中だけに明かりが点り、意外と長い隧道内は、大型車の擦れ違いは無理なので、その手前で新宮発のバスを待つようにしていたのだろう。隧道を抜けると、右手はダム湖が終わり天ノ川の流れへと戻った。川岸には、艶々とした照葉樹が連なり、冬枯れた山の景色を見慣れた東北の人間にとっては、雪さえなければ夏山に来たと言われても不思議ではない眺めとなった。左手には、落石注意の看板があり、落石防止ネットが張り巡らされている、急峻な山裾がいっそう迫り、見通しの利かない隘路をくねるように進むと、やがて前方に小さな集落が見えてきて、次は「辻堂口」です、と女声がアナウンスした。

それを聞いて、此日、坂本より辻堂へ物する道のほど、いと嶮しき山路也。そこにてしばし打詠《ナガ》め——という詞書に続いて、家邑《イヘムラ》を千尋《チヒロ》の谷の底に見て椙《スギ》の梢を行く山路かな、と『南山踏雲録』に詠われている歌を彼は思い起こした。九月十三日と記されているこの日、天誅組は幕軍優勢となり、長殿山を越えて十津川の奥へと退く、その途次に伴林光平はしばし立ち止まって、景色に目をとどめたのだろう。

しかし、「辻堂口」の停留所を通り過ぎて彼が目にしたのは、川の対岸には災害復旧道路とおぼしい仮設の橋脚がそびえ立ち、河原では重機が出て大がかりな復旧工事が行われている光景だった。土石流を防ぐ工事を行っています、と書かれた看板が反対側の路肩に出ている。これまでの土砂崩れの跡は、ほんのとば口だったというように、二〇一一年九月の台風十二号がもたらした紀伊半島大水害によるものらしい大規模な被害の爪痕が次々と現れ始め、乗客たちも固唾を呑む気配となった。大塔町では、土砂が天ノ川に流れ落ちて、川の水とともに集落を呑み込み、崩壊土砂が河川をせき止める河道閉塞を起こして、死者七名、行方不明者四名、住家全壊十七棟に及ぶ被害が発生したと聞いている。この辻堂地区では、大規模な土砂崩れが発生し、折からの大雨で土石流となって流れ、国道一六八号を寸断してデイサービスセンターまで浸入し、隣接する保育所の敷地まで達した。未明に発生したためにデイサービスセンターに人はなく、近隣の住民たちも自主的に避難していたため、人的被害は免れたというが。

津波の被災地を見て回ったときにも痛感したことだが、やはり現地を実際に目の当たりにしてみると、フレームのあるテレビの画面からでは想像できない被害の凄まじさ、際限の無さが感じられた。それを見て取ったように、橋のたもとでダンプカーの通行を待ちながら、この先に深層崩壊の跡が見えてきます、この辺りの道路は土砂崩れで至るところが寸断されたために通行止めとなり、二〇一一年九月以降、何回か仮設道路や迂回路などルートを変えながら運行しております、と運転手が説明した。

旧大塔村役場だった「大塔支所」の停留所を過ぎると、次は「辻堂」。災害発生以来辻堂地区に発令されていた避難勧告避難指示が解除されるまでの三年四ヵ月の間、この辻堂と次の辻堂南の停留所は通ることが出来ませんでした、とふたたび運転手が言った。辻堂といえば、隣接する殿野とともに、天誅組の行動にも影響を与えたとされる南朝の大塔宮護良親王が、道に迷った熊野参詣の山伏一行と称しながら、四つ辻や道ばたの仏堂である辻堂で身体を休めて、村人から粟《あわ》の飯《いい》、橡《とち》の粥《かゆ》などの賄いを受けた後、竹原八郎とその甥の戸野兵衛に匿われたとされる歴史のある地である。国道沿いから竹原八郎の墓へと向かう石段があると聞いて、彼は車窓から探してみたが、復旧工事中の雑然とした風景に紛れて確かめられなかった。

「辻堂南」を過ぎると、突然、巨大なコンクリート構造物の真新しい橋が深い渓谷に架けられているのが目に飛び込んできた。何という橋梁形式なのかは知らないが、Y字に開いた主塔部分からいくつもケーブルが斜めに張られている。山中に、そこだけ異空間が出現したような印象があり、自分も宙吊りとなっているような体感を覚えながら、役小角が鬼神たちに命じ、一言主神も使役して、金峯山と葛城山との間に架けたという橋もかくやあらん、と彼は思った。その向こうに、崩落した岩肌と、斜面に踏み止まっている山上集落が見えていた。

　次はとじきみ、という女声アナウンスに、今度は彼は、前方の表示を確かめてみるまでもなく、「閉君」という字を思い浮かべることが出来た。明治二十二年の十津川大水害の資料には、救助地や避難地として大塔村大字閉君の地名がたびたび出てきて、彼はあらかじめ馴染んでいた。

『吉野郡水災誌』を現代語訳したものによると、天川村の塩谷の住民たちが天辻峠近くの簾へと集団で避難した八月十九日、閉君と同じく天ノ川の左岸にあり、閉君から一キロほど下流に位置する大塔村大字宇井では、天ノ川が溢れ民家が今にも流されそうになっていた午後十時頃、山が崩れて濁流が大波となって押し寄せたために民家十一戸が流出した。そのため、着の身着のままで急いで避難を始めたが、激しい雷雨に松明《たいまつ》の火はすぐに消えてしまい、暗闇の中で立ち尽くすのみだった。それでも気を取り直して、住民たちは稲光が照らす山路を隣の閉君へと向かった。その途中、崩壊した箇所に差しかかり、危険で通過できず、救援を求めて声を限りに叫んだが、雨音と怒濤となった川の轟音、そして雷鳴に打ち消されて閉君までは、届かないと思われた。しかし、幸運にも閉君の住民の一人がたまたま雨戸を開けたところ、宇井の集落の方角に松明の火がわずかに散らばっているのに気付いて、避難民だと直感し、救助班を結成して救出に向かう。そして七十余名が救助されたというのである。

また、大塔村大字辻堂でも、同じ十九日の午後十時頃、天ノ川が増水して、谷底近くにあった人家十六戸および村役場も巡査駐在所も流された。住民たちは集落よりも高い位置にあった浄称寺に避難するが、午後十一時頃山林が崩壊した土砂に襲われて庫裏《くり》が全壊し、本堂にも土砂が流れ込んできた。ずぶ濡れとなった避難者たちはさらに高台に登り、拾い集めた枯木に火を付けて暖を取り、救助を待った。それを宇井の避難者を収容した後、辻堂での被災も懸念されたので向かった閉君の救助班が発見し、ここでも七十余名を連れ帰ったという。その資料には、被災した浄称寺の写真も掲載されており、大きな石や樹木に埋没している寺の建物や大木が崩土の上に横たわっている様は、津波直後の沿岸部で目にした光景をまざまざと彼に思い返させたものだった。

閉君という字面から、どん詰まりとなったような場所を彼は何となく想像していたが、トンネルと広い道路へと改良する工事を行っているところから左に折れて狭い道を登って行ったそこは、眼下に天ノ川が見下ろせる山上集落で、千メートル級の山々を背景に数軒の民家が崖にへばりつくように立っていた。「閉君」の停留所で、バスは崖にせり出して作られたスペースでいったんバックして、いま来た道を引き返した。そのときに、正面の山にとてつもない大崩落の跡が生々しく迫って見えた。それが岩盤部分まで崩れてしまう深層崩壊をしたといわれる斜面にちがいなかった。

二〇一一年九月四日の午前七時七分頃に天ノ川の右岸にある大塔町清水地区で起こった深層崩壊では、横幅約二〇〇メートル、高さ一五〇メートルにわたって崩れた大量の土砂は河道を閉塞させるだけに留まらず、明治二十二年にも被災した対岸の宇井地区にまで押し寄せ、川の水は津波のようになって河床から四〇メートルの高さに位置した集落を襲い、十一名が犠牲となった。まさしくそれは、百二十二年前の十津川大水害の再現だったことを、彼はここに来て初めて肌で実感した。

二〇一一（平成二十三）年の紀伊半島大水害と一八八九（明治二十二）年の十津川大水害が類似していることは、彼が三年前の二〇一三年の夏に熊野の新宮市で東南海地震と昭和南海地震のことを伺い、紀伊半島大水害で被害が大きかった場所と災害地名との関連についても教えを乞うた八十年配の方も指摘していた。そのTさんは、喫茶店で二枚の台風の進路図をおもむろに広げると、彼に見比べてみるようにと促した。

日本気象協会ＨＰ資料より作成されたという平成二十三年の台風十二号の進路図のほうを見ると、台風は八月二十五日午前九時頃に太平洋・マリアナ諸島近海で発生し、強い勢力を維持したまま日本列島の南海上を時速一〇キロ前後のスピードで北上して、九月三日の午前六時頃に四国東部に上陸し、同七時に室戸岬で中心気圧九八〇ヘクトパスカルを観測した後、相変わらず時速一〇キロ前後というゆっくりしたスピードを維持したまま北上し、瀬戸内海を越えて岡山県、鳥取県を通り、五日午後三時にようやく日本海中部で終熄している。発生から消滅まで実に十一日余り、二百七十時間に及んでいる。

その間、台風の東側に位置する紀伊半島へ南の海上から長時間にわたって湿った空気が繰り返し繰り返し送り込まれることとなって、紀伊半島各地ではアメダス観測が始まって以来の最大降水量が記録されたんです、とTさんは説明した。特に奈良県上北山村では九月四日朝までの七十二時間降水量が一六五二・五ミリと、それまで国内最高記録とされていた宮崎県美郷町神門で記録した一三二二ミリを大幅に超える雨量となり、一時間あたりの雨量では和歌山県新宮市で一三二・五ミリを記録した。

もう一枚は、明治二十二年の十津川大水害の豪雨をもたらした原因が台風によるものだったことをあきらかにした、一九八四年に京大防災研究所年報に発表された論文から作成された明治十津川台風と称された台風の進路図だった。それを見ると、八月十八日午後九時に四国の南海上にあった台風は、ゆっくりと北上して十九日午前六時頃四国中部に上陸し、高知で中心気圧九七八ヘクトパスカルを観測した後、やはり時速一〇キロ前後というスピードで瀬戸内海から岡山県、鳥取県を進んで、二十日午前六時頃に日本海に抜けており、やや西側のコースを通っているものの、台風十二号とほとんど同じパターンとなっているのがわかる。このときも、台風の東側の紀伊半島に長時間にわたって激しい雨が降り続き、和歌山県の田辺では総雨量が一二九五・四ミリという記録が残っており、奈良県には観測点がなかったものの、十九日には吉野地方で一〇〇〇ミリを超えたと推定され、一時間雨量としては一三〇ミリという推定値が出されている。このときの水害は、明治十津川大水害と称されているものの、実際は紀伊半島を中心とした広域災害であり、実際の死者は奈良県よりも和歌山県のほうが約五倍多かった。

その酷似ぶりに、彼がほとほと感じ入らされていると、Tさんは台風十二号の進路予測をテレビの天気予報で見て、十津川大水害のときとこれほど似ているとまでは考えが及ばなかったものの、これはかなりの降雨による被害を紀伊半島にもたらすだろうと予測し、災害地名を研究している仲間の中には、職場の濡れてはいけない書類や機械類、パソコンなどを安全な場所に移動するようにと指示を出した者もいたという。そのことにも感心させられると、このあたりは台風銀座やから台風には慣れっこになっとるけど、台風が熊野灘沖を通るのか、それとも紀伊半島の山中をもしくは紀伊水道あたりを通るのかはいつも気にしとるんです、経験的に熊野灘を台風が通るときは風雨の影響をあまり受けないことを知っとりますから、とTさんは言った。

一時間に一〇〇ミリを超える雨量というのは想像が付きますか、とTさんに訊ねられて彼はかぶりを振った。気象庁の説明にあったんやが、よくバケツをひっくり返したような雨いうでしょう、あれで三〇から五〇ミリの雨量なんやそうです。それで滝のようにゴーゴーと降り続いて、傘がまったく役に立たへんようになると五〇から八〇未満、そして八〇ミリを超えると、私も表へ出てみたんやけど、水しぶきで視界も悪くなり、息苦しくなるような圧迫感があって恐怖を感じましたわ。それに加えて風も吹いて雷も鳴っていたしねえ。

頷きながら、彼は改めて一時間に一〇〇ミリという雨量を考えてみた。それまで天気予報などで耳にしてもきちんと意識してみることはなかったが、降った雨がそのまま貯まったら、一時間で水深一〇センチになるということだろう。ということは一平方メートルに一〇〇ミリの雨が降ったら、水の量は一〇〇リットル、重さにして約一〇〇キロとなる。その水量が至るところで高所から低所へと流れ込んでいくときの膨大なエネルギーを彼は想った。

そして、熊野への旅から戻った彼がなおも調べてみると、類似している点はもう一つあった。紀伊半島大水害のあった年は、一月に九州新燃岳の噴火があり、三月には東日本大震災が起きたが、明治十津川大水害の前年の一八八八（明治二十一）年七月にも、会津磐梯山が噴火して犠牲者四百七十七人という大被害をもたらしていた。もちろん因果関係は定かではないが、大きな自然災害は連続して起きるということをここでも再確認させられた。……

バスが「閉君」の停留所からふたたび道を引き返している途中、小雪が舞う中、左手前方に迫った山肌が大きく崩れた跡があり、やはり網の目状に補修する工事が行われていた。その箇所を通り過ぎる道路は橋を建設して復旧したらしく、ガードレールがコンクリートとなっている。ここが二〇〇四（平成十六）年八月十日の午前零時十五分に地すべりによる崩落が発生し、国道一六八号の道路部分も崩落したという箇所にちがいない、と彼は見遣った。ギプスをした隣の席の女性は、ふたたびうたた寝をはじめていた。

その崩落の映像を彼は当時テレビで視た記憶があった。そこで今回出かける前にインターネットで調べてみると、国土交通省近畿地方整備局のＨＰでそれらしき映像が公開されているのが見付かった。説明文によると、国道一六八号の奈良県吉野郡大塔村宇井地先において、数日前からの大雨で地すべりの恐れがあるため、奈良県による全面通行止めとなり、監視を行っていた近畿地方整備局所有の衛星通信車搭載のカメラが、地すべりによる崩落発生の瞬間を撮影したものだという。ダウンロードしてパソコンで見てみると、やはり記憶と同じ映像らしかった。

前方に土嚢が積み上げられた片側一車線の国道は、右手が山で左手が天ノ川に接しているのだろう。山側のコンクリートで防護された崖の斜面に照明が当たっている。雨は止んだのか、降っていても糠雨程度と見え、樹木が茂った前方の谷は霧に包まれている。道の左手にはコンクリートの電柱が六本立っており、人の声も小さく聞こえている。重機が動いていているような槌音と、山鳴りのような鈍い音も絶え間なく聞こえている。いくぶんブレはあるものの静止した状態を保っていた映像が、二十秒ほど過ぎたところで、手前から三つ目の電柱がにわかに沈みだしたと思うと、右手前方の山もゆっくりと動き出した。そして、ああ落ちた、という声に続いて、手前に二本だけを残しその先すべての電柱が立ったままの姿勢で滑るように左手の谷底へと落ち、落ちた、落ちた、ああ、という数人の声が起きると、山も防護フェンスを突き破って崩れ落ちてきた。そこからは凄まじい勢いで大量の土砂が落ち、やがて杉や檜も横倒しになることなく立ったままの姿勢で滑り落ち、さらにその上に途中で横倒しになったらしい木々が折り重なってきた。崩落の時間は、わずか二十秒ほどのことだった。このときの地すべりは、幅一二〇メートル、長さ一二〇メートルの規模にわたり、崩壊土砂量は二〇万立方メートルに及び、深層崩壊と推定する調査結果もあった。

人家が巻き込まれずに済んだから、まだこうやって地すべりの瞬間の映像を直視することができると彼は思い、東日本大震災後は五日間停電していたので、その間はテレビで多くの人々を呑み込んでいく津波の映像を視ることはできなかったが、もしも直後に目にしていたなら、心が持ち堪えられたかどうか、と振り返った。

橋が元からの国道一六八号の道路に接続されると、すぐに「宇井口」の停留所となり、通過するとトンネルが見えてきた。坑口の右上の山にも大崩落の跡があった。次は「宇井」です、というテープの女声アナウンスを運転手はすぐに遮って、次は「大塔温泉夢乃湯」です、お降りの方は降車釦でお知らせください、というアナウンスへと進めた。旅の計画を立てていたときに、バスの時刻表を確かめた奈良交通のＨＰに、災害による迂回のため、当面の間、宇井・長殿発電所前・高滝口には停車いたしません、と記載されていたことを彼は思い出した。本来はトンネルに入らずに、その右手に見えていた旧国道を走って「宇井」の停留所を通るのだろうが、二〇一一年九月の紀伊半島大水害のさいに、対岸の深層崩壊によって集落が襲われた宇井地区の復旧がまだ終わっていないらしかった。

そういえば、新宮のＴさんも執筆者の一人となっている災害地名について書かれた本には、深層崩壊が起こった大塔町の宇井、赤谷両地区とも災害地名だという指摘がされてあった。宇井は、紀伊半島南部に集中する地名で、一般的には川や山に囲繞された地の意味だが、災害地名の側面も持ち、和歌山県田辺市の宇井田も同じ時に小規模ながら崩壊した。赤谷のアカは水気の多い湿地を意味し、赤谷で崩壊による堰止め湖ができたのと同様に、和歌山県本宮町岩田川の上流の字奥赤井谷・口赤井谷でも土石流が発生して岩田川を閉塞しダム湖を造ったということだった。

ふれあいトンネル、と銘板に読み取れた両側に照明が点る比較的新しいトンネルを抜けると、すぐに白い大きなアーチ橋の宇井大橋を渡り始めた。右手に、夢乃湯と赤い文字で書かれた温泉施設らしい建物があり、その上の山の大崩落したらしい斜面に雪が積もって、遠目にはスキー場のゲレンデのように見えていた。橋の左手から天ノ川へと合流する流れが、雨乞いの行事で知られる篠原滝のある舟ノ川だろう。反対側から流れ込んでいるのは川原樋川《かわらび》で、その上流のほうに高さ約六〇〇メートル、長さ約一一〇〇メートル、幅約四五〇メートル、深さ三〇メートルにわたって崩れ、東京ドーム七・五杯分にあたる約九〇〇万立方メートルもの崩壊土砂が発生した赤谷地区があった。

橋を渡るとすぐに「大塔温泉夢乃湯」の停留所となり、人影はなかったが、バスは待っている客が確実にいないことを確認するように、しばし停車した。ここの温泉施設も紀伊半島大水害の後、一年近くの休業を余儀なくされたと聞いた。

次は「塩鶴」です、と告げたのに続いて、まもなくバスは五條市大塔町から十津川村に入ります、と女声のアナウンスがあった。十津川村は、面積は六七二平方キロで奈良県の五分の一を占め、村としては日本一の広さです。その九六パーセントが森林です。十津川という名前は、都から遠い村という意味で、遠い津の川です。十本の支流が流れていることから十津川という名が付いた説などがあります。説明の途中で、駐車場に数台の青いトラックが止まっている建設会社を過ぎ、城門トンネルに入った。

オレンジ色の照明と照明の間がいくぶん暗がりとなり、バスの車内の様子がフロントガラスに映し出された。どういう縁か知らないが、様々な所から来て同じ乗客となって運ばれている二十名弱の人たち。彼はそう思うと、東日本大震災から一週間経った頃に、心身消耗が激しかった老母を仙台から新潟経由で首都圏に住む兄の所に一時避難させようと同乗して向かった長距離バスの車内のことが自ずと思い起こされた。

夜道となったあのときも、途中では小雪が舞っていた。ときおり段差が生じている高速道路は、一般車の乗り入れは禁止されており、迷彩色を施した自衛隊のジープや緊急車両のトラックとたまに擦れ違うだけで夜闇をひたすら突き進んで行く、という感があった。バスの中で乗客たちは皆、初めからずっと押し黙ったままだった。地震で家屋が壊れた者、津波で家を流された者、身内を失った者、福島の原発事故から逃れてきた者……、家を離れなければならなくなった様々な立場の人々が、ここには押し込められている、と彼は想像した。ときおり、通路を挟んだ左前の座席の方で、赤ん坊がむずかって泣く声だけが起こり、車窓に映し出された姿を見遣ると、まだ二十代とおぼしい夫婦が、代わる代わるに赤ん坊を抱いて、膝のうえに立たせてあやしたり、横抱きにして背中を軽くたたいてやったりしていた。男のほうは、頭にタオルを巻き腕っぷしが強そうで漁師かもしれない、と彼は想像した。お願いだから泣かないでよう、と囁くように赤ん坊に訴えかけている女の方は華奢な姿をしていた。

新潟に深夜になって着いたバスの乗客たちは皆、足早に次の目的地へと散って行ったが、今でも彼は、あのときにたまたま乗り合わせた乗客たちのその後に思いを馳せることがあった。

城門トンネルを抜けると、十津川村の標識や温泉の看板が見えて来て、ああやっと十津川や、ずいぶん遠かったなあ、という声が車内に起こった。北海道にも新十津川いうところがあるんや、うちもいっぺん行ったことあるんやけど、明治時代やったかな、ここが大水害に遭って集団で移住して開拓したんやて。へえ、そうなんか、自分物知りやなあ。後ろの座席で話し合っている声がした。関西弁の自分はあんたの意味だろう。

天ノ川から十津川と名を変えた流れを右手に見ながら、しばらくバスは片側一車線の道路を快適に進んでいたが、じきにまた狭隘路となった。右手にぐんと近付いてきた川沿いに、照葉樹や針葉樹を見慣れてきた目に珍しく葉を落とした落葉樹が続いているのを見て、彼は栃の木がないかと目を凝らす心地となった。

宮をばとある辻堂の内に奉置て、御供の人々は在家に行いて、熊野参詣の山伏ども道に迷うて来たれる由を云ひければ、在家の者ども哀《あはれ》みを垂れて、粟《あは》の飯橡《いひとち》の粥《かゆ》など取り出だしてその飢ゑを相助《あひたす》く。宮にもこれらを進《まゐ》らせて二三日は過ぎけり――と『太平記』にあるように、大塔宮護良親王が辻堂で振る舞われたのは粟の飯、橡の粥だとされる。漢学者藤沢南岳の明治十九年の紀行文である『探奇小録』にも、坂本ヨリ以来稲田ヲ見ズ。山民皆崖腹《がいふく》ヲ鋤《すき》シ圃《ほ》トナス。上野地ニ至リテ稍々《やや》田ヲ見ル――とあり、確かに阪本を過ぎてからは、山の斜面を耕している小さな畑地は見受けられたものの、ここまでは田を見ることがなかった気がする。米がとれない土地であることから免租地とされた十津川にとって、栃の実は近年まで貴重な食糧だったのではないか、と彼は想像したのだった。

先ほど通ってきた閉君という集落も、もともとはとちきみと読んでおり、栃にちなむ自然地名だという説もあるようで、栃の木を探してみようと思っていたが、深層崩壊の光景にすっかり目と心を奪われてしまった。

彼の自宅の集合住宅のベランダ向こうの崖地にも栃の木があり、五月末には白い穂状の花を付け、秋には実を付けるのを楽しみに眺め遣っている親しみのある樹だった。栃木に代表されるような栃や橡の文字を冠した地名も、関東や東北、北陸に多く見られ、東北の山を歩いていても栃の木の大木にはよく出会った。だが、花や実はもとより、枝先にプロペラのように付く大きな葉があれば栃の木だとわかるが、裸木では見分けが付かない。隣のギプスの婦人の助けを借りようかと窺ったが、目を閉じたままだったので彼は諦め、その代わりというように、高野山にいた頃に詠ったという西行の歌を諳んじてみた。山深み岩にしだるる水溜めんかつがつ落つるとち拾ふほど。

彼は、妻が好物にしていることもあって、灰汁抜きした栃を糯米と一緒に蒸して搗いた栃餅に関心を抱くようになり、山間部へ旅をした折には、その土地の手作りの物がないか探してみるようにしていた。子供の頃の記憶では、福島県の会津地方で栃餅を食べたことがあり、さしたる味とは思わなかったが、東京で生まれ育った妻のほうは、小学生のときに秩父へ家族旅行をして、泊まった民宿で朝に餅つきがあり、そこでふるまわれたまだ湯気だっている茶色い栃餅が子供心においしいと思い、好物となった。土産物屋で売られているような餡が入って甘く味付けされたものではなく、机をかじったような独特の栃の香りがしっかり付いていて、そのまま食べられるものがより好ましいという。

羽越豪雨のことを調べに訪れた新潟県関川村でも、そんな素朴な栃餅が村の産物としてのし餅となって売られていた。山形県の庄内地方の温泉場にも、地元の赤飯などを作る小さな餅屋が注文を受けて作ってくれるという栃餅があった。そのときに、届けてくれたおばさんから手間がかかる栃の実の灰汁抜きの仕方を詳しく聞いた。栃の実は栗に似ているものの、口の中がただれてしまうほど灰汁が強いので、数日間水に浸し、天日でひと月ほどカラカラになるまで干してから熱湯でふやかして、固い表皮を剝く。このときに、歯で剝くと固くて渋いので、木で作った栃へしという道具で栃の実を挟むようにして剝く。そうしてから、いよいよ灰汁抜きとなり、皮を剝いた栃の実に、煮立ったお湯をかけて、浸したまま自然に冷ますことを水がきれいになるまで何度も繰り返す。次に、雑木の灰に熱湯を注いでドロドロになったところに栃の実を漬け込んで、三、四日置き、そのあと、川の流れの緩やかなところで数日さらして灰を洗い落とし、薄皮も剝がれて、ようやく食べられるようになるということだった。

栃の実は縄文時代から飢饉に備える救荒食となってきたというから、西行も食したことはあるのだろう。先の歌も、高野山の奥で岩清水を溜めておき、そこに拾った栃の実を浸している場景が彼にも思い描けるようだった。芭蕉も、貞享五（一六八八）年に門人越人を伴って尾張の地から信州更科の姨捨《おばすて》山の秋の名月を賞《め》でに中山道を向かった『更科紀行』で、木曾のとち浮世の人のみやげ哉、と句に詠み、『おくのほそ道』の須賀川では、橡《とち》ひろふ太山《みやま》もかくやとしづかに覚られてものに書付侍る――と西行の深山へ思いを馳せていた。

「塩鶴」の停留所を通過して、次は「長殿」です、というアナウンスに続いて、十津川村の歴史はひじょうに古く、とふたたび女声の説明が流れた。伝説に拠りますと、神武天皇御東征の際に、道案内に立った八咫烏が祖先ともいわれています。六七二年の壬申の乱の折には、天武天皇の吉野御軍《みいくさ》に参加し、戦功によって租税を免除されたといわれ、これは明治の地租改正まで続き、これだけの長期にわたる御赦免地であることは全国でも珍しいことです。源平の争乱の元となった保元の乱にも参戦したと戦記にも見られ、また南北朝時代、江戸時代の大坂の陣、幕末の天誅組と、日本の歴史にはたびたび十津川という名が登場してきます。

路線バスにもかかわらず観光バスなみにテープの案内が付くのは、十津川という土地への強い誇りが窺えるようだった。出発に当たって、彼は十津川の歴史の下調べをしてみたので、バスの簡潔な説明にも頷かされた。神話の時代の八咫烏はともかく、大化の改新後、中大兄皇子《なかのおおえのおうじ》が即位して大津宮に遷都して新政をしいた天智天皇が崩御したことにより、皇位継承をめぐって弟の大海人皇子《おおあまのおうじ》と長子の大友皇子《おおとものおうじ》が争った壬申の乱が起こったときに、十津川の兵は吉野に隠棲していた大海人皇子、後の天武天皇に味方をして、太陽、月、星の三光の御旗と、とをつ川吉野の国栖いつしかと仕へぞまつる君がはじめに、という御製を下賜され、免租の地とされたと伝えられていた。

また、保元の乱に参戦したというのは、平安朝末期に崇徳《すとく》上皇と後白河《ごしらかわ》天皇との間で交わされた保元の乱（一一五六年）を題材とした軍記物の『保元物語』に、崇徳上皇方の悪左府の異名を持つ藤原頼長が武家の源為義とその八男の為朝らを召して軍評定《いくさひょうじょう》をした際に、弓の実力に秀でた若き為朝が内裏高松殿を夜討ちすることを言上したのに対して、左大臣頼長は夜討ちなどは若気のなせるわざだとこれを斥け、いま院中に控えている軍勢は少ないが、明日には南都の宗徒らが加勢に駆け付ける、その中には――芳野・十津川の指矢三丁・遠矢八丁の者ども――もおり、これら多勢の軍兵を率いて合戦すればよい、とした記述があることに拠ると思われる。指矢は矢継ぎ早に射る、遠矢は遠くの目標を射ることで、いずれにしてもふだんは山で狩りをするのが仕事だった十津川の兵たちが、弓の名手ぞろいだったことを表しているのだろう。

さらに、南北朝の動乱期に大塔宮を匿い、宮に娘を召させたと『太平記』にある竹原八郎は、十津川の兵を率いて、この後吉野金峯山寺を味方に付けて鎌倉幕府軍と戦う体制を整える大塔宮護良親王に加担する。そして、江戸時代に下がり、江戸幕府と豊臣家の間で行われた慶長十九（一六一四）年の大坂冬の陣では、十津川の兵総勢千人が、鉄砲三十挺、弓十五張、具足を揃えて参陣し、直後に起こった近隣の紀州北山郷での豊臣派の一揆も鎮圧した。この功も合わせて、鑓役四十五名が徳川期において苗字帯刀を許されて郷士となったとされる。

天誅組については、これまでの途次折々に触れてきたが、ここで一つ付け加えるなら、攘夷派公家の中山忠光を主将に迎えてこの山峡の地に立てこもった天誅組に、十津川郷士ははじめ勅命と受け止めて参戦したものの、八月十八日の政変によって天誅組が逆賊と見なされるように朝廷の正義が覆ったことを令旨《りようじ》によって知ると、九月十五日に離反する。二つの正義の間で十津川人の運命が変転する経緯は、大塔宮を匿ったものの、この地にも影響を及ぼしていた熊野三山の別当が鎌倉方であったために、多額の恩賞を出して宮を討つことを布告し、それに応じようとする勢力が生まれたとする『太平記』の記述にも通じるところがある。

そのほかにも、バスの案内には出てこなかったが、平維盛が逃れたという伝承や、『吾妻鏡』には、頼朝に追われて吉野へ逃れた義経が、ひそかに桜井の山中の多武峰《とうのみね》に向かい、そこの南院の僧十字坊が、この寺院は狭い上に隠遁には適しないとして、遠津河（十津川）辺りにお送りしたいと申し出たのに従ったものの、その後消息が途絶えたという記述があること。太閤検地の際に、米のほとんどとれない土地だということで、村全体で千石とされ、引き続き実質的な免租地とされたこと。そして、天誅組の騒動を挟んだ幕末には、十津川郷士二百人が京の御所の門番にあたり、戊辰戦争では御親兵となって北越から奥州に転戦して多くの死傷者を出し、東北とも因縁があったことを彼は知った。

路線バスは、川に沿って右に左にと小さく折れ曲がる狭い道を進み、川向こうの右手の山の斜面に大崩落の跡が見えたと思うと、川沿いの崖っぷちに二、三軒の民家があった「長殿」の停留所を過ぎ、次は「長殿発電所前」です、とアナウンスされた。

長殿は五條からの十津川の入口で、叛軍の位置に置かれた天誅組が、十津川郷士たちの兵力を借りて守備にあたることにしたときに、三人の総裁の一人だった土佐脱藩吉村寅太郎が、先祖が十津川郷の宇宮原《うぐはら》の出だった五條の町医乾《いぬい》十郎とともに、先発として入った集落である。その結果、十津川郷士中の領袖だった川津村の野崎主計《かずえ》と重里村の深瀬繁理《しげり》の参加を得ることに成功したこともあっておよそ千人の兵を得た。もっとも、突然の話になかなか応じようとしない郷民に対して吉村寅太郎が――火急の御用につき十五歳より五十歳まで、残らず明二十四日御本陣へ出張これあるべく、もし故なく遅滞に及び候者は、御由緒召放され、品により厳科に処せらるべく候条、その心得を以て早々出張これあるべく候――という勤王精神に訴えかけるような布告を五條御政府の総裁の名目で出して、強引な募兵をしたということもあるようだ。御由緒とは、ふだんは農民でありながら郷士と称することを許されている身分や免租地であることだろう。天辻峠近くの本陣では、阪本を経て隊列を組んで登ってくる十津川郷士の姿に、快哉を叫んだにちがいない。

そんなことに思いを巡らせていると、それまでずっと下に見えていた川の水面が急に迫ってきて、バスは「長殿発電所前」の停留所に差しかかった。水力発電所の建物はどこだろう、と彼は車窓から目を巡らせてみたが、見当たらない。怪訝な心地でいると、ここから約二キロが二〇一一年九月の台風十二号がもたらした被害の爪痕が多いところです、と運転手がマイクで教えた。

以前は、昭和十二年に造られた十津川村で最も古く、最大出力一万五三〇〇キロワットのうち約二〇〇〇キロワットは村内で消費されていたという長殿発電所前の停留所だったのだろうが、紀伊半島大水害で流失してしまい、ようやく整地されて発電所跡となっていることに、彼は遅蒔きながら気付かされた。だだっ広い河原にはショベルカーやダンプカー、災害地に付き物のブルーシートも見受けられた。さらに、川に面した山の斜面の下部は、そこまで浸水したのだろう、樹木が薙ぎ倒されて緑の箇所が失われ、岩盤が急崖をなしてかなり高いところまで露出していた。それを見て、五年前の津波の到達したところと、免れたところとの境目を彼は思い起こした。

大量の土砂が積もって、この道路の高さまで川の水位が上がったそうです、と運転手が説明した。ええっ、ここまで水が来たんか。恐ろしいねえ、と言い合う声がした。

後で調べたところでは、ここから一キロほど下流部の宇宮原《うぐわら》で、幅約二四〇〇メートル、斜面長約六六〇メートルに及び、深さ三〇～四〇メートルと推察される深層崩壊が起きて大量の土砂が十津川本川の左岸から流下方向とは逆向きに突入したことにより段波が発生し、一〇メートルを超える山津波となって発電所を襲った可能性があるという。その推察の手がかりは、発電所施設の外壁や支柱が下流から上流に向かって転倒していることや、送電鉄塔や国道沿いの電柱も上流側に折れ曲がっていることだった。その写真を目にした彼は、津波の凄まじい破壊力によって、沿岸部の巨大で堅牢な高圧線の鉄塔さえもがぐにゃりと折れ曲がっていた様を思い出さずにはいられなかった。長殿では、十津川を挟んだ右岸の上の山でも標高八〇〇メートルの尾根をやや越えた位置から、さらに規模の大きい深層崩壊が発生しており、幅は最大となった標高七〇〇メートル付近で約三二〇メートル、斜面長は六〇〇メートル、最大深さ七〇メートルと見積もられている。

資料を目にした彼は、この地も明治二十二年の十津川大水害の悲劇の再来だったのか、と溜息を吐いた。彼がたびたび参照してきた『吉野郡水災誌』は、当時の吉野郡内の十二ヵ村を対象として災害の記録をまとめているが、人口千人当たりの死者、百戸あたりの流出戸数ともに最も大きな被害を受けたのが長殿のある北十津川村であり、その中で最も死者の多かった大字が長殿だった。明治二十二年八月二十日午前三時頃、長殿の大砂山と呼ばれる山が崩壊して人家を押し流し、十津川を閉塞し新湖が生じた。危険が迫ったのが夜間であり、逃げる暇なく一瞬のうちに土石流に襲われたものか、二十八人が圧死し、遺体は一体も発見できなかったとされている。このときの対岸との連絡には矢文も用いられたという。

当時、長殿に隣接している大字の宇宮原には、宇智吉野郡長の玉置高良《たまきたかよし》が供の者たちと旅館に宿泊していた。ちなみに、その三年前の藤沢南岳の『探奇小録』にまとめられる旅を誘ったのが玉置高良であり、南岳自身も十津川郷の人々の勤王烈士ぶりを聞き及んでその逸事を探りたいと思ったものらしい。玉置郡長は、出身村である東十津川村の田戸街道開通式に出席した帰りに、大雨で足止めを食い、止宿した宿において、二十日の午前一時過ぎに大鉢山の崩壊に巻き込まれる。この玉置郡長の死については、混乱の中、情報が錯綜していたのだろう、『吉野郡水災誌』の資料にはさまざまな記載がされている。

まず、二十二日付けの宇宮原の急報人が宇智吉野郡役所書記西村皓平、上杉直温《なおはる》に宛てた急報書では、十九日は郡長の玉置高良閣下も宇宮原の北村延秋方の旅館に宿泊されたと思われるが、旅館およびその近傍は残らず崩壊して流失し、跡形もなくなっており、残念ながら郡長閣下も恐らく溺死したものと思われる、なにぶん夜間のことなので確かなことはまだわからないが、十津川は宿のあった街道よりおよそ一〇メートルの高さにまで増水している……との文意となっている。

次いで、二十五日付けの郡役所書記西村皓平の奈良県知事税所篤《さいしょあつし》宛ての報告書では、やや状況が明らかになってきたようで、後ろの山が崩壊した午前一時過ぎという時間が記された後、――旅宿ハ数百尋《ひろ》直下ノ十津川ニ押出サレ流失或ハ土砂数十丈ノ下ニ埋没シ家屋ノ片形《かたわれかたち》ヲモ留メス《ず》――とあり、さらに郡長およびその人足、その他宿主の家族や旅行者など合計十一名はともに圧死したという報告が徐々に入ってきて調査したところ、全く報告の通りで、郡長が埋没に遭ったことは間違いないのでここに届ける、としている。

さらに、九月三日に郡役所の庶務課で作成され、十津川の六つの村の村長たちに出された書類では、このときにはすでに後任が充てられていたらしく、前玉置郡長は公務出張の帰途に、宿において天災のため非命の死を遂げたと思われるが、遺骸は発見されていないので、発見した者がいれば、直ちに届け出るようにと村内に指示して欲しい、とある。

ところで、宿には増谷利助という男も泊まっており、一人だけ災難を免れた。『吉野郡水災誌』の本文には、崩壊に巻き込まれる様子を語った利助からの聞き書きも取り入れられている――利助が玉置郡長らとともに延秋方に宿泊していたところ、宅下が崩壊して家屋が傾き、今にも倒壊しそうになったので、利助は皆に向かって大声で避難を呼びかけるとともに、直ちに戸外へと躍り出た。しかし、ほかの人たちは階上にいて敢えて避難しようとはしなかった（延秋や玉置郡長らは皆軽装で、提灯を持って立ち往生していたという）。

利助は一人で大鉢山に急いで登り、頂上に達したところで足元が崩壊して延秋宅および住民と宿泊客を埋没して流れ落ちた。

この記述では、玉置が亡くなったのはどうみてもこのときだと思われるが、不思議なことに『吉野郡水災誌』の資料には、二週間後の九月三日に死亡したという医師の診断書ならびに増谷利助自身の見証証書が存在している。五條の医師により九月に書かれたとされる診断書によれば、八月二十五日に依頼を受けて往診したところ、玉置は精神が昏乱しており意識が無いようだったという。瞳孔は少々拡大しており、呼吸はゆっくりで、心臓の鼓動も微弱で、脳震盪と診断して刺激や衝動、強壮剤などを用いたところ、少々回復するようでもあったが、徐々に昏睡状態となり飲食嚥下が困難となって衰え、本月三日についに絶命したと記載されている。

また、増谷利助の見証証書は、災害の様子はこと細かく具体的に示しているものの、その後は急に曖昧な表現となり、自分は正気を失い、夢のような状態のまま東雲《しののめ》を待ち、朝になると、宿は無論のこと一面には何もなく荒れ果てていたとし、このとき玉置郡長は重傷を負い、遂に九月三日になって亡くなったと聞いている、と最後は伝聞で終わっている。利助以外は絶命していた中で、玉置郡長がどのようにして助けられたのかは不明で、何より違和感を覚えるのは、この見証証書の日付が八月三十日なのに、未来の九月三日のことが記されていることである。疑問視する解釈には諸説あり、宿は玉置郡長の妾宅でもあったので、そこで死なすことに抵抗があったとするもの、また郡長危うしとして救援を急いだとするものなどがあるが、いつの世にも思惑による文書の捏造はあるものなのだろうか。ともあれ、友人の藤沢南岳は弔文にこう記した――背面ニ当レル字大鉢山俄然崩壊シ来ルヤ家屋ト住人ヲ圧倒シ十津川ニ陥落シテ君及《すなは》チ没ス享年五十有三。……

更地と帰した長殿発電所の跡を通り過ぎた路線バスは、次は「旭橋」です、とアナウンスした。いったん水辺近くまで下った道はふたたび緩い登りとなった。崖崩れ防護ネットが張り巡らされた山壁と川側のガードレールに挟まれた一・五車線の隘路をしばらく行くと、淡い雪景色の中でも崖地に枇杷の葉が艶々と照り光っているのが見え、枇杷晩翠という言葉を彼は思った。ところどころに、斜面からしなだれかかる飯桐の赤い実も目に付いた。昔はこの葉で飯を包んだのでこの名が付いたと聞いたことがある。対向車が見えるたびに、バスは路肩に寄って停まり、擦れ違わせた。

やがて、工事中の標識が見えるものの快適な片側一車線の道となり、左手にカーブして橋を渡り始めた先にトンネルが見えてきた。出口の白い光がすでに見えている坑口に入るときに、岩原トンネルと銘板の文字が読み取れた。トンネルを抜けるとすぐに、上方に見える山裾の道や眼下の広くなった河原に大がかりな復旧工事の光景が見えている中を行く橋を渡り、今度は田長瀬トンネルと読めたトンネルに入った。この区間は、十津川に沿って蛇行する旧道に替わって、橋とトンネルによってほぼ一直線に貫かれたバイパスらしい、と彼は察した。

藤沢南岳も明治十九年の旅の際にこのあたりで何度か橋を渡っている。国道一六八号の下地となっている古街道は西熊野街道と呼ばれ、ここからもう少し南に行ったところにある川津という集落に泊まった南岳は、喜延氏という地元の人に図を指し示して教えられ、東西およそ七里、南北十五里、五十五の村からなる十津川郷のことが、掌中に在るが如くわかった、と記す。皆、山を負い、渓に臨む。田圃《でんぽ》は千分の一しかない、と。

南岳は問う。かつて自分は、十津川郷の道は極めて険しく、橋は必ず独木《まるき》だとも聞いた。だが、今日経過してきた長殿より南の道は、却って平坦で歩き易かった。橋もまた板橋が多かった。何故か。それに喜延氏が答えて曰く。数年前に、郡宰や西村諸氏らが相謀って新道を開き、難工事のために殆ど二万円を費やした。そして、旧道はすなわち歩くべからず、と自賛した。それを聞いた南岳は——嗚呼渓山千古風色旧ノ如シ。而径路改良——渓も山も千年の昔の姿なのに、道は改良されていたのか、と驚きを露わにしつつ——山霊其ノ秘ヲ秘スル能ハザル也、と秘境であり続けることはできまいという感慨を洩らしている。

独木の橋は、いわゆる丸木橋のことで、今でも渓流地などで見かける、水面に出ている岩と岩に丸太を渡しただけのものだろう。それが新道の開削によって、板材を用いた板橋が架設された。ちなみに、工費の二万円は、当時の国家予算が七千万円ほど、軍事費総額が二千万円ほどだったときの二万円という大金であり、郡宰は三年後に十津川大水害で被災する玉置高良宇智吉野郡長、西村氏はその報を受けることになる十津川郷の出身の宇智吉野郡役所主席書記西村皓平である。だが、せっかく整備した板橋も、大水害で多くが烏有に帰してしまったに違いない。

なお、南岳に十津川郷のことを教えた喜延氏は、正式には更谷喜延《さらたによしのぶ》といい、幕末には御所警衛に従い、後に明治二十二年四月に施行された町村制によって発足した十津川花園村の村長を務めた人物のようだ。更谷は、幕末の勤王運動によって公私の出費がかさみ、伐採や植林などの手入れが放棄されて荒れていた山林を、勧業資金の拝借による勧業林として杉、檜の植栽をすすめて村の基本財産を築いたほか（明治二十年に貸与が許可された資金は、年々返済していく予定だったが、二十二年の十津川大水害の為、免除された）、大水害に際しては推されて移住総長となって北海道へ渡り、新十津川創立と共に初代戸長に任命された。

また、更谷の二歳年長の西村皓平も、明治元年に十津川御親兵軍事隊長を命ぜられた後、兵制改革により帰郷して宇智吉野郡役所に勤めた。大水害によって玉置郡長亡き後は救助活動の指揮を執り、六百戸、二千六百人に上った十津川の罹災者救済のための北海道移住の実現に奔走し、明治二十五年に更谷が旧十津川郷に帰村後、新十津川の村政が紛糾した際には、請われて渡道し第四代戸長となった。

水害時に西村皓平自身は五條の郡役所にいたものと思われるが、『吉野郡水災誌』に、南十津川村山手にて、として、――八月二十日の午前四時頃、山手川とこれに注ぐ渓流の合流点近くにあった西村市二郎の宅地が濁流に取り囲まれて水位が上昇し、家族六人が家の裏の高台に上がり助けを呼んでいたときに、五〇メートル強の距離に南隣の西村皓平の家族がいたが、間を急流が逆巻いており助けるすべがなかった――という記述があるのに、彼は目を留めた。それに続いて、市二郎だけが一人で激流の中を渉って門外まで逃れ、残された家族全員は大きな波の一撃を受けて流されてしまったとあり、西村皓平の家族たちもまた、と思われたが、下佐古山と称《よ》ばれる山は二百五十間と七十間の広さで二手に分かれて山抜けしたために、直接巻き込まれることはなく、山々はあちこちで崩壊しているなか、市二郎とともに木の根や草をつかんで山の頂に辿り着いたという。

西村皓平の長男の直一は、このとき明治法律学校の生徒で東京にいたので水災には遭遇せず、十津川村を挙げての北海道移住が決まると中退して渡道し、入植地の原野を踏査した。後に、新十津川村長、深川町長も務めた。

出口の明かりは見えているものの思いのほかに長かったトンネルを抜けると、右手に旧道に架かる旭橋らしい朱色の鉄橋が見え、バスは「旭橋」の停留所を通過した。次は、おぐるす、というアナウンスに前方の表示を確かめると、「小栗栖」の文字だった。確か、明智光秀が最期を遂げた京都の地も同名だったと思ったが、地名の謂われなどは知らない。そのうち、右手の視界が開けて、緑色をした川の水が見え、三年前に目にした下流部にあたる熊野川に似た白い砂礫の河原が広がる川の景色となり、路線バスの次の休憩地である上野地近くの谷瀬《たにぜ》の吊り橋を示す標識が現れはじめた。山側の路肩で工事をしているもののダンプカーとも行き交うことができる整備された道が続き、見通しがよくスピードを出したくなる箇所らしく、凍結注意に混じって、速度落とせ、徐行、の黄色い看板がいくつも現れた。

「小栗栖」を過ぎ、次は「上野地」、谷瀬の吊り橋前です、に続いて、谷瀬の吊り橋は生活道の吊り橋としては日本一の長さを誇り、長さ二九七メートル、高さ五四メートル、昭和二十九年に地元谷瀬地区の住民が資金を出し合い、村の協力を得て悲願の吊り橋が架けられました、とアナウンスが流れた。

説明の途中から、バスは二叉を谷瀬の吊橋と緑色の文字で示された方の左の狭い道へと分け入った。ここでも路肩で除雪をしているユンボが出ていた。バスが右手に大きくカーブを切ると、正面の右手に小雪まじりの曇天に銀色のワイヤーが鈍く光っている長い吊り橋が見えてきて、あれや、あれ、と言い合う声が起こった。確かに、彼がこれまでに見たことのない長さがあった。やっとここまで来たか、と彼は思った。五條から一時間半余り、大和八木を出てからは三時間近くが経っていた。巨大な深層崩壊の跡を始め、初めて見るものに目を奪われっぱなしで飽きることがなかったせいか、時間の経過は早く感じられたが、ずいぶんと遠くまで運ばれてきたという実感があった。

バスはゆっくりと吊り橋の前を通り過ぎ、一段と狭くなった道を両脇に立ち並ぶ民家の軒先をかすめるようにしながら徐行して進んだ。郵便局を過ぎた所で停まり、狭い路地とは対照的にバスが二台停まれるほどの駐車スペースにバックで入れながら、女声のアナウンスが、ご乗車ありがとうございました。「上野地」、谷瀬の吊り橋前です。「上野地」で休憩をお取りいたします、と告げた。停車時間は乗務員が申し上げますので、発車時間までにバスにお戻りください。なお、乗務員もバスから離れることがありますので、貴重品にご注意ください。

バスが止まり、前の扉を開けると、はい、お疲れさまでした、と運転手が声をかけた。途中、雪で若干遅れましたので、二十分の休憩時間は少し短くなって、午後三時五分出発となります。吊り橋に行って来る時間は充分ありますので、どうぞ渡ってみて来てください。全部渡ってこれるんやろか、と訊ねる声に、急ぎ足で渡ってこられる方もおられますけれど、どうか出発時刻にだけは遅れないようにお願いします、と運転手が答えた。

彼は、敷地の裏手に設けられた簡素なトイレで小用を済ませた後、ともかく吊り橋へ足を向けてみることにして、バスに戻り網棚のリュックから折り畳みの傘を取り出した。隣のギプスの婦人はバスの車内に残ったままでおり、ちょっと行ってきます、と声をかけた彼に、いってらっしゃい、気いつけて、と笑顔を向けた。

運転手が背後の坂を民家の方へ上っていくのを目に留めた後、乗客たちとともに、小雪が散る中をバスが来た道を戻るように歩いて行くと、すぐに吊り橋の袂に着いた。すでに赤いダウンジャケット姿の男性が急ぎ足で渡り始めている。五センチほど雪が積もっており、七十年配の女性の三人連れは、一度に20人以上渡ると危険です、つり橋の上では禁煙です、などと書かれた説明板のところに立って、おお怖《こわ》、足が竦みそうや、ここから眺めるだけでええわ、と言い合っていた。

雪が降りしきるようになった中、彼は吊り橋へと足を踏み出した。最初は横幅いっぱいに踏み板が縦に八枚貼られているが、途中から真ん中の四枚だけとなる。折り畳み傘は風で煽られそうで畳んだ。踏み板に雪が積もっているので、滑らないようにいくぶん注意が要った。半分ほどまで進んだ赤い背中がずいぶん小さくなっていた。

ここまで来てみたよ、と彼は心の中で呟いた。

この吊り橋のことを教えてくれたのは、飛騨川のバス転落事故の現場を訪れた旅で出会った盲人の青年だった。のんびりと運ばれるままとなっている乗り物での旅が好きだと言い、各駅停車の列車もいいが路線バスの旅もいい、と十津川への路線バスのことを教えてくれた。途中に、とても長い吊り橋があるんです、よそにもっと長い吊り橋が出来て、日本一ではなくなってしまいましたが、村の人の通学路になっていて生活道路としては今でも日本一だそうです。大和八木から終点の新宮まで六時間半かかる路線をこれまで六回乗ったことがあり、吊り橋も二度往復した、その下にあるキャンプ場でキャンプをしたこともある、と話した。

目が見えない身で、この吊り橋を渡ったのか、と彼は今更ながらに思い入った。ロープの手摺りと、腰上の高さまでネットが張られているので、転落する恐れはまずないが、踏み板の継ぎ目がカタカタ鳴って心許なく、渡っている人は僅かなのにもかかわらず、風で結構揺れる。踏み板を留めている横木の隙間から、遥か真下に白い砂礫の河床の一部だけを流れる緑色をした十津川が見える。後方で、足を進ませられずに立ち竦み、悲鳴を挙げている女性の声が聞こえた。見えてたら怖いでしょうねえ。盲人の青年が発した言葉がここでも蘇った。彼は、しばし目を閉じてみたが、三歩と足を運ぶことが出来ず、空へ足を踏み出すという心地にはなったものの盲人の体感はつかめなかった。

電気工だった経験から、彼は、十八階建てのマンションの屋上から地面を見下ろした感じか、と改めて眺め遣った。揺れはするものの、転落防止のネットが張られているので、建設現場の高所の足場の上で作業をしているかのようだ。ネットが張られているかどうかで、恐怖感は大きく異なり、地上高はいくぶん低くとも、修理で訪れたときの吹きっさらしの鉄塔や給水塔の梯子を昇るときや、ビルの屋上から身を乗り出すときの方が緊張が高まったものだった。

当初は、出来れば渡り切って戻ってくるつもりでいたが、三分の一ほど進んだ所で、彼は思い直して引き返すことにした。雪は止みつつあり、周りを見回してみると、土砂を浚っているらしい薄緑色の重機が河原に出ているものの、幾重にも重なり合う山々と谷底を流れる川が、折からの雪景色と相俟って山水画のようなたたずまいを見せており、その風景の中に自分が溶け込むような感覚を彼は覚えた。この場所に、もう少し身を置いていたい思いとなり、二時間後にやってくる三便目のバスに乗ることにしようかと考えた。それに、ずっとバスで運ばれてくるばかりだったので、周りも少し歩いてみたい……。このあたりは明治の十津川大水害の際にことのほか被害の大きかった土地で、増水した濁流はこの吊り橋の高さまで達したと資料にはあった。さらに、吊り橋を渡った先の谷瀬には、大塔宮護良親王を土地の豪族竹原八郎が仮宮を建ててかくまった御所の跡があるという。また、天誅組の上野地本陣跡碑もあるようだ。そのためには、リュックを置いてきたバスまで引き返して、運転手にその旨を告げなければならない。それで彼は、早めに戻ることにしたのだった。

バスでは見かけなかった白いプラスチックの縁のサングラスをかけた若い男女が、自撮り棒で写真を撮っていた。その後、女のほうが吊り橋の上で何度も飛び上がってみせて、男性がシャッターを押していた。じゃれ合っている言葉からは、台湾からの旅行者なのか中国からなのか判じが付かなかった。ロープを手にし、脇に寄って擦れ違わせてもらいなおも進むと、橋端の踏み板の数が変わるあたりに、バスで後ろの座席に坐っていた男女の姿があった。黒縁の眼鏡をかけた男が五メートルほど先に進み、女にここまでおいでというように手招きをすると、白いパンツ姿の女は恐々と足を運び、最後は小さな悲鳴とともに男の元へ引き寄せられた。はしゃぐのに少し照れている色の見える男の仕草に、思ったよりも年がいっており、三十代かもしれない、と彼は感じた。こんな時期が自分にもあった、と心の中で苦笑しながら彼は見遣って擦れ違い、足を速めて吊り橋を後にした。

バスの駐車場に着くと、運転手が坂を下りてくる所だった。吊り橋行ってきましたか、と訊かれて、やっぱりずいぶん長いですねえ、と彼は頷き、ここでいったん途中下車して、次の便に乗ることにしました、と伝えた。次は五時出発ですから二時間も待ちますけど、それでもよろしいですか。ええ、のんびり周りを見学して来ます、と彼は応じた。こんなこともあろうかと、二日間有効で途中下車が可能なチケットをもとめてあった。それを差し出して見せると、ああ大丈夫、というように運転手は頷いて見せた。

発車まではまだ時間があるので、雪道の運転は大変ですね、と彼は訊いてみた。ああ、そうやね、上るのも下るのも難儀やね。前に滑ったことがあって、乗ってたおばちゃんが、おー滑っとる、滑っとる、初めてや、車で滑ってるの、言うてました、と笑顔で答えた。この路線の運転は十七年目になります。バスやダンプとのすれ違いは、お互いに顔見知りで分かってるさかい、まあ、あうんの呼吸ってやつですかね。バスは延命措置して二十五歳で引退ですわ。ふつうは、ほかすのは一五〇万キロ超え。十津川はどこにお泊まりですか、電話したら迎えにきてくれるさかい、電話しとったらええですよ。

ええ、そうします、と言って彼は網棚からリュックを降ろし、隣のギプスの婦人に、ここで降りることにしました、どうぞお大事に、と挨拶をした。ありがとさん、さいなら、と答えた婦人の言葉は、やはり関西弁のアクセントがあまり感じられなかった。そういえば、と彼は栃の木のことを訊くのを忘れていたのを思い出した。十津川では栃餅は作りますか。栃餅か、あれは手間がかかるんで、いまは作らんね、とにべもなく婦人が答えた。

上野地の転回所から左手へと進路を取ったバスを見送ると、彼は静寂の中に一人取り残された。谷瀬の吊り橋へと戻る前に、時間もたっぷりあることだからと、さっきの休憩時に運転手が上って行った坂の方へ足を向けてみることにした。古びた民家の間の狭い簡素な石段を上ると、すぐ左手の小屋のような建物の表札にバス会社の文字が見えて、古家を借り受けて運転手の休憩所としているものと察せられた。土砂崩れなどで路線が通行できなくなったときに、緊急に避難することもあるかもしれない、と想像しながら通り過ぎて進むと、十津川郷に入ってからはひさしぶりに目にする、数台のバスも停められそうなやや広い平地にアスファルトが敷かれた駐車場へと出た。上方の斜面には、杉林が切れたところに狭いながら田畑も見え、藤沢南岳が『探奇小録』に、坂本を過ぎて以来稲田を見なかったのが、上野地に至ってやや田を見ることができた、との意を漢文で記していたことがここでも思い出された。

そこから、雲が低く垂れ籠めるなか、十津川の対岸の谷瀬の山の珍しく緩やかな斜面に人家が点在しているのを、今度は『南山踏雲録』にあった伴林光平が上之地の本陣で詠んだ歌に、ここや雲より上の地のさと、とあるのを想わせるけしきだ、と見遣っていると、駐車場の一角にやや大きな石碑があるのに彼は気付いた。近付いて見ると、そこにはまさに天誅組上野地本陣跡と刻まれており、碑の背面には、――文久三年八月　五条において代官所を襲撃　倒幕の狼煙《のろし》をあげた天誅組は　十津川郷に援軍をもとめ　高取城を攻撃したが戦利あらず　天ノ川辻より十津川を南下　一時ここ上野地東雲寺に本陣を置いた　十津川郷を脱した天誅組は北山郷に出　数日後　鷲家口《わしかぐち》にて壊滅の悲運にあう　東雲寺は明治になって廃寺となった――旨が記されてあった。

　天ノ辻の本陣におよそ千人の十津川郷民の援軍を得た天誅組は、陰暦八月二十五日に総軍五條へ向けて出発し、幕府から天誅組討伐を命じられた高取藩の居城で、標高五八三メートルの高取山にあって要害堅固で知られる山城の高取城を奪って気勢を上げようとする。だが、十津川のほうぼうの山奥から取るものも取り敢えず馳せ参じた人々に、満足な食も与えず、天ノ辻から五條まで二〇キロの行軍をした上、さらに一六キロ先の高取まで不眠不休の夜行軍を強いたこともあって、二十六日朝の襲撃は無慙に失敗する。

　天誅組の生存者である半田門吉が残したとされる『大和日記』は、味方贔屓や自己弁護の記述が目立つものの、この戦いについては、敵より打出す破裂丸に驚き、十津川の農兵崩れ立ち、一人即死、一両人手負ひ、我先へと引き退くを、頭の面々大いに制すといへども、止むること能はず――と高取勢の砲弾が炸裂しただけで全員総崩れとなった敗戦の姿を隠せない。いっぽう、天ノ辻の陣中で造られた天誅組の木製の大砲はといえば、まったく用をなさなかったようだ。

このときの模様を『南山踏雲録』では、久留米藩士で脱藩し尊攘運動に加わるが、寺田屋事件で捕らえられ久留米に幽閉された後、天誅組の挙兵に参加した酒井傳次郎の丈夫ぶりを示す逸話として——高取城朝駈の日、烏帽子形の兜を着たりしを、敵の百目筒に打貫れしかど、尻居に倒れたるのみにて、事なく還りしが、衆見て胆を冷さぬもの無かりき。されど酒井は、特に煩ふこともなくて、なほ所々の討手などに向居しを「二日ばかりは項《ウナジ》痿《シビ》れて、物音も覚えざりし」と後に語りき——と記している。敵の砲弾に兜を打ち砕かれたものの、尻餅を付いて倒れただけで無事帰ってきて、さすがに二日ほどは首筋が痺れて、耳鳴りのせいか物音が聞こえなかったようだが。さぞかし豪傑魁偉だったのだろう、と想像されるところだが、二十七歳の傳次郎は沈実壮雄、議論確乎であったとともに、小男にて中肉の人なり、と光平はその外見を形容している。

天誅組の主将にかつがれた攘夷派公家の中山忠光はこのとき十九歳であり、将の器ではなかったのだろう。援兵に対して慎重論を唱えた十津川の林村の庄屋だった玉堀為之進《たまほりためのしん》と河内勢の植田主殿《うえだとのも》を天辻峠で全員の前で斬首し、高取城襲撃に失敗した際は、十津川農兵に対して失望と憤懣をあからさまに言い募った。大和生まれで伴林光平に師事し、師とともに天誅組に参加して勘定役を担った平岡鳩平《ひらおかきゆうへい》の手記に拠れば、たまりかねた十津川郷士の首領格の野崎主計は、忠光の馬前に土下座して、十津川は木石に非ず、戦地に致すに一食も与えず、戦地で方角違いをするなどの稚拙な行動の過ちは誰にあるのか、と問うたという。このときすでに、十津川の多くの人心は忠光から離反していたにちがいない。

中山忠光を補佐する三総裁の一人だった吉村寅太郎は、風の森峠を越えて御所方面で別働隊を指揮しており、高取城襲撃に直接参加しなかったが、敵に遭わなかったために五條へ引き揚げる途中、敗れて静々と引き揚げてきた中山忠光の本隊と出会い、忠光と主計とが言い争っているのを目にする。そして、このままでは十津川郷士たちを引き留めておくことは難しいと、士気を高めるために二十余名の決死隊の同志を募って高取城下へその夜再度襲撃をかけようとする。『大和日記』によれば、別れの盃を廻してから高取城下へ進んだところで、敵の夜廻りの者五、六十人と出会い、その大将一人が馬上で提灯を点しているのを見て、寅太郎が真っ先に鑓を上げて突き刺し、落馬し弱った相手の首を掻こうとしているところを味方の鉄砲の流弾で横腹を撃たれてしまう。

ここにも舞文曲筆や誇張があるようで、高取藩の資料では、斥候となったのは独りで、人家の軒下から躍り出てきた者（吉村）に鑓で右脇を縦《つ》かれたものの、鎖帷子《くさりかたびら》を着ていたので、槍鋒が一、二分入っただけであり、馬上より刀を振るって応戦したが、暗夜のことだったので咫尺《しせき》を弁じない。敵に遭えば直ちにそれを報告するのが斥候の任務なので帰って報じた、となっている。いずれにしても、夜襲は失敗して、負傷した吉村寅太郎を護りながらの退却を余儀なくされる。横腹を撃たれたとされる銃創は、実は内股で、繃帯を褌に釣り上げていた、とする寅太郎の駕籠を担いだという農夫の談話もあるようだ。

その後、天誅組は再び天ノ川辻にいったん集結したものの、中山忠光の本陣は長殿や風屋、武蔵、引き返して風屋、辻堂と慌ただしく移り、傷が癒えていない吉村寅太郎は後陣を引き受ける決心で天ノ川辻に踏み止まる。義兵の計画の基本が崩れたことを認めざるを得なくなった忠光は、南朝の故事に倣ったのだろう、まずは十津川山中に引き籠もり、機を見て新宮へと脱し、船で四国、九州へ渡海して再び義兵を募ろうとしたが、嶮岨な山道を踏破できずに、九月六日に天ノ川辻へと帰陣する。幕府が、大和国の諸藩に加え、紀州、彦根、津藩にも討伐を命じた追討軍の攻勢はじりじりと強まり、七日には大日川で津藩の藤堂勢と戦い、寡兵ながら敵を撃退して五條へと押し戻し、大坂方面へ脱出することを図るが、弾薬が払底していたことなどから難しく、やはり天ノ川辻に引き籠もることになる。このとき大日川の戦いで軍功のあった河内勢の大部分は、天誅組を脱退して引き揚げてしまう。忠光が、前線にいた河内勢に告げずに本陣を移動させ、天ノ川辻へと引き揚げた采配に嫌気が差したからだとも言われている。京都から忠光を擁立してきた浪士たちと、大和へ向かう彼等を自家に招き入れて鉄砲、軍資金を提供して五條代官所襲撃に加わった水郡《にごり》善之祐一派の河内勢、募兵された十津川勢との間には、立場の違いによる感情的な対立や差別があったことは想像に難くない。

その間京都では、十津川郷士を呼び寄せて朝廷の警護にあたらせていた公武合体派の領袖である中川宮が、天誅組は乱暴の浪士であり、中山忠光は逆賊とする令旨を八月二十六日に、さらに九月五日にはこれを早々に追討せよと命じた沙汰書を出して、在京中の上平《うえひら》主悦《ちから》、前田雅楽《うた》らをひそかに十津川へと送り、郷民の離反をすすめていた。

そして、九月十二日に追討軍の天ノ辻総攻撃が始まった。忠光は夕刻天ノ辻を出陣して小代へ宿陣した後、十三日に上野地へ滞陣する。十四日には藤堂勢が天ノ辻まで迫り、殿軍として残っていた吉村寅太郎ら三十余人は、火を放って放棄し、小代の方へ逃れる。

十津川郷士が離反したのは、敗走の混乱があってのものか、十四日とする説と十五日(あるいは十六日)とする説がある。『大和日記』には、十四日に中川宮の命を蒙って京から戻った者たちが風屋から天ノ辻の野崎主計、乾十郎を呼び寄せて、中山卿に従ったのでは朝敵となって悉く滅亡に至るが、今のうちに中山卿が十津川に滞陣することを断れば兵火を免れ無難である、と離反を促すと、野崎主計は自分の村へ逃げ帰り、ほかの郷士たちも悉く変心した、とある。その中にあって乾十郎は天ノ辻へと戻り、これ以上十津川に長居をするのは無益であり、速やかに南へと向かい紀州路を新宮か本宮、あるいは木本、尾鷲などへ討ち出るべきだと主張し、これが評議に決して兵糧や小荷駄などを運送して引き揚げようとしたまさにそのとき、紀州・藤堂・井伊軍が雲霞のごとく三方から同時に鉄砲を撃ち放ってきたという。

一方、『南山踏雲録』では、十五日夜に前田某（前田雅楽のことだと思われる）が京より帰り来て、ひそかに総裁の人に言上することがあるというので、伴林光平は五條人乾十郎、十津川人野崎主計と同道して風屋へと急ぎ、明け方に着いて前田と遇うと、天誅組を退陣させるように、すぐに退去しないときには塩の道が断たれる、とも告げられる。これに対して光平は、正義の士を拒で、退陣せしめば十津川人、果して正義なりや、邪義なりや——と問いかけ、後世、邪義不正の名を蒙ることになって口惜しくないか、と言い募るが、十津川の魁首等、低首沈思、暫く言も無し——となる。そうして口を開くと、仰ることに申し分はないが、大方の者たちはその理を説いてももはや聞き分けてはくれまい、塩を断たれるということだけでも御退陣を希う者が多いのをどうすることもできない、ともかくも天誅組には十津川から退去してもらいたい、と頼む。

光平は、山民狡黠虚語《こうかつきょご》、可悪々々《にくむべし》——この山民たちは何という憎むべき狡さか、と激語を記し、吉村寅太郎、松本奎堂《けいどう》とともに三総裁の一人だった藤本鉄石《てっせき》は、十津川のはらわた黒き鮎の子は落ちていかなる瀬にや立つらむ、と罵る歌を詠んでいるが、ここに至って十津川郷士の離反はやむなし、と『大和日記』、『南山踏雲録』を読み比べてきた彼にも思えた。このときにはすでに、風屋の本陣で、天誅組の京都以来の同志だけによる十四日夜の会議で十津川脱走を議し、十五日朝に主将より天誅組解散と脱出の宣言が出ていたとする説もある。彼の手持ちの『南山踏雲録』は保田與重郎が評釈を加えて昭和十八年に出版したものの再刊本だが、保田も十四、十五日頃の事情には疑問が多い、としていた。

十津川郷中の者を引き連れて天誅組に参加した野崎主計は、その責任を取って自宅のあった川津の山中で二十四日割腹自殺する。享年四十。古老の思い出によれば、主計は川津村に戻ったものの、捜索が厳しいので、我が家を遥かに見下ろしながら帰宅することができず、杣《そま》小屋に身を潜めていたという。そのとき妻は身重だったが、一目会うことも叶わなかった。遺詠の、討つ人も討たるる人も心せよ同じ御国の御民なりせば、は先の藤本鉄石の悲憤慷慨調の歌に比べれば、平明で穏やかであるだけに、歴史の悲劇に巻き込まれる十津川人のやるせない思いが伝わってくるように彼には感じられた。そして、野崎主計と共に郷士を率いた深瀬繁理もまた、天誅組の脱出を助けるために北山郷に入り、本隊のために食料の調達に努めるなど尽力したが、藤堂藩兵に探知されて二十五日に斬首された。享年三十七。

天誅組に参加したほかの主だった者たちのその後を辿れば、吉村寅太郎は二十四日に東吉野村の鷲家口で紀州・彦根・津藩兵と戦闘となった後、高取襲撃で受けた傷が破傷風となって歩行困難となり駕籠に乗せられて運ばれていたところを二十七日に津藩兵に発見されて射殺された。享年二十七。辞世の歌は、吉野山風に乱るるもみぢ葉は我が打つ太刀の血煙と見よ。それよりも十津川を退去する際に詠んだ、曇りなき月を見るにも思ふかなあすはかばねの上に照るやと、の悲愴な調べのほうに彼は惹かれた。

『南山踏雲録』を記した伴林光平は、平岡鳩平とともに南山を脱したものの、九月二十五日に京都に向けて逃走中に生駒山中で捕らえられ、翌年同志二十数名と共に京都六角獄において斬刑に処された。享年五十二。いっぽう鳩平は、途中で様子を探ってくると光平に告げて一人立ち去ったまま戻らず京に上り、長州軍に属して倒幕に参加して、明治維新後は南朝の公卿北畠親房の末裔を自称して北畠治房と改名し、大阪控訴院長などを歴任し男爵に叙任され八十九歳の長命を得た。同じく中山忠光も、総裁の松本奎堂、藤本鉄石らほとんどの者が自刃、戦死した中、半田門吉らとともに大坂へ脱し長州へと逃れたが、翌年の元治元（一八六四）年十一月十五日夜に刺客によって暗殺される。享年二十。ちなみに、明治天皇の生母中山慶子は姉にあたる。そして、大砲に被弾しても落命しなかった、あの酒井傳次郎も刑場の露と消えた。享年二十七。……

それらのことを振り返りながら、ともかくこの上野地に陰暦九月十三日から十六日にかけて中山忠光らが本陣を構えている頃に、天誅組は解散の時を迎えていたわけだ、と彼は天誅組上野地本陣跡の碑を眺め遣った。これまで路線バスで辿ってきた「天辻」をはじめ、「大日川」、「小代下」、「辻堂」、「長殿」などのバス停の名が新たな意味を帯びて蘇った。

さて、伴林光平が上野地の本陣で詠んだ歌の上の句は、夕づく日麓の松にかたぶきぬ、だった。山峡の夕暮れは早く、しかもいまは真冬である。吊り橋を渡ってくるなら暗くなる前に向かわなければ、と彼は思い立った。駐車場からそのまま吊り橋の方へと下っていく道を行く間も、誰とも出会わなかった。吊り橋の袂に、土産物屋を兼ねた茶店ふうの食堂があると聞いてきたが、あいにくの悪天候のためか閉まっていた。次のバスを待つ間、そこでしばらく待たせてもらおうと考えていたので、彼は当てが外れた思いとなり、さっき確認しておけばよかった、とバスを降りたことを少し後悔しかけたが後の祭りだった。

付近の河原が水量の割合に広いのは、明治二十二年の大水害まで集落や耕地があったところだからで、村内にはこうしたところがかなりあります、との板張りの看板の説明文に彼は目を留めた。さっき見た天誅組上野地本陣跡の碑文に、東雲寺が廃寺となった、とあったのは、明治初年の廃仏毀釈によるものにちがいない。尊皇思想が強いこの十津川では特に徹底して行われ、五十余あった寺がすべて壊されてしまった。それを指揮したのが後に宇智吉野郡長となる玉置高良だったので、水難に遭ったのは廃仏毀釈の罰が当たったのだ、という風評が流れたとも聞く。そして、出発前に調べた十津川村役場の資料には、上野地での天誅組の実際の本陣跡は現在確定されていない、と記載されてあった。その理由は、明治の大水害で廃寺の跡地もろとも水底へ沈んでしまったからにちがいない、と彼は気付かされた。

それまでは、漠然とやけに幅の広い砂利の河原だと感じ、上流部に猿谷ダムがあるせいだとばかり思っていたが、ここここそが、土砂崩壊によって生じた塞き止め湖の中でも最大規模で、深さは最大二十丈（約六〇メートル）を数えた林新湖の出没によって水没したという、明治の十津川大水害の跡が現在に残る最たる場所であることを遅蒔きながら彼は知った。水害時には、塞き止められた濁流が三〇メートルもの大波となって上流に向かって遡る光景を見て、熊野灘から津波が押し寄せたか、熊野川の河口が閉塞したと考える人もあったそうだ。ここまで水が上がったという吊り橋から河床を覗き見ると、途方もない高さで、かえって嘘のように思えるほどだった。

ワイヤーが鈍く銀色に光る吊り橋は対岸までまったく人気がなかった。右手の河原で川砂を浚っていた重機も作業を止めたらしく、見当たらなくなっていた。小雪がまたちらつき始めた中、彼は吊り橋へと足を踏み出した。

背中に視線を感じ、何かに試されているような気分を抱いた。銀色のワイヤーが連想させるのか、高圧トランスが絶え間なくうなっている電気室で、単身で修理にあたっていた二十代のときのざわざわした体感が蘇るようだった。銀色のメッキを施された、触れたなら感電事故を引き起こす銅帯が組まれ、剝き出しのままよく研がれた刃物を想わせる光を放っているその空間では、彼は心臓が圧しつけられるような強い緊張と不安を覚えるのが常だった。

足元の木の板は意外と薄く、棚板の厚さほどで、踏むたびに繫ぎ目がカタカタと鳴り、傷んでいる箇所は踏み抜いてしまいそうな頼りない感触を靴裏に感じながら吊り橋を渡って行くと、掠れた音色やテンポが不安定に揺れ動き、いまにも音を外しそうな、晩年のクライスラーの演奏によるショーソンの詩曲が自ずと頭で鳴った。唐谷の死を知らされた直後に憩室出血で入院した病室で、この曲を頭の中に蘇らせているときに、ベッドの横に据えられている床頭台の脇のハンガーに掛けたタオルが、薄暗がりの中で微かに揺れていたことも思い出されると、それに呼応するかのように、折からの突風に蛇がのたうつように吊り橋が揺れて、思わず彼は脇のワイヤーに手を伸ばしてつかまった。端には板がなく、金属のメッシュを透かして谷底が見えた。

おいおい、揺らすなよ。心の中で彼はたわむれに唐谷に呼びかけていた。その姿勢のまましばらく佇んでいると、電気工だった時分に、高い足場の上で、ふらつく身体を墜落せぬように懸命に支えていた、かつての自分の姿と重なった。

唐谷、中学の校舎の二階と三階の間の庇から飛び降りてみせて足の骨を折ったおまえとちがって、おれは高い所が平気じゃなかったからな、もともと高所恐怖の質があったのを押さえ付けるようにして就いた仕事ではあった。昔からおまえには、無理な痩せ我慢ばかりして、と新聞配達をしていることをはじめ、さんざんからかわれたもんだよな。

子供が生まれて、それまでのアルバイト暮らしというわけにはいかなくなり、職安で見つけた一人親方の電気工事会社で見習いとして働き始めた当初は、恥ずかしながら、五メートルばかりの街灯柱にスライド式の梯子をかけて行う水銀ランプや蛍光管の交換といった軽作業でさえ、冷や汗を掻きながらの苦行以外の何物でもなかった。地上からただ仰ぎ見てるのとは違って、いざ梯子の上に上ってみると、真下の眺めが格段に高所と感じられるものでな。おまけに安定した壁面ではなく円柱の滑りやすい曲面に梯子を架けるだろう、重心を移動させる度に梯子がぐらりとしそうで、足が棒のようにこわばって、寝床ではしょっちゅう脹ら脛や太腿を攣った。

作業をしている最中に、梯子を架けていた鋼管ポールがゆっくりと倒れるように折れたこともあったよ。おそらく、前に車がぶつけて罅が入っていたか、土中の根元が錆びて腐食していたんだろうが、梯子の天辺で安全帯でポールに括り付けられたままの恰好で前のめりに倒れていきながら、夢の中でスローモーションの映像を見ているような現実離れした心地になった。幸い怪我は軽い打撲だけで済んだが、あれも、見えていることが何の役にも立たない、立ち往生の明視ってやつだな。ともあれ、事故ってやつは予想がつかず、こうやって起こるってことを身を以て知らされた。

だから唐谷、おまえも自宅の近くの勝手知ったマンションの屋上で、いつもどおりに息抜きの一服をやっているときに、あの中学生の時のように意気がって安全柵を跨いで縁に立って、何かの弾みで過って転落してしまったんじゃないか、とおれにはいまでも思えてならないんだが。それとも、四階の建物の屋上からだった、と佐竹からは聞いたから、ひょいと飛んで着地できるとでも思ったのか。そんな芸当のできそうな鳶の職人もいたがな。それよりも、飛び降り事故の現場なら、おれもかつては何度か後始末に向かったことがあるけれど、ほんとうに死ぬ気だったのなら、もっと高層の建物を選びそうなものじゃないか……。

いまとなっては解けない問いを抱いたまま、遥か下に見える白い河床と緑色の流れを見つめていた彼は、風が収まったので、ふたたび吊り橋を渡りはじめた。前方をまっすぐ見て歩いて行くぶんには、高さの感覚は消えて、ひたすら一本道を進んでいくふうだった。

おれだって、修業を重ねるにつれて、これぐらいの高さがある高所での作業にも慣れたよ。彼の心の裡には、相変わらず唐谷がいた。

高層ビルの外壁の最上部に設置されている航空障害灯の修理だって、屋上の縁に巡らされた鉄柵に安全帯を装着して外側へ跨ぎ出て、空へ半身をさらして淡々とこなすこともできるようになった。だが、そんな折だよ、足場の上で立ち竦むようになったのは。仕事を始めたばかりのがんじがらめの高所恐怖とは逆に、いま自分が高所の危険なところにいるという意識が、時として脱け落ちてしまうことがあった。安全帯も付けずに足場の端に片足で立って、もう片方の足を空中にぶらつかせて電気ドリルを使っていたり、地上の作業員に向かって工事の資材をロープで引き上げる指示の大声を張り上げながら、重心を大きく前に傾けていたり——そんな自分の無造作な身のこなしに気付くと、身の毛が逆立った。

初心者よりも、なまじ慣れ始めた者のほうが重大な事故を起しやすい、と世間では言うだろう。確かにそれはあった。ちょうど同じ頃、他の現場で変電室の改修工事の竣工検査を受けているときに、施工の説明をしながら六六〇〇ボルトの高電圧がかかっている充電部に素手のまま何気なく触れかけて、慌てて検査官に制される、ということもあったから。

だがな、危険を感受する感覚に掠れが出ていたのは、一概に、心の慣れがもたらした気の緩みだとばかりは言えない。その頃おれは、しじゅう咳をしていて、疲れるとすぐに熱が出て、それにともなう眩暈も加わるようになっていた。肋膜炎に罹って体調が思わしくなかったこのあたりのことは、おまえにも話すことはなかったな。後になって、おまえも顔ぐらいは知ってるだろう、高校の同級生で二浪して医学部に進んだ泉が、大学の柔道大会が東京であるっていうんで、当時おれが住んでたアパートを訪ねてきたことがあったんだ。そのときに、咳を心配されて、原因不明といわれていた肋膜炎のことを話すと、アスベストが原因かもしれないと言われてな。実際、電気工になってから、天井裏の鉄骨にアスベストが吹き付けられているような現場には何度も入ったからな。むろん防塵マスクなんか付けなかった。それで、アスベストに高濃度の曝露をすると、十年経たないうちに肺に水が溜まる良性石綿胸水——まあ肋膜炎のことだ、になることがあるそうなんだ。それ以来、泉のすすめもあって、中皮腫が発生する可能性を想定しながら、労災病院で三年に一度CTを撮って経過観察をしている。十年前には、アスベストを吸った動かない証拠の胸膜プラークってやつも見つかった。

だから唐谷、去年の五月の連休中に最後に四人で呑んだときに、おまえは背を丸くして盛んに咳き込みながら煙草を吸っていただろう。二階の座敷の腰高窓の桟に腰掛けている姿は、中学の三階の教室の窓の桟に腰掛けて足を外に投げ出してぶらぶらさせていたときを思い出させて、相変わらずだな、と思わされたけれど、厭な咳をしてるな、とおれはかつての自分を思い出して気になってもいたんだ。

あの頃、そんな体調で現場に出ていると、熱にうかされるせいか、自分の身体が遠く感じられて、高所にいても危険を危険とも思わないような軽やかな足取りで足場を渡っていたよ。不調にもそれなりに馴染むことはあるもので、つらいのは熱の出はじめだけで、解熱の座薬を入れて現場に出るときには、咳も治まり、どうかするとほろ酔いの気分にも似た甘く和んだ心地にさえ包まれたほどだった。そうして、潤んだ眼には、物の遠近感が薄れて映って、雨上がりの露を含んだ植込の芝生の鮮やかな緑に惹き込まれるように、団地の屋上から飛び降りて、足場の最上部の渡し板の固い感触に受け止められたときには、バッテンの形をした振れ止めにしがみつきながら、さすがに膝ががくがくと震えた。簡易型の足場だったので、転落防止のネットは張られていなかった。

ちょうど同じ頃、アスベストが吹き付けられていた天井裏の現場で一緒だった電気工仲間が、ビルの屋上にあるネオン広告灯を修理していて高電圧がかかっている充電部に触れてしまい、そのショックで墜死したこともあった。ネオン広告灯のトランスの二次側には一万二〇〇〇ボルトもの高電圧がかかっていることは、電気工なら常識だったし、高所で作業しているときに命綱を付けていないことは普通では考えられなかったが、他人事とはとても思えなかった。現場でのそんな綱渡りの恐怖が、地上に降りてからも、深夜の寝床で突然実感されることがあった。唐谷、おまえも思い当たることはないか。おれもずいぶん危ない橋を渡ってきたんだよ。

まあな。唐谷の声を心の裡で響かせながら、彼は吊り橋のちょうど真ん中あたりまで来ていた。何本も垂れ下がっているワイヤー越しに橋の前方を見下ろすと、二〇一一年九月の紀伊半島大水害にも辛うじて流されずに残ったらしい、対岸近くに疎らに直立している背の高い杉の木立の天辺が遥か下からこちらを指していて、今いる高さを実感させた。

水害で運ばれたものか、風で飛ばされたものか、杉の梢に川遊びで使ったらしい黄色いビニール袋が引っかかっているのが見え、その色が彼を遠い記憶に引き戻した。彼が生まれ育った街にも小さな渓谷があり、少年の頃には冒険と称してよく歩いたものだった。遥か頭上には、以前は吊り橋だったのが、彼が小学校に上がった頃に立派なコンクリート橋となった橋が見えた。自殺の名所としても知られるようになり、自殺予防用フェンスが設けられて、高さが二メートルある上の方は攀《よ》じ登れないように内側に曲げてあるが、それでも自殺者が絶えないらしかった。観光地となっている城趾に近く、イメージダウンを防ぐために自殺事件には報道規制がかかっているとも噂されていた。

遠目に、黄色いジャンパー姿の男が岩の上で寝そべっている、と彼が目撃したのは中学生の時だった。近くのスポーツ公園で校内のバレーボール大会が開かれた帰り、早々に敗退してしまったクラスの仲間五人で、最後まで見学していくようにという教師の言いつけを無視し、山学校をして渓谷へと足を運んでいた。一人が、あれ、もしかして、と口に出して言うと、残りの四人も怯えて立ち止まった。口にした者が暗黙の裡に確認の役目を負わされた恰好となり、近付いて行ったと思うやいなや、やばいよと振り向き、皆が沢の入口へと大わらわで駆けて引き返し、一番近くの交番に駆け込んだ。彼はホトケの顔を拝んではおらず、いまでも黄色いジャンパー姿が蘇るだけだった。ホトケの顔を拝んだと思われる校内で最も身長が高く健康優良児だった少年は、十九歳で夭折し、中学の同級生の中で初めての死者となった。

同じ渓谷を、唐谷、おまえとも歩いたな。あれは高校三年の秋だったたか、と彼は思いを繋いだ。橋の真下まで来ると、中学の時とは違う岩の上に赤と黄色の供養花が手向けられてあり、近くには新興宗教団体の慰霊祭が行われたしるしの卒塔婆も残っていた。二人は高校の授業をサボって、広瀬川の流れから渓谷の沢の方へと分け入り、人気がない中をどんどん上流へと歩いて行った。V字形に鋭く切れ込んだ渓谷の両側の崖上には、樅の古木が鬱蒼と覆い被さるように生い繁り、チョウゲンボウの巣穴もある赤い崖肌のところどころから、湧き水が滝となって流れ出ていた。沢は、数日前の台風がもたらした雨で水嵩が増え、ごうっと音を立てて流れていた。流れを狭めている岩を攀じ登り、折れ裂けて流されてきたものらしい丸木が流れに横たわっているところを滑らないようにバランスを取りながら渡った。二人とも途中から口を利かずに、ムキになったように沢を溯っていた。唐谷は、東京の会社の就職試験を受けることにした、とその前に彼は唐谷に告げていた。唐谷は、国立大の文学部を受けることを既に決めており、彼の選択に反対しているのは、押し黙ったまま、ずんずん先を行く背中に如実にあらわれていた。

立ち止まっているのに吊り橋が微かに揺れるのは、彼以外に渡っている人はいないので、大きく開けた十津川の上空を吹く風を受けてだろうが、五年前の震災直後には、余震続きでトイレに入っていても便座が揺れている気がしたもので、それは自分の心臓の鼓動が伝わっているためだと知って苦笑させられたことも振り返られた。それでも彼は、おい揺らすなよ、と唐谷に呼びかけていた。

ほんとうは、渓谷に行ったあのときに、おれはおまえに打ち明けたかったことがあった。おれは幼稚園児だったときに、近所の未成年の青年から犬をけしかけられて性的な暴行をされたことがある。こんなふうに人気のないかわたれどきのことで、朝に家を抜け出してふらふらしているような子供だったから、狙われたんだろう。朝方にトイレに立った理容店の女主人が何気なく小窓から、隣の空き地で下着も脱がされて気を失っていたおれを見付けた。このことは、親からはタブーとされて決して人には言わないようにと口止めされた。子供の身に起こったことが受け入れられなかったのだろう、といまでは親の気持ちもわかるがな。おれは、味わった恐怖とは裏腹に、寝床の中で浴衣の紐で首を絞めて失神したり、コンセントにドライバーを差し込み金属部に触って感電を味わったり、といった後ろ暗い衝動に駆られるようになっていた。それが親に見つかって、また折檻されることもあった。子供部屋の押し入れに隠れた柱に、自分の墓を刻んだりもした。

だから、おれは親から早く独立したくて、小学生から新聞配達を始めたり、高校を出たら大学に行かずにさっさと働くことにしたんだよ。高校の教室の椅子に坐っているときには、ときおり、あんなことがあった自分がここにいるのは間違いだ、という思いに発作のように襲われることがあった。そうすると、世界はにわかに色を失って、反転した陰画のようになり、自分とは関係のない褐色の風景に変わってしまう。その中でおれだけは、惨めな恰好で泣きじゃくっている幼児のままだ。おれを暴行した青年は、ほかの子供を襲って警察に捕まり、少年院に入れられて狂死した、と二十歳を過ぎて帰省した折に、世間話のようにして親に教えられた。

唐谷、おまえが、だめだったよ、と白い顔をして高校の教室に現れたことがあっただろう、あのときに、何があったのかを聞かず、このことも打ち明けられなかった後悔がずっとおれにはあったんだ。

薄日がずいぶん傾いてきて、蛇行して流れていく十津川の向こうの山際の空に、いくぶん黄色みを帯びた明るみとなって沈もうとしていた。暗くなる前に吊り橋を往復しなければと思うが、彼はそこからうごけなかった。クライスラーが奏でる詩曲は頭から消え、無音の静まりに浸された。

彼が危険な高所で作業をしているときには、自分がどういう現場にいるのかを初めにしっかりと把握しておかないと、生命を脅かされた。足場の高さはどれぐらいで、安全帯は付けているかどうか、近くを高圧線が走っていないかどうか。それだけでは足りず、自分自身も意識しなければいけなかった。そんなときに、あまり自分自身を見詰め過ぎると、それが合わせ鏡になってふっと魔が差す瞬間があった。おまえはいったい誰なのか、なぜここにいるのか。かつての高校の教室の居心地悪さの再来のような感覚にまた脅かされた。そんなときに、彼を救ったのは、頭上を旋回している鳶の鳴き声や、近くの林からの野鳥の声、車が行き交う地上の音などが聞こえているということだった。その音によって、いくぶん脅えがやわらぎ、高所の意識を摑まえ続けることができた。音が得られないときには、頭の中に音楽を鳴らすことで、澱みがちな今に時間を与えた。

だが、いまはその手がかりとなる音も音楽も何も聞こえず、ふと自分が摑まえられなくなるあの瞬間が彼に訪れていた。静寂の極みからキーンという耳鳴りがしてくると、これまでのさまざまな死者たちを吊り橋のこの一点が焦点のように受け止めている、という思いが彼に来た。彼は初めて、唐谷の死をこの場所で受け容れていた。両脇の手摺りは腰の高さほどで、故郷の街の橋よりも容易に飛び越えることが出来そうだ。手摺りに摑まり、潤んだ目で小雪に霞む渓谷に目を向けながら、唐谷が最期に包まれていたのもこんな無音の繭の中だったのか、と彼は思った。

＊

二年後の同じ一月下旬の時期に、私は谷瀬の吊り橋の上に立っていた。

よく晴れて風もほとんどなく、前日泊まった近くの民宿から向かった吊り橋には人が出ていた。午前十一時を過ぎたところで、「新宮駅」を朝の七時四十六分に発った二便がちょうど到着したらしく、二十分の休憩時間に吊り橋を見学しようと、「上野地」のバス停からぞろぞろと人が歩いて来るのが見えた。吊り橋を一度に渡れる人数が二十人までと制限されているので、袂には監視員の姿もあった。リードを持った男が、青い服を着せられたダックスフントを引いて一緒に渡ろうとするものの、犬が怖じ気づいてしまい、足が出せずに固まってしまっている様が周囲の人たちの笑いを誘っていた。犬だってやっぱり怖いのねえ、と感心する声も洩れた。

乗るつもりの十津川温泉方面へ向かう午後三時のバス出発時間までは随分余裕があるので、人波が退けるのを待ってから、吊り橋へと足を踏み出した。先には二人ばかり渡っている人の姿があった。二年前には薄く雪が積もっていた踏み板は、板目が露わとなっており、ところどころに傷んで修理が必要な箇所らしい赤いマーキングがされているのが目に留まると、吊り橋からうっかり墜ちたいうのは、普通に渡ってて墜ちたいうのはないですね、けど、わたしの母親なんですけどね、谷瀬の畑をしにいって、背中に籠をしょって渡っているときに、突風が来てね、橋の上でつかまったんですけど、板が折れて、ちょうど足が挟まってしもてね、脱臼したことはありましたよ、と昨夜泊まった民宿の人当たりがよく優しそうなおかみさんが、夕めしの世話をしてくれながら語ったことが思い出された。

やがて真ん中あたりへと差しかかったところで、私は足を止めた。先の二人は渡り終えて、吊り橋の上にいるのは自分だけとなっていた。いま来た方を振り返り、二年前のあの日、小雪が舞う中を突如として黄色い電動カートがあらわれ、みるみる近付いて来るのが眼に入り、我に返った――あのときの彼にようやく追いついた、と私は思った。上空で鳶が旋回しているのが見えた。

吊り橋から墜ちた人いうのは、ちょうど中間ぐらいで、横の囲いの外に出て夢中で景色を撮っとったカメラマンが墜ちたいうのはありました。それと、やっぱり中間ぐらいで、鳶職さんの人がね、俺こんなとこはへっちゃらや、いうて橋にぶら下がってみせたりしてて、墜ちたこともあったしね。それから、あれは昭和の六十年くらいかなあ、よう自殺しに来たんですよ。女の子とかねえ、ようありました。去年も二人、なんか飛んだみたいですけども、そやけど、この頃はどこの誰それさんとかは、あんまり報道されないですねえ。

吊り橋で見かけた電動カートのことを訊くと、おかみさんは、はいはい、とすぐさま笑顔で頷いて、わたしらは老人車いうてますけど、この上に住んでるお爺さんとお婆さんですわ、向こうの谷瀬に畑を持ってて行き来してるんですわ、と教えた。

吊り橋の上で、宿のおかみさんとの昨夜の会話を蘇らせていると、もしかすると、と気付かされるものがあった。雪が舞う中を、わざわざ吊り橋を渡って畑に出かけることもないだろう。あのとき、黄色い電動カートでやって来た老人は、吊り橋の上でじっとうごかないでいる彼を家で目にして、飛び降りるのではないかと心配になり、さり気なく様子を見に来てくれたのではないか……。そう思うと、傍目からはそう見えていたのか、と気恥ずかしい心地がした。だが、そう感じるのは、二年経ったからかもしれない。

二年前の十津川行きの路線バスの旅から帰ってすぐに取りかかった小説では、唐谷の死からまだ日が浅く、生々しくなることを避けて主人公を彼として書き継いできた。だが、この吊り橋の上で彼が立ち往生したと同時に、小説も立ち往生してしまったように思われた。そこで私は、小説の中の彼の足取りを辿るように、もう一度旅をしてみることにしたのだった。

二日前に、十年来この時季の恒例となった中国地方での所用があり、その帰途に十津川に立ち寄る計画を立てた。昨日は、新大阪で新幹線から地下鉄に乗り継ぎ、大阪難波から乗った近鉄の特急で大和八木に着いたときには、新宮行きの二便目のバス時刻に間に合ったものの、二時間後に出る三便に乗ることにして、前回は訪ねることができずに思いが残った八木札の辻にあるという例の芭蕉の句碑をさっそく確かめに向かった。駅からゆっくり歩いて十分ほどで着き、想像していたよりも新しく見える碑面は、草臥て宿かる比や藤の花　はせ越、と読めたが、句碑の作られた時期や揮毫者などはわからなかった。

それから、すぐそばのかつて旅籠だった建物が八木札の辻交流館として一般公開されているのを小一時間ほど見学した。南側が入母屋造りで、二階の街道筋に手摺りが回されている様相は、今も旅籠の面影をよく残していた。奈良盆地を古代から東西に横断していた伊勢街道とも呼ばれる横大路と、藤原京から平城京へと続く南北を縦貫する幹道だった下ツ道が交叉する辻には、昔懐かしい丸形の赤いポストもあった。そういえば、四一六年に日本史上最初の地震の記録がある遠飛鳥宮《とおつあすかのみや》があったとされるのは、ここから程近いところだったことに私は気付いた。

江戸時代中期以降、八木の札の辻界隈は、伊勢参りや大峯山への参詣や巡礼で、特に賑わっていたとされ、旅籠を営んでいた家に保存されていた、「大坂浪速講《なにわこう》伊勢道中記御定《おさだめ》宿附《やどふ》」という古文書には、大坂から伊勢に至る約六十軒の旅籠が記されてあり、ここは、八木　木原屋嘉右衛門、と紹介されていた。講中に加われば、講中の鑑札が渡され、道中の宿所にも同じ目印札が掛けてあるので、その宿に泊まれば万事安心ということらしく、当時の会員制による指定旅宿のガイドブックのようなものか、と興を惹いた。客室にあてられていたという二階からは、部屋によって耳成山や畝傍山を瓦屋根の連なりの上に辛うじて目にすることができ、往時の旅のけしきに僅かながら触れた思いとなった。

いっぽうで、江戸時代の旅人は、通行手形と共に、病気などになって行き倒れても、国元の家族、縁者に連絡することなく、また葬儀等を上げることなく、無縁仏として処分しても構わない、と書かれた文書を携行していたと聞くから、旅は覚悟の要るものでもあったのだろう。往還筋には、行き倒れの無名の霊たちを祀ったと思われる石仏があり、身よりのない遊女や行き倒れなどの遺体が放り込まれた投げ込み寺と称されるものがあった。

私が住む仙台市内を流れる広瀬川で盆明けに行われる灯籠流しも、もともとは江戸時代に餓死者の供養のために始まったとされていた。私にとっての生地であるこの一帯は、大飢饉の際に、東北各地から集まった気息奄奄たる流民によって埋め尽くされた場所であり、仙台藩では河原に御救小屋を建てて救済にあたったが、悪疫に罹って死ぬ者が多く、深く大穴を掘った中に投げ込んで葬った。子供の頃に、近所で穴を掘って遊んでいると、人骨が出るから止めろ、と大人たちにきつく戒められたものだった。父の墓がある寺には、飢饉を生き延びた当時の人々が、有縁無縁の餓死者の成仏を願って建てた叢塚《くさむらづか》があった。この三月で七年となる東日本大震災でも、身元を確認するまでに何日もかかった遺体があったことが振り返られた。

そして大和八木駅まで引き返し、予定通り午後一時四十五分発の三便目の路線バスに、私は五名ほどの乗客の内の一人となって乗り込んだのだった。席も前と同様に、運転手の真後ろに取った。名前を記憶していた同じ運転手に当たらないかとひそかに期待していたが、小太りの背恰好の別人で、指差喚呼は稀にしか行わない。朝の冷え込みは厳しかったがよく晴れて、バスの車中はガラス越しの陽射しも暖かく、二年前と同じ路線を走ってきたのに、途中の印象はまるで変わって感じられた。

賀名生では、南朝の皇居跡だという大きな茅葺き屋根の堀家住宅も、枝垂れの桜らしい樹木とともに左手にはっきりと目にすることができ、山の急斜面に梅林が広がっているのも望めた。あいにくの天候だった二年前の旅の落ち穂拾いをしている気分となった。「上和田」のバス停から乗ってきたジャンパー姿の年輩の男性に見覚えがあるような気がして見遣っているうちに、七つ先の「宗川野橋」で降り、茶色い杖を突きはじめた姿を見て、二年前に、「上和田」のバス停に看板が出ていた鍼灸指圧治療院に通っているのだろう、と想像した人だったと気が付いた。天辻峠を新天辻トンネルで越えて大塔町に入ると、雨量規制の看板があり、連続雨量一一〇ミリ、時間雨量二五ミリという表記がされていた。雨量にもとづく事前通行規制が制度化されたのは、昭和四十三年に起きた飛騨川バス転落事故がきっかけだったと思い出すと、それをめぐる旅で知り合った盲人の青年に、また十津川に来ることになったよ、と呟く心地となった。

二年前には、二〇一一年の紀伊半島大水害の復旧工事が半ばで迂回運転を行っていた宇井地区にもバスは入って行き、通過扱いとなっていた「宇井」、国道一六八号線に臨時停留所を設置していた「宇井口」、「大塔温泉夢乃湯」の停留所が元の位置に戻っていた。ほかにも、旧道を行っていたところがバイパスを通ったり、その逆だったりと、停留所は同じでも路線は記憶と微妙に異なった。更地と化していた長殿発電所は急ピッチで復旧工事が行われている様子で、送電施設の一部が建てられており、「長殿発電所前」の停留所も、使用が再開されていた。国道では、その建設を請け負っているらしく電源開発と書かれたダンプとしょっちゅう行き交った。バスの車窓から目にしているぶんには、雪はなく、艶々とした葉が陽の光を照り返している照葉樹の連なりが、夏山に来たと思われるほどだという印象は前回よりもよけいに強まった。

「五條バスセンター」での休憩を挟み、「上野地」の停留所には定刻の午後四時四十分に到着した。運転手にここで途中下車することを告げて二千四百五十円の運賃を払い、乗車証明書を忘れずに発行してもらい懐にしまった。シーズンオフのこの時季、キャッシュバックキャンペーンが行われており、十津川村の指定の宿でそれを渡すと、バス料金が払い戻されるということだった。吊り橋へ向かう乗客たちと分かれて、私は石段を登り、すぐ裏手の駐車場の一角にある天誅組上野地本陣跡の石碑と再会した。陽が西方の山際にずいぶん傾いていた。二年前の同じ時刻、彼は吊り橋の上ですっかり身体が冷え切ってしまい、喘息の発作の兆しを身の裡に覚えながら、自動販売機でもとめた缶コーヒーの温もりを懐炉代わりにして寒さを凌ぎ、転回所のトイレの横にゴミのポリ容器などと一緒に置かれた青い簡易なベンチに坐っていた。そうして、待ち侘びていた三便目のバスが到着するやいなや一目散に乗り込んだものだった。車中に乗客は他にいなかった。

三三五五、乗客たちが戻って来るのが見え、やがてバスは午後五時ちょうどにふたたび南へ向けて出発した。私は、二年前の彼を見送る思いとなった。

そこから目と鼻の先に民宿があった。来意を告げると、左手の調理場から現れた七十年輩のおかみさんが先に立って、玄関の取っ付きの急な階段を上った二階へと案内された。

泊まり客は私一人だということだった。もう湯が張られているというので、すぐに風呂に入ることにした。半地下のような所に浴室はあり、狭い土地でなるべく居住空間を広く使おうとしている工夫が窺われた。おかみさんは温泉ではないことをしきりに申し訳ながったが、風呂には入浴剤にジェットバスの装置もあり、その気遣いに心がぬくまった。

長湯をして上がると、襖で仕切られた続きの間に夕めしの支度がされてあった。鹿肉のタタキ、蕗味噌。天ぷらの盛り合わせの中に見慣れぬものがあり、頬張ってみると干し柿だった。前にも食べたことのある、柚子を刳り抜いた中に味噌、胡桃、胡麻などを詰めて米わらを巻いて吊るし、寒風にあてて乾燥させた十津川特有の保存食のゆべしもあった。薄く切ったものをつまむと、蕎麦味噌のような味で、燗酒によく合う。それからぼたん鍋。猪の肉は煮込めば煮込むほど柔らかくなるので、あらかじめ下茹でがされており、臭みもなくて旨かったが、東北の山では、未だに続く放射能の影響で猪を食することができないところが多いので、いくぶん複雑な思いとなった。

宿はおかみさんが一人で切り盛りしているようだった。何度も急な階段を上って料理や酒を運んで来ることに恐縮しながら、迷惑にならない程度に土地の話を聞かせてもらった。関西の言葉があるが、口調は穏やかで、どこか東北の山形や盛岡といった山間で話を聞いている趣があった。それを言うと、例えば降る雨のことを、五條あたりでは、あめ・

降ってきて、いうんですよ。ほいでわたしらは、あめが降ってきた、いうんですよ。ちょっと訛りがねえ、ちがうような気がします、とおかみさんが答えた。確かに、雨、のアクセントは関東式に聞こえた。ただし、私が生まれ育ったのは無アクセント地帯といわれる南東北なので、残念ながら自分ではっきりと言い分けることはできない。

宿の創業は、明治二十三年だといい、その前年の明治の大水害のことはよく聞かされたという。あの吊り橋の高さまで水が来て、川が反対に流れてきて。ちょうどここから二キロほど行ったところにあった山が反対の方に崩れたんですよね、山津波になって。ほいでそれで塞き止められて、ずっと水が上がってきたんですよ。

今回の旅の前にも再読してきた『吉野郡水災誌』によれば、北十津川村の村役場があった上野地では、四十二戸のうち三十四戸が流失し、百四、五十人が急いで避難したが、多くは着の身着のままであり、裸足の人もあったという。全員びしょ濡れで、松や杉の樹下に寄り添って事が鎮まるのを待つしかなかった。このときには死者が出なかったが、前日の斜面崩壊で八名が死亡している。また、当時の新聞によれば、——宇宮原、上野地、林等の浸水せられたる家屋は数百の屋形船を浮かべし如く飄へうとして風にしたがつて或は右し或は左し、一里も上がりしものあり、二里も下りしものあり。しかして上野地の前面のごときはその家屋の集まること最もおびただしく、さながら一大街市を高所より看取するがごとき有様をなせり、とも記されている。濁流の中を漂っている家々の屋根の上では、人々が助けを求め、家屋が転覆して溺死する者、救護によって幸いに危難を免れる者もあった。その光景は私にとって、先の震災の津波の光景と重なった。

うちのお祖母さんのきょうだいたちも、あの北海道の新十津川へ行ったんです。でも向こう行ったさかい、そんなに楽な暮らしではなかったみたいですねえ。わたしら、いとこ会、って毎年するんですけど、北海道にもいとこがおるもんで、ちょうど真ん中取って東京でするんですよ。そしたら、その子らも苦労したいうてね、小っちゃいときにね。そやから自分たちのおじさんに当たる人たちは苦労したみたいですね。お祖母さんの妹夫婦も新十津川におったんですけどね、火事になりましてね、ほんで夫婦で焼け死んでしまったんですよ。わたしの子供たちは、ずっと向こうの青年団と交流しとって、今はもう五十過ぎとってますけど、そやけどまだね、向こうの人たちと交流あるんです。

おかみさんは新十津川へは。私が訊くと、新十津川は去年行きたかったんですけど、よう行ってないんですよ、九月のいとこ会の後に行こう思ってたんですけど、ちょうど台風のときになってしまって、飛行機が飛びませんでね、新十津川行きたいんです、と食後の番茶を淹れながら答えた。

二年前、十津川村から戻り、およそ十日後に今度は、明治の大水害の罹災者たちの移住先となった北海道の新十津川町へも行った。まだ寒の内とあって、さすがに北海道は積雪が多かった。正午過ぎに仙台空港を発った飛行機が、下北半島を過ぎて苫小牧沖に差しかかったあたりで、青空の下に雪が積もっているかのような白く分厚い雲がにょきにょきと生まれているのを、あれが雪雲だろうか、と窓外に見遣ったものだ。

新千歳空港駅から乗った旭川行きの特急列車は、岩見沢の手前で吹雪のために徐行運転となり（後でテレビのニュースで知ったが、岩見沢の二十四時間降雪量は四八センチで今季最大を記録したという）、滝川駅に定刻からやや遅れて降り立つこととなった。そのためにバスに乗り遅れてしまったので、タクシーで石狩川を渡ったのだが、新十津川町へ向かう車中からの景色も、吹雪で視界が得られない。路肩も堆い雪の壁。それでも運転手は慣れたもので、積雪の多さに改めて感じ入っているこちらをよそに、このあたりの累積積雪量は平年六メートル弱ほどで、今年はその八〇パーセントといったところでしょうか、と事も無げに言った。

翌朝は、今にも雪が降り出しそうな曇天ながら雪はやみ、開拓記念館は冬季閉館中だったが、電話で問い合わせた町役場の方が案内して特別に開けてくれるという。暖房が作動しないので、マイナス一〇度程度の寒さに対応できる服装でいらしてください、とあらかじめ言われ、嵩張るだろうかと家を出るときにさんざん迷ったものの、ノルウェーに住んでいた頃に重宝した部厚いカーキ色のコートを着て来てよかった、と思わされた。

外壁の茶色いレンガ造りの下部と正面の階段も雪に埋もれてしまっており、除雪された道に面した裏門から展示室に入ると、まず入口近くに掲げられた明治廿二年十二月の記述がある移民誓約書のパネルが目に留まった。そこには、集団移住した者たちが交わした誓いの冒頭部が記されてあり、それに続く七箇条の誓約条目を資料で見ると、移住住民ハ故郷ヲ去リ骨肉ヲ別レ遠ク絶海ニ移住スル上ハ、と始まる第一条（原文は條）には、以下現代語に意訳すると、頼れる者は移住者同士だけなのだから、これまでにも増して一致団結すること、とある。第二条には、移住住民は、移住・開墾の費用として政府から破格の恩賜を受けたのだから、それぞれ五千坪の土地を開墾するまでは、他の仕事に従事してはならないこと。第三条には、恩賜金及び、旧郷から受け継いだ共有金は、新十津川村の基本財産となし、いかなる場合においてもこれを各自に分割して消費すべきものではないこと。第四条には、質素倹約に努めることとして、具体的には、不急のものは購入しない、家屋の構造は質素堅牢のものとし、一切の装飾は施さない、家族以外に二人以上加わる会席・酒宴は行ってはならない（ただし、新村の記念日大祭祝日はその限りではない）、村内に飲食店を開いてはならない、衣服はなるべく木綿のものを着ること。第五条には、学校を興して教育を盛んにし、児童を就学させることを怠ってはならないこと。第六条には、各自が礼節を厚くして、いやしくも風儀を乱し世間の笑いを受けるようなことがないようにお互いに慎み合うこと。第七条には、各条項に背く者があるときは、村のリーダーたちがこれを懲戒し、改悛の見込みがない者は、官に請うて米や金の支給を減らし、それでも直らなければ村中から交友を絶つものとすること。それらが事細かく取り決められ、全員の署名捺印があるということだった。

村を離れるときに持ってきた旗には横長の菱形の中に十字の紋章があり、移住者一人ひとりの胸にも同じ紋章を縫い付けていたという。この紋章は、幕末の文久三（一八六三）年に、十津川郷士が朝廷に願い出て御所警衛の任に着いたときに朝廷から賜ったもので、菱十の印は十津川村と新十津川町に共通するシンボルマークとなっていた。母村より寄贈されたという檜の切り株の背後には、谷瀬の吊り橋の模型があった。ほかに、十津川村の玉置神社を分霊した玉置神社奉祀《ほうし》之景の絵馬には、露店が設けられ、村民が撃剣、祝砲、踊りなどに興じている当時の祭りの様子や、村屋の配置、渡船の状況などがカンバスに油絵具で克明に描かれてあり、粗末な小屋の中に筵《むしろ》や熊の敷物を敷き、小さな囲炉裏で暖を取っている開拓の暮らしぶりを再現したジオラマは、ひどく底冷えがするなかで観て回ったこともあり、慣れない地の冬の厳しさに苦しむ人々を想像するだけでも身が切られる思いとなった。

明治二十二年の晩秋に、六百戸、二千四百八十九人にのぼった十津川村からの集団移住者たちは、船の定員に合わせて三班に分かれ、日をずらして村を出た。一回目は、北十津川村の長殿、宇宮原、谷瀬、上野地、林、高津《たこつ》など十二の大字および十津川花園村の川津、野尻の二つの大字の二百戸、七百九十人の移住者が十月十八日に出発した。それは、災害をもたらした豪雨からちょうど二ヵ月後のことで、現在の目から見れば、よくそれだけの短期間で村民の合意がまとまったものだ、という感想を抱かざるを得ない。

移住者たちは二つのコースに分かれ、十津川の本流沿いに大塔村の閉君、賀名生村の和田、戸毛（現御所市）、古市（現羽曳野市）、八軒屋（現大阪市）に泊まり、六日かけて神戸まで、というルートと、もう一つは、小辺路を辿り高野山から橋本を経て堺に出て神戸までというルートだった。前者のルートは柏原から天王寺まで、後者は堺から難波まで汽車に乗り、生来記憶力に優れていたとされる森秀太郎という者が移住前の十津川の生活状況、水害時の有り様、移住後の開拓の様子などを克明に記した『懐旧録』には、堺の停車場で初めて見た汽車のことが――大キナ真黒イ動物ガ、赤イ火ヲ明カシテ大変ナ勢ヒデ、白イ湯毛ヲ吐キツツ驀進《ばくしん》シ来ル。／―長持ノヤウナ物ガ、幾ツモ索カレテ居ル。車ガ止マルト其箱ノ中カラ人ヲ吐キ出ス。其箱ヲ捨テテ例ノ怪物ハ、モト来タ方ヘ戻ルカト思フト、又一方ヘ道ヲ転ジル。ヨクモマアアンナ大キナ図体ナ奴ガ、線ヲカヘテ進退デキルモノジャ——と驚きを露わに綴られている。

八軒屋で二つのグループが合流し、梅田停車場から乗った神戸行きの汽車の中で、老齢の女性が病死するということがあり、さらに三人の病人が乗船を見合わせて療養することにもなったが、一行は二十四日に遠江丸《とおとうみまる》という船で小樽へと向かった。遅れて、西十津川村の南部、中十津川村の二百四戸、八百三十人による第二班は十月二十八日、西十津川村の残りと南十津川村、東十津川村の移住者による第三班は十一月一日にそれぞれ神戸港を出港した。

小樽から市来知《いちきしり》（現三笠市）までは汽車で、そこから徒歩で空知太《そらちぶと》（現滝川市）まで十三里。病人や老人、子供は囚人に背負われた。そして、建築中だった屯田兵屋に仮住まいして越冬したが、まだ百五十戸しかなく、一戸に移民四世帯が入ったという。住む家を失い現地での再建も望めなかった人々にとって、春を待って入植することは許されなかったのだろう。北海道の様子を伝え聞いて、翌年になって北海道移住を希望した天川村と大塔村の計約五百六十人は、請願書を提出したものの郡役所も県も動かず、門前払いの扱いだった。同じ頃、既に移住が決まっていた十津川郷民は最後となる第四回目の移住を果たし、移住した総戸数は六百四十一戸、総移住者数は二千六百六十七人となった。もっとも、移住できたとしても、一家挙げての移住だったので、年寄りや乳幼児もおり、当時の戸籍簿の調査によると、移住の年の十一月から翌年七月までに六十九名（九十六名とする資料もある）が死亡しているという。災害を生き抜いても、精神的肉体的な重圧がのしかかり、その後に亡くなる被災者が多いのは、東日本大震災でも同様だった。

もともと林業に従事していた十津川人は、原始林の伐採は得意だったが、その切り株を起こし、鬱蒼と繁った笹や草の根が張り詰めた土地を耕す作業は困難を極めた。蚊やブヨにも悩まされた。入植最初の年は、蕎麦や大根が収穫できたくらいで、開拓後も石狩川や徳富川の水難に悩まされたが、大正時代には、玉置坊主という冷害に強い水稲品種が開発され、治水事業も行われて、いまでは新十津川町は、「ななつぼし」「ゆめぴりか」という銘柄で知られる北海道有数の米どころとなっていた。町のふるさと公園内には、十七歳の少女の像があり、母村である十津川村の方角を望んで立っていたが、積雪のために近付けず、像は背後から遠望するのみだった。像の上空に白く見える太陽があり、薄日が射していた。

開拓記念館を出た足で、町の図書館に寄り、小学生たちが新十津川町から母村である奈良の十津川村を訪問したときの感想文が集められた文集を見付けて読んでみた。谷瀬のつり橋をわたる時は、少しドキドキしていたけど、わたってみるとぜんぜんこわくなくて、こんなもんか、と思いました。と気丈な子供があれば、思った以上に高くて長い、ここが通学路なんて信じられない、とつり橋は高所恐怖症なので省略したという子供もいた。伊丹空港から乗ったバスが奈良県に着いたときに、田んぼが階段のようにだんだんになっており、すべての家の屋根が瓦なのを珍しく眺めたという子供もあった。バスからときおり見える人家に、何故、こんなところに？　と、人の住めるようには到底思えず、僅かな平地に無理やり家を建てているようにしか見えない、と記していたり、北海道から比べると十津川村の道路は狭く、バスが橋を渡るときには、窓から橋が見えずにバスが空を飛んでいるみたいで、しかも先の見えないカーブの連続を慣れた様子で通る運転手に感心している子供があり、こちらも至極同感させられた。……

そんな新十津川町でのことをかいつまんで話すと、おかみさんは、そうですか、そうですか、と興味を見せ、嬉しそうに頷いた。

吊り橋を広い砂利河原を細く流れる十津川の川向こうへと差しかかると、真下に二〇一一年の水害で流されてしまったらしいキャンプ場跡が見え、新十津川町から訪れた子供たちもあそこで川遊びをしただろうか、と眺め遣った。飛驒川への旅で出会った盲人の青年も、そこでキャンプをしたことがあると言っていた。

二年前に、雪で視界が得られなかったけしきとともに唐谷のことが思い出された。三回忌を過ぎて、その姿はいくぶん遠景に退いて感じられた。唐谷が亡くなる前の連休に酒を呑んだ面々と、昨年の暮れにあのときと同じ店に集って遅ればせながら三回忌を偲んだ。四人だったのが三人となり、店のアルバイトの大学生の女性は唐谷のことをよく覚えていた。クラシック好きで、唐谷の家でFMで放送される演奏会の生放送をよく一緒に聴いた森野は、画を描いている傍ら、唐谷の遺品のレコードやCDの処分を受け持ってくれていた。唐谷は夢に出てくるか、と訊ねられて、ああ時々な、と頷くと、最近も唐谷の奴が夢に出て来て、俺の家のトーレンスプレーヤーのアイドラーを弄って悦に入っていたよ、なんだ、ワイヤーベルト付いでねえべや、それではターンテーブル回んねっちゃ、と窘めると、途端にぷつっと唐谷の姿が消えた、と話した森野は、こんなのを書いてみたんだが、とピアニストのミケランジェリの十四枚のLPをまとめてネットオークションに出品したさいに添えたという文章を見せてよこした。

——1980年、20歳の私は、彼がベートーヴェンのソナタを4曲弾くと云うNHKホールでのコンサートに、友人と三人で集った。演奏の前に、久しぶりに会う悪友達と互いに再会を喜ぶ様な余裕も無く、夫々自分の場所に分散し、私は神妙な気分で、演奏の開始を待つべく自分の席に着いた。

演奏の開始の時刻、ホールは立錐の余地も無くて満場の聴衆は今や遅しと彼の登場を待ったが、一向に現れる気配が無い。そのうち、痺れを切らせた客席はガヤガヤし始めた。私の左隣の初老の紳士も、自分は昔から彼を聴いて来たが、何時も、こんな調子だと云う様な事を話し始め、その周囲の婦人等も同調し、やれやれと云うムードが漂い出した。けれども、私は贅沢な楽しみを求めて来た訳ではなく、兎も角、勝負を着けようと云う様な思いだったので、彼が現れる筈の辺りに向けて集中を切らさずに居た。

やがて、30分も過ぎた頃、客席は自分達の会話に夢中だったし、隣の紳士も何か話し続けて居たが、独り巌流島の小次郎である私は、舞台の袖から不意に、と云うか、そっと、不安気な彼が長身の姿を見せ、誰も自分に気付かない様な場面に如何、振舞うべきか戸惑うのを見た。遠くからでも、我々日本人とは違う甘やかな髪の色、それに合わせ濃い青紫のタートルネック（印象は、そうなのだが、記憶に自信がない）に燕尾服を羽織り、デラ＝フランチェスカの壁画の中の、聖人さながらの品の良い彼の出で立ちは印象的な光景であったが、兎に角、誰も気付かない。彼は舞台上の自分よりも、違う事に夢中な人々の前に、如何しようも無く立ち尽くすばかりだったので、私はようやく登場した巨匠に、唯一人で拍手を送った。すると満場も、私の拍手に釣られ、やっと、演奏会の開幕となった。

その後、前半の2曲の、特に作品22で強烈な切迫感が醸された興奮には、ベートーヴェンの神髄を見る思いだったが、後半、作品１０１と１１１に対する期待には比べ様も無かった。ところが、突然、無粋なアナウンスがミケランジェリ氏からのメッセージとして告げられた。何でも、専任の調律師が病気になってしまった為に楽器が不満足な状態であり、代わりに今日、弾いたヤマハも大変良いピアノだが、私の芸術を完全には再現出来ないので、ここで中止したいが、せっかく御出で下さった皆さんに申し訳ないので、111だけ弾かせて貰うと云う。この時のショックは筆舌に尽くし難い、111は、期待した様な出来栄えだった筈なのだが、101を飛ばされた反発が渦巻いて、何か受け入れる気分でなかったのに、最後の聴衆の拍手の暖かく、心の籠った様子は更に印象深い。彼も、ばつが悪い様な感じで、スマンと手を挙げた様な姿も見え、最初の登場の様子も含め、実は謙虚な人柄が、伝わった様な気がした。

よく覚えているもんだな、読み終わった私は、感心して応じた。文中の悪友達とは、唐谷と私のことだった。一括して処分して未亡人に代金を渡してしまえば事は簡単だろうに、森野は彼なりに、唐谷の残したレコードやＣＤを改めて聴き直し、触発された感想を記した文章を添えて小出しにオークションに出品することで鎮魂し供養しているのだろう、と察せられた。

吊り橋は、最後は板が六枚となって踏み幅が広がり、対岸の谷瀬側へと渡った。アスファルトに足裏が硬く弾き返されて少しつんのめりそうになりながら、船や飛行機に長い間揺られた後に地上に降り立ったときのようだと感じた。すぐ左手に、茶屋らしい小屋があった。上野地側から吊り橋を渡るときに、向こうの谷瀬側の袂には地元経営の店があり、地元産の農産品はじめ果物や加工品を販売しており、めはりずしやよもぎ餅も食べられる、という貼り紙があったので、好天で人が出ていることもあり、開いていることを期待して渡ってきたが、あいにく茶屋は閉まっており、三月十七日に再開するまで冬期休業している旨の貼り紙が、シャッターにガムテープでしっかりと留められていた。先に渡って茶屋の前に立っていた二人も同じ魂胆だったらしく、閉まってますわー、と残念そうな声をかけ、ふたたび吊り橋を引き返して行った。

茶屋の脇の三和土になった所に、散歩道を歩かれる方はこの中のマップ、ゴミ袋をどうぞ、と書かれたスチールの郵便受けのようなものがあり、季節外れの客への配慮だろうか、大塔宮護良親王を土地の豪族竹原八郎が仮宮を建ててかくまったとされる黒木御所跡への案内図も入っているか、と思い開けてみると、中は空っぽで補充されていなかった。仕方がない、黒木御所跡はこっちだろう、と見当を付けてリュックを背負い直し、右手の緩やかな下り坂を歩き始めた。道の電柱脇に、マムシに注意、と赤文字で書かれた黄色い看板が眼に入り、今度は、墓石に刻まれた名前を目にして初めて亡くなったことを知らされた従兄の面影が浮かんだ。相変わらず、何を見ても、唐谷といい従兄といい、死者のことを思い出す、か。そう呟いて、いまは蛇も穴に入っている時期だろう、と思い直しながら通り過ぎると、黒木御所はこちらだと示す案内板があった。常緑の濃い緑の集まりが目に留まり、民宿のおかみさんが、うちの山が、キャンプ場の上の方にあるんですよ、そこに榊を採りに行くんで吊り橋渡るんです、と話していた榊だろうか、と近寄り、日を浴びて艶々とした厚みのある葉を見遣った。

少し進むと、川と反対側の左手にいくぶん開けた平地があり、遠目に簡素な石積みの上に石碑らしいものが見えた。あれがそうだろう、と近付いて行くと、藁を束ねた〆の子を下げた注連縄が前に張られ、脇に榊が供えられている灰色の石柱には黒木御所舊址と、その右側の緑がかった大きな円い石には大塔宮御遺蹟と彫られていた。その一画は、背後に常緑樹が茂り、冬でもみどり濃い空間となっていた。

敷地の入口に設けられていた木造りのまだ真新しい案内板を読むと——大塔宮護良親王が元弘元年10月赤坂城を脱出され高野山を経て十津川にのがれられたとき、十津川の豪族竹原八郎はこれを迎え入れ、仮宮殿を建ててかくまったところと伝えられている。明治22年の大水害までは、当時、宮及び従臣が弓術、馬術を練習したところ並びに竹原八郎の墳墓といわれる、五輪の塔などがあったが、現在は河底に埋っている。なお、このところは、かつて天誅組が幕軍を迎えて決戦を試みようとしたところでもある——と記されている。改めて、天誅組が大塔宮の故事の影響を受けて勤王思想がさかんな土地に籠もって戦おうとしたことが納得され、石碑の脇に絶やさずに供えられている榊を見て、十津川郷が廃仏毀釈によって玉置神社の神道を篤く信仰する土地柄であることが実感された。

ちなみに、黒木御所とは地名ではなく、白木に対して皮付きの丸木を黒木と言うことから、粗末な仮宮のことを指し、同名の御所は、承久の乱により佐渡に配流された順徳上皇の行宮跡や、元弘の変で鎌倉幕府に敗れた後醍醐天皇が配流された隠岐島など、全国各地に点在する。民宿のおかみさんも、おじいさんが明治の水害の後、木をあちこちから集めてきて、杉とか檜とかはないんですよ、雑木を黒木黒木いうんですよ、その黒木ばっかしで建てとるんや、よういうてました。黒木の御所も同じでしょうね、黒木ばかしで建てた御所、と話していた。

二年前に十津川郷を訪れた後、十津川郷の昔話という本を目にする機会があった。そのなかに、ここ谷瀬に住んでいた古老が、祖母から聞いたという天誅組の騒動について語ったものがあった。

――天誅組が五條代官を襲って騒動を起こしたころ、わしの祖母は、まだ十七じゃったそうな。その天誅組は五條から天辻峠を越えて十津川へやってくるという。そして、その一行はこの谷瀬へも寄るらしいという知らせで、在所は色めきたった。いよいよ、谷瀬に立寄ることになったのじゃが、そのとき、庄屋から、いかなることがあろうとも決して無礼のないよう心がけよと、きついふれが回わされた。

どの家でも、だいじな客人じゃというので、米の飯を炊き、できるだけのご馳走をこしらえて待っていると、とうとう一行が在所の峠に現われた。きちんと列を組んで、鎧やたれの音をジャラジャラいわせながら、いかめしい様子で在所へ入ってきた。一行は二、三人ずつ組になって分宿することになったが、庄屋の中村宅へは中山首領が泊ると決まった。祖母の家には三人の侍が泊り、となりの家へは近侍が泊り、組一行がいる間は、決して鉄砲を撃ってはならぬとの、きついおふれが回わされた。

ところが、佐田甚五郎は、近くの山にきじがいるのを見つけ、つい、おふれを忘れて、そのきじをズドンと一発撃ってしまったのじゃ。すると、たちまち近侍がやってきて、直ぐ本陣へ連れていかれた。おん大将の前へ引き出された甚五郎は、ちょっと待ってくだされ、といってそのきじを丸い盆にのせて献上したものじゃ。すると、おとがめどころか、それはでかした、とたいへんほめられ、多少の金子までたまわった。在所の衆が、一体どうなることかと心配しているところへ、甚五郎、ワッハ、ハ、ハ……と高笑いしながら、悠悠と帰ってきたので、みんな、やれやれと胸をなでおろした。

天誅組はいく日か泊っていたが、やがて、つぎの土地へ転進と決まり、在所の衆は、その手伝いをさせられることになった。組本陣から、どの家からも一人ずつ人足を出すようにと、指図があったので、祖母の家からは、まだ娘だった祖母が出ることになった。祖母が、おそるおそる本陣の中村庄屋の家へ上がってみると、いかめしいかっこうをした侍がいて、そちはいくつじゃ、名はなんという、とごせんぎがあったので、年は十七、名は森岡モト、と申しあげると、うん、うん、とうなずき、若いおなごに重い荷は無理じゃ、といって冑入れの箱を持つことになったが、祖母は、いわれるままにその箱を背負ったそうじゃ。あの箱は、なかなか重いものじゃった、と祖母はそのときのえらかったことを、後あとまでよく語っていたものじゃ。

特に話が面白いという訳ではないが、変に劇的に改作されていないので、どこかとぼけた味わいがあり、それだけに突然天誅組の騒動に巻き込まれた当時の村の様子が伝わってくるように感じられ、十津川の女性の気丈さも窺われる。言葉遣いも十津川弁の断定の、じゃが用いられているほかは標準語に近い。

この昔話のことも民宿のおかみさんに朝飯のときに話すと、ああ森岡さんとこのお祖母さんの話ですね、と頷き、それを語っている森岡のおじいちゃんは、物知りで話が面白い人でしてね、お嬢さんがうちの向こう三軒だったんです。その森岡のおじいちゃんとこのおじさんとこへ、わたしらのお祖母さんの妹が嫁いでて、ほんで昨日北海道で焼け死んでっていいましたでしょ、その夫婦なんですよ。ここいらへんみんな引っぱってつながってるんですわ、と教えてくれた。

そんなことを思い返しながら、古色を帯びてまったく人気のない現在の黒木御所跡を後にして、もう少し下っていけば十津川の川面近くまで出られるだろう、と樹木の間から流れが見え隠れする道を行くと、道脇に電話ボックスをやや大きくしたぐらいの木造りの小屋があった。上野地小学校スクールバス待合所、と記してある白い扉のガラスが無惨に割れているのを目にした瞬間、ざわざわとした体感を覚えた。

年末に、実家に独居している老母の正月の支度を手伝いに訪れたときに、東日本大震災の復興住宅が建てられ、スーパーなどの商業施設もできた近所の工場跡地が、さらに周りにまで開発が進んで、幼児期に暴行に遭った忌まわしい現場も更地になったみたいだ、と買い物の使いに出かけた妻に教えられて、半信半疑のままに足を運んでみたことがあった。結婚したばかりの頃は、まだ幼児期の記憶に苦しめられることがあり、悪夢に苛まれると数日枕が上がらず、精神科で抗鬱剤の点滴を受けることもしばしばだったから、妻も気に留めていたのだろう。だが、新しく更地と化した土地の中にあって、そこだけが無下に、古い記憶の雑草地の光景のまま取り残されてあった。気を失って倒れていた自分を、朝方にトイレの小窓から発見してくれた女主人の理容店は、とうに仕舞われて住む人はなく、割れ落ちたサインポールが放置されたままとなっていた。それを目にして、あの出来事が自分の裡から消え去ることはない、と思い知らされたことが蘇った。だが、それ以上の現実感の剝落が起こることはなく、上野地小学校は二〇一〇年に統合によって廃校となったと聞いているので、この待合所は現在は使われていないのだろうか、と想像しながらその場を通り過ごした。震災から六年経って七回忌の区切りを迎えた昨年あたりから、目の前で津波の黒い波にさらわれていく人を目撃した子供たちが、その記憶に苦しまされていることが、ようやく少しずつ語られるようになっていた。当初は、小学校の教師たちに震災の話はしないように、と固く禁じられていたという。いまでは、幼い自分の身に起こったことも厄災だった、ととらえられるようになり、震災を体験した子供たちの行方が気にかかった。

　やがて、たにぜばしと書かれた錆びた赤い欄干のコンクリート橋へと出た。橋の上に立つと、左手の上流には琵琶首状に激しく屈曲する十津川の流れがあり、瀬となった流れの先の遥か上方に吊り橋が架かり、渡っている人の姿も小さく見受けられた。大量の礫が堆積して白く光る幅の広い河原を見渡しながら、本当の黒木御所跡も天誅組の本陣跡も、すべては明治の大水害の折に、河床を三〇メートルも上昇させたという大量に流れ込んだ土砂の下に埋もれてしまったわけだ、と溜息を吐いた。

　先の天誅組騒動の昔話をした谷瀬の古老は、明治の大水害のことも、当時十八歳だった徳松という名の父親から聞かされたという昔話を語っていた。明治二十二年八月十九日、やっと夜が明けてみると、谷瀬の在所にある四つの谷は、どれもこれも目もくらむような大水で、大地がただゴウゴウと鳴るばかりだった。親戚の沼部権八郎のところの土蔵が、ミシリ、ミシリと無気味な音をたてて傾きだしたので、これは、あぶない、と権八郎夫婦が外へ飛び出したのと、上の山から鉄砲水が落ちてくるのとが同時だった。二人はギャアと、一声残したまま逆巻く泥水の中に巻きこまれていった。それは、まったくあっという間のことだった。やがて、これを聞いた徳松は沼部宅へ駆けつけようとしたが、いつものから谷（水のない谷）も、きょうはまったく通れないので、氏神さんののぼり竿を向こう岸に倒し、それにつかまってやっとで渡った。沼部へ来てみれば、土蔵は倒れ、その上を滝のように土水が落ちていくばかりだった。それから幾月か経ったある日、ガアガアと烏があんまりさわぐので、二、三人の男衆が近づいてみると、えぐり取られた谷底の埋もれた木の株に、白骨になった死体がかかっていた。おそるおそる近寄ってみれば、着ていたてしま（雨具）の焼印から権八郎の嫁と判った。けれども、権八郎の遺体はその後も、とうとうあがることはなかった。この大水害で、谷瀬の田や畑はほとんど流され、家も埋もれたり倒れたりして、在所は全滅したみたいだった、ということだった。

他の本によれば、大水害の前までは、V字に深く切り立った谷底を覗いても、微かな川音が聞こえるだけで水は見えなかったという。両岸は迫っていたので、谷を隔てて会話が出来たところもあるが、届け物でもしようと思ったら、深い谷をいったん降りて丸木橋を渡ってからまた登ってくるので、待っている間に餅が搗ける、という言い方もされたと聞く。

上野地の民宿のおかみさんも、吊り橋が完成する以前は、うちの裏から川まで下りて、それから丸木橋を三つほど重ねて筏みたいにしたのを渡って行ってたんですよ、けど台風来るたびに流されて、ほで向かいの谷瀬の人たちが、今日は橋架けやど–言って、橋架けるその橋やったらね、水がまあそばでしょ、渡ってて目が回るんですよ、病院来る人でもね、ちょっとしんどいような人やったら渡るの大変なんで、うち泊まってました、入院の設備がなかったもんで、とその苦労を話していた。

洪水のたびに橋が流され、あまりの不便さから、橋脚を持たず材料も少なくて済む吊り橋が考えられたのだろう。川べりを避けて、山裾や山の中腹に住むようになった人々の事情にも合っており、踏み板に使う木材も容易に手に入る。それでも、昭和二十九年に架けられたときには総工費八百余万円を要したという。吊り橋を渡る前に、上野地側の袂に設けられていた看板の、一戸あたり二十万円という当時としては思い切った出費に耐え、村の協力を得て完成をみた、という説明文を読みながら、単純に比較することはできないが、小学校教員の初任給が七千八百円の時代だったというから、いまなら一戸あたりざっと五百万円ほどにあたるだろうか、そんな勘定をしていると、向かいの集落は松茸が採れるので、こういう吊り橋を造る金も出したんだ、と監視員の初老の男性が言った。

たにぜばしを渡り切ってふたたび上野地側へと出た。道のそばまで迫っている転落防止のネットが張られた崖の斜面に手を遣ると、斜めに瓦を積み重ねたような粘板岩とおぼしい黒い岩がぼろぼろと剝がれ落ちてきた。風化がしやすく、その上にやわらかい表土が載っているために、豪雨に弱く崩れやすいことは素人目にもわかったが、斜面崩壊の大半を占める表層崩壊の一因はそうだとしても、深層崩壊を起こす要因は別のところにあるようだ。

元来、紀伊半島はフィリピン海プレートがユーラシアプレートの下に潜り込むようにして押し付けられて形成されたので、地層が水平ではなく斜めに傾いているところが多い。この地層が山の傾斜に対して垂直に伸びていればよいのだが、山の傾斜と同じ方向を向いているところは、その地層の境界が分離面となって地滑りが起こりやすくなり、さらに大雨によって地下水が上昇し岩盤低下を招くと、より深い地層の面での崩壊が起こり、いわゆる深層崩壊となる。林新湖を発生させた高津の中山崩れをはじめ、明治の大水害で大規模な土砂崩れが発生したところは、ほとんどが山の傾斜と同じ方向を持つ北向き斜面となっており、二〇一一年の平成の水害でも十津川村の栗平や五條市大塔町の赤谷など、また同じ斜面が大きく崩れた例もある。もっと複雑なメカニズムもあるのだろうが、ともかくの説明としては納得された。

よくよく考えてみれば、地層が斜行しているかぎりは、どこかで山の傾斜と同じ方向を向いている斜面が生まれることは避けられない。山と山に挟まれた谷となっている所では、片面が山の傾斜に対して垂直でも、その向かいは山の傾斜と同じとなり、蛇行して流れることで浸食を受けやすい斜面を持つことも相俟って、十津川流域は常に深層崩壊の危険を孕んでいることになる。

二年前には、天辻峠の手前の「下永谷」の停留所を過ぎた斜面に、小さな針葉樹が植林されているのを見遣りながら、杉や檜を密集して植えられた人工林は、日当たりが悪く木自体が細くて長く根も浅く張っているために保水力が小さく、深く根を張る広葉樹林と比べて土砂災害を起こりやすくしている、と聞いたことや、人が里山を放棄することでカシノナガキクイムシによって運ばれる病原菌対策ができなくなり、広葉樹が集団枯死して山が荒れる〝ナラ枯れ〟が起きて、山に水を貯める力がなくなって各地で土砂災害が起こっている、という分析や、東日本大震災後に、江戸時代に仙台藩が飛砂や塩害を防ぐために防潮林として植えてきた黒松や赤松は、潮風や痩せ地でも根を深く張り、生長も早いものの、土壌保持力が小さいために津波には弱かったと言われ、広葉樹が混成する森こそが防潮林にふさわしい、という声が上がっていたことを思い出したりしたものだが、その後に深層崩壊のことを調べてみて、地殻変動によって生まれた日本列島の成り立ちそのものに由来する災害であることを知らされると、地震や噴火とともに、自然の猛威を克服することは人知を超えている、と思わざるを得なかった。そして、この国では、どこに住んでいようとも、一生の間に一度は大きな厄災に遭うことを覚悟しなければならない、という思いを東日本大震災の後に強く抱くようになったが、図らずもそれを象徴している場所に、知らず知らずのうちに引き寄せられるようにしてやって来た、と改めて痛感させられた。

十津川の蛇行に沿って曲がる上り坂をいくぶん息を切らしながら登っていくと、路線バスの通る国道一六八号へと出て、そこが「小栗栖」のバス停だった。バス停一つ分だけ歩いてみるか、と「上野地」の停留所へと向かっていると、右手に折れた道先に、酒も扱っているらしい商店の看板が見えたので寄ってみる気になった。吊り橋の谷瀬側の袂にあった冬期休業中の茶店の外壁には、日本酒〝谷瀬〟きょう発売、という見出しの新聞の切り抜きが貼られてあった。記事を読むと、約二十五戸の谷瀬地区は、十津川村の数少ない米どころで、その棚田で栽培した酒米を吉野町の酒造会社で醸造した村内限定販売の純米酒だという。その酒があるのではないかと思ったのだが、あいにく、仕入れに出かけています、と書かれた札が店先にかかっていた。一応という心づもりで、下の方が少しだけ開いているシャッターから声を入れてみたが、音沙汰はなかった。

谷瀬の地酒はあきらめて国道一六八号へと戻り、右手前方に谷瀬の吊り橋が見え隠れするのを目にしながら、二叉を左側の旧道の方に進路を取り「上野地」のバス停へ向かって歩を進めていると、右手に喫茶店らしい山荘風の二階建てのログハウスがあった。こんな山中で本格的なコーヒーにありつけるとはありがたく、一息つきたいところでもあったので、さっそく三段ばかりのアプローチを上って木の扉を開けた。

暖炉がある広い店内は、窓際のテーブル席に、若いカップルの先客が一組昼食を摂っているだけで空いていた。入口近くの席に腰を下ろし、注文を取りに来た六十年配の女性にコーヒーを頼んだ。ついでに、テラスに出てみてよいかと訊ねると、どうぞと促された。崖に迫り出したテラスからは、正面に山や谷の絶景が広がった。冬場は寒いが、季節がよければ、テラス席での食事はさぞ気持ちがよさそうだ。隅には、放送局によるお天気カメラが設置され、遠隔操作されており、急に旋回するなど危険なので柵内には入らないように、と注意書きがされている。

十津川では千メートルを超す山は百を数えるという急峻な峯々を目にして、西の方角にある標高一三四四メートルの伯母子岳を探りながら、明治の大水害のときに、災害の急報を届けた谷瀬の人々が、郡役所のある五條に通じる西熊野街道が遮断されているので、迂回して熊野参詣道の小辺路に取り付き、山道を伯母子岳から高野山を経由して郡役所へ辿り着いたことを思った。猟師の案内で、二日分の食糧と鎌や山刀を持ち、道を切り開きながらの難行路だったといい、初めて被災地の者からの知らせを受けた郡役所の驚愕は想像に難くない。目を左手へと転じれば、僅か下方に、渡っている人の姿が小さく疎らに見受けられる吊り橋の全容が一望できた。それを目にして、二年前にここにも人目があれば、小雪が舞うなか、吊り橋の上で立ち往生していた彼の姿も見えていたはずだ、と振り返られた。

サイフォンで淹れられたコーヒーが入ったのを見て、室内へと戻った。コーヒーを運んで来た店主らしい女性に、二〇一一年九月の台風被害のことを聞くと、上の斜面が向こうから崩れてきて、隣の駐車場とかがあった所が落ちたんです、この建物には土砂が入り込んで、と答えが返ってきて、とてもそうは見えなかった、と不明を恥じていると、でもここは川幅がこんなに広いですから、ほかの所みたいには大きな被害にはならずに済んで、まだよかったです、と言葉を継いだ。津波に被災した知人たちも、大袈裟にならないように、という物言いがおしなべて感じられたことが思い出された。

深煎りの味の濃いコーヒーを味わいながら、食事を終えたカップルが店の女性と言葉を交わしているのをぼんやり眺め遣った。店主に予定日を訊ねられて、三月なんです、いまは八ヵ月に入ったところ、と若い女性が答えた。そう言われてみれば、妊婦らしいゆったりとしたグレーのワンピースを着ている。おいしかったです、また寄らせてもらいます。そうやね、たっぷり栄養を摂らないと。そんなやりとりの後、席を立って扉へと向かったカップルの男性のほうと擦れ違いざまに目が合い、軽く会釈されたのに、こちらも返した。

車が発進するのを見送っていった店の女性が、若い人たちを見てるのはいいですね、と笑顔を向けた。地元の若者ですか。ええ、関東の方から空き家バンクの支援制度を利用して十津川に移ってきて二年近くになるかしら、ときどき店に顔を出してくれるんです、ご主人は木工家で、やっぱり開業支援を利用して工房を構えてらして。その説明を聞きながら、二年前の路線バスの旅で、後ろの座席に座っていたカップルのことがおぼろげながら蘇った。この谷瀬の吊り橋ではしゃいでいた姿も思い出すと、もしかすると同じ二人で、あのときは下見にでも訪れていたのかもしれない、という想像が浮かんだ。男性は黒縁の眼鏡だった記憶があるが、さっきはメタルフレームの丸縁で職人らしい落ち着いたたたずまいがあった。確信は持てないが、そうだったら愉しい気がした。無意識の裡に何か親しい記憶の感触があって、さっきの互いの会釈となったのではないか。そんな出会いは、これまでにも幾たびも経験しているのかもしれない。

店を出て、改めて隣地に目を向けると、確かに崖崩れを起こし斜面が抉り取られた痕跡が明瞭だった。崖に迫り出したテラスを鉄骨が支えている。それでも、建物がそこに留まっているのが不思議なことのように映じた。津波の沿岸地で、周囲がコンクリートの土台だけを残して建物が流されている中にあって、二階部分が取り残されている鉄骨造りの建物を見たときの残像が重なった。あの頃は、東北から上京した折などに、大宮のあたりから家々が密集して立っている首都圏の住宅地を目にするたびに、廃墟となった様をありありと思い描いては、そのどちらにいまの自分がいるのか、にわかにあやふやに思えて、尻の下がモゾモゾするような気分を味わったものだった。

少し行くと、右手の崖際に、岐阜県の荘川桜の実生から育てた二世桜である、と看板の説明書きにある荘川桜があった。昭和三十五年に、荘川村の御母衣《みぼろ》ダム建設によって湖底へ沈む運命にあった樹齢四百余年のアズマヒガンの巨桜二本を、湖畔へと世界でも例を見ない大移植を行い、奇跡的に活着を果たした桜守の物語は、だいぶ以前に読んだことがあったので、思わぬ出会いを喜んだ。まだ芽吹きの色はなかったが、大事に手をかけられ、剪定されているのが窺われた。崖に張り出したその細い枝先が、谷間に吹く微風に音も無く震えているのにしばし見とれた。太平の世に生まれあわせたように思っていた芭蕉が、年表に照らせば多くの厄災の中で生きていたことを諭されて、災害史の詳細な年表をめくるきっかけとなり、十津川への旅にもつながった年長の同業者は、集合住宅の自宅のテラスから眺めた桜の枯木の屈曲した枝の張り具合に、たびたびの大風や、ときおりの地震によってひずんだ樹形のつりあいを、枝を複雑に伸ばすことによって、取りもどしてきたものと見えると感じ、くりかえされる不均衡の均衡、人間の記憶もそんなものであり、回復と言い復興と言い、傷を負った樹が屈曲しながら生長していくのにおそらく変わらない、と震災後に交わした書簡に綴っていた。川もまたそういえるかもしれない、と崖下を屈曲して流れる十津川を見遣った。

まもなく、吊り橋の上野地側の袂まで戻って来た。二年前の雪の日には閉まっていた土産物屋を兼ねた茶店ふうの食堂は今日は開いており、昼食を摂っている人の姿があった。宿の朝めしをしっかり食べたので、昼は抜いてもと思っていたが、店先で売られている生こんにゃくの田楽がうまそうで、食べてみることにした。甘辛い味噌を付けて食べるこんにゃくは、でっぷりとしてしっかりとした歯ごたえがある。少し腹に入れると、遠回りして歩いてきたこともあり、急に空腹を覚えて、握り飯を高菜漬けの葉で包んだめはり寿司も所望した。お茶を入れますからどうぞ店内で、とおかみさんに勧められて吊り橋が見える窓際のカウンター席に座った。昼の書き入れ時は過ぎたようで、話し好きらしいおかみさんは、お茶を入れながら、いろいろと十津川のことを教えてくれた。

ええ、十津川の言葉は関西弁ではないです。アクセントは標準語に近いですね。前にテレビにも出たんです。吊り橋指さして、あれは何て言います？　ってね。ハシ、ハシ、ってね。何ででしょうね、昔から、いろんな人が入ってきてるからでしょうかね。親の世代は、語尾が、のら、ってつくんですけど、子供の世代は、まったく標準語ですね。端午の節句の柏餅ですか？　この辺では、さんきら、って呼んでいる葉っぱで包みますね。山に生えてる枝にトゲのある丸い葉っぱです。つるっとしてて。ああ、そうそう、正式にはサルトリイバラっていうんですね、そうです、秋に朱い実を付ける。栃餅はわたしも好きですよ。上手に灰汁抜くのが難しいって言いますねえ。このへんの人たちはあんまり作らなくて、葛川、大野、あのへんですかね。そこのあまごを養魚している人がね、いつも玉置神社のお祭りのときに出してるんです。そこのが何ともいえず濃いーてね、楽しみなんです。

十津川の栃餅や柏餅のことは、二年越しでようやく知ることとなった、と思いながらさらに話し込んでいると、店先を見覚えのある車体のバスが通り過ぎた。腕時計を見ると、午後二時四十分になるところで、「大和八木駅」を午前十一時四十五分に出発した第二便のバスが定刻に到着したところだと知れた。では、あのバスに乗りますので、と腰を浮かせ、おかみさんに礼を言って店を後にした。山の天気は変わりやすいと言うとおり、晴天だったのが、午後になって黒い雲が出はじめ、陽が翳ると底冷えがした。このぶんだと雪になるかもしれない、と曇天を仰いだ。

バスの休憩時間を利用して吊り橋見物をするらしい結構多くの乗客たちが歩いて来るのと擦れ違い、「上野地」のバスターミナルへと着くと、バスの車内には運転手の姿はなく、中ほどに年配の女性が一人だけ残っていた。ここから乗車することを告げて、どのあたりの席が空いているか訊ねたが、さあと首を傾げられ、自動販売機で買った缶コーヒーを飲みながら煙草を吸っている乗客らしい男性二人にも聞いてみたが、よう覚えておらへん、という返事だった。背中のリュックだけでも下ろしたかったが、埒が明かず、ともかく乗客たちが戻って来るまで待つしかなさそうだった。

あんな高いとこ、まっぴらやー。早々に戻って来た七十代とおぼしい女性の四人組の一人が、吊り橋へは行ってきたん、と声をかけた男性に手を振りながら答え、バスに乗り込んだ。民家の間の石段を下りてくる人影が見え、目を瞠ると、二年前に「八木駅」から「上野地」まで乗ったときの運転手だった。この路線を運転できるのは二十五名で、そのうちベテランの五名だけが専属運転手だと聞いている、ひそかに、同じ運転手にあたって二年を隔ててのバスの旅が継がれれば、と希望していたので偶然を喜んだ。

思わず会釈をしてから、ここから「新宮駅」まで乗車することを運転手に告げると、はい、わかりました、と笑顔で頷いた。それからおもむろに、タイヤや車体の点検を始めたのを、山道でパンクでもしたら大変だよな、と眺め遣った。多くの乗客たちが戻って来て、車内の座席は二人掛けの片方に荷物を置いている者もいるので、ほぼ一杯となった。一番最後に乗り込んで、どこに坐ればよいものかと眺め回していると、ほら、ここ空いてるよー、とさっきの四人組のリーダー格と見えるおばちゃんが、置いていた荷物を網棚に上げてくれたらしく、前の一人掛けの座席を指差して教えた。礼を言って、車内の中ほどのその座席にリュックを抱えて坐った。

運転手が乗客の人数を確認し、お待たせしました、と言ってバスは「上野地」を出発した。二年前に、途中下車することなく、この時刻のバスにそのまま乗っていたら、十津川を再訪することもなかっただろうか。いや、それでもまたやって来たような気がする、と自問自答した。転回所から道路に出る際に、左右確認するあの指差喚呼の仕草が懐かしく蘇った。民家の軒すれすれに左折すると、次は「下上野地」です、というアナウンスが流れ、いよいよ前回は途中で断念した「八木駅」から「新宮駅」までの路線バスの旅の続きをする思いとなった。集落を抜けると「下上野地」の停留所で、そこで上野地トンネルを通るバイパスと合流するとセンターラインのある二車線の道をしばらく進んだ。やがて、谷底から凄みのある月が眺められることだろう、という想像を掻き立てられる「月谷口」の停留所を過ぎると、道は次第に窄まってきて、これまでも何度か通って来た山壁と川側の低いガードレールに挟まれた一・五車線の隘路となった。

さらにぎゅーっと狭まった、と思うと、右手前方に少しスペースが生まれ、常緑広葉樹のこんもりとした杜と鳥居が見えて来た。左に大きく曲がるバスの車窓から、国王神社駐車場と書かれた看板が見えた。国道から少し下った河畔に鎮座している南朝ゆかりの国王神社は、祭神に九十八代長慶天皇を祀っている。南北朝時代に長慶天皇が北朝勢のために十津川の上流で自害し、村民がその首を下流の河津で発見し南帝陵として手厚く葬ったとされており、現在でも頭の神様として信仰されているということだった。伝説の真偽は定かではないようだが、黒木御所とともに十津川村民の南朝への奉祀の思いを象徴する場所ではあるようだ。ここにはまた、天誅組から援兵を求められたときに慎重論を唱えたために天辻峠で斬首された林村の庄屋玉堀為之進の辞世を刻んだ歌碑と、為之進が寄進した一対の石燈籠がある。辞世は、国の為仇なす心なきものを仇となりしは恨みなりける。

樹木が途切れ、右手に広い河原が広がった、と思うとぐっと近付き、生コン工場も見えて来ると「河津谷」。次は「高津《たこつ》」です、とアナウンスされると、たこつ、変わった名前やなあ。たこつ、やて、たかつ、やないんやで。たこつ、や、と前方の停留所の表示を見て言い合っている声が後ろで起こった。そのやりとりに思わず顔をほころばされると、あんたどこから来たん？　と乗るときに席を空けてくれたおばちゃんに訊ねられた。仙台からと答えると、えっ、仙台、東北や、そんな遠くからご苦労さんやねえ、とねぎらわれた。こっちは四人とも大阪から、といったん言ってから、一人は正式には奈良やけどな、と笑った。十津川へはよく来るんですか、と水を向けると、大阪からでもここは遠い、遠い。滅多に来んわあ、と手を振る。遠足でも、来ない、来ない。わたしらもみんな初めてやわ。電車は乗ればすぐやから、行くのは吉野のお山までやね。でも、ここはちょっと違うねえ。行っても行っても、山ばーっかりで、十津川温泉までいつまで経っても着かんしねえ。

そうこうしているうちに道は広くなり、拡幅改修されて新しくなった小さな高津トンネルをくぐってしばらく行くと右手に吊り橋が見え、その先が大字林の集落なのだろう。このあたりが、明治の大水害のときに土砂崩壊による最大規模の塞き止め湖である林新湖が出現した場所らしいと気付いた。林新湖の発生によって、林の集落では、約八三メートルも水位が上昇し、三十戸のうち二十七戸が流失して二十二人が溺死したと記録されている。

まもなく「高津」の停留所を過ぎ、水量を増してダム湖の趣を呈し始めた十津川へと注ぎ込む高尾谷に架かる橋を渡った。次の「高津下」を過ぎてしばらく行くと丸瀬トンネルの坑口が見えてきた。その右脇に、川沿いを行く、いまは使われていない覆道らしきものが見え、その先に、林新湖を生んだ中山崩れ跡碑があると聞いていた。『吉野郡水災誌』から取られたという碑文は——明治二十二年八月二十日午前七時　中山は高さ三百六十メートル　幅四百八十メートルにわたって崩壊　十津川に落下　一大新湖をつくる　塞き止められた濁流は逆流し　上流の各集落を襲い多大の被害を与えた　新湖は同日深夜決壊対岸の小山は当時の崩壊土の一部である——と刻まれているという。二年前にも当初はその場所を探そうと思っていたが、あたりは夕闇に覆われ始めており、吊り橋の上ですっかり身体が冷えてしまったために、発熱の気配と喘息の発作が起こりそうな体感をこらえるのに精一杯で、とてもその余裕は持てなかった。

白っぽいコンクリートが新しさを残している印象を受ける丸瀬トンネルを抜けると、整備された道の右手に緑色の水を湛えたダム湖が見えた。春の桜や秋の紅葉の頃は見事だろうが、冬には単調な湖畔の景色がずいぶん長く続くと、いつの間にか道も狭くなり、停留所を見落としてしまったかと不安になったところで、ようやく次の停留所が見えてきた。表示通りに「川津西」を過ぎると、次は「川津」。バスは大きく左折して流れから離れ、すぐにトンネルとなった。トンネル前が急カーブで向こうが見通せないので、運転手は坑口前でいったん停まり、対向車がないことを確認してから、狭いトンネルに入った。真上に一列だけ照明の点る内部は、大型車同士が擦れ違うのは困難と見えた。天誅組に参加した野崎主計が、その責任を取って自宅のあった川津の山中で割腹自殺したのは、この頭上のほうだろうか、と思いを馳せるうちにトンネルを抜けると、左に大きくカーブして「川津」の停留所を過ぎた。

次は「風屋《かぜや》」、というアナウンスに降車釦が押された。川津の小さな集落には民宿の看板も見え、藤沢南岳が明治十九年の『探奇小録』の旅で十津川郷に泊まったのは、その頃は五十五村あったうちのこの川津村と折立村だったことを思い出した。藩政時代の名残りである五十五村が、おおむねいまの大字となり、バス停の呼称にも残されているのだろう。そして、明治憲法が公布されたのと同じ年の明治二十二年四月の市制、町村制の施行によって、五十五村は北十津川村、十津川花園村、中十津川村、西十津川村、南十津川村、東十津川村の六村に統合され、川津は十津川花園村の中心として、裁判所の支庁や郡役所の出張所なども置かれた。だが、その四ヵ月後に明治の十津川大水害が起こり、村々は壊滅状態となったために、各村独自に復旧を目指すのは困難という判断から、翌年の明治二十三（一八九〇）年にやむなく六村がさらに大合併して十津川村となり、東京二十三区よりも面積が広い日本一大きな村ができたのだった。

再び右手にダム湖が見えてきて、しばらく湖畔を走る。左手の山の斜面からも樹木が道路に被さってくる。車線が少なくなる手前で、運転手はたびたび最徐行して後ろの普通車を先に行かせた。ダム湖に流れ込む沢に架かった、昔ならそれこそ丸木橋で渡ったのだろう、小さな橋を何度か渡る。それから、付け替え道路であるためと、地図を見るとダム湖がまるで蛇がのたうつように屈曲しているのでショートカットを行くためだろう、長短合わせたトンネルをいくつも抜ける。工事中の路肩も多い。災害と道路の補修とのいたちごっこです、と運転手が説明すると、それまでも二〇一一年の水害の爪痕が残っている場所場所で、説明があったのだろう、ほんまに大変やなあ、との溜息が後ろから聞こえた。

左に急カーブを切って見通しの悪い中を入って行ったトンネルは、出口の明かりが小さく見えていたものの意外と長く、オレンジ色がときおり黒ずんでいる壁の箇所などが、相変わらず大腸の内視鏡で見た腸壁の映像を想わせた。憩室出血の経過観察やポリープの切除で、昨年も何度か大腸の内視鏡を受けることとなった。四十代の厄年の頃には、もう少し発見が遅かったら危なかった、と医師に言われた腺腫を摘出したこともあり、いくつも病を抱えた自分の方が唐谷よりも早く死ぬのだろうと思って疑わなかった。

トンネルを抜けて、ダム湖が広く見渡せる所に来ると、湖岸の樹木が薙ぎ倒されて山肌が剥き出しとなり、水がそこまで上がったことを示す跡が見え、湖面にはたくさんの流木が浮かんでいた。頻度は減ったとはいえ、折あるごとに唐谷の思い出につながるクライスラーの演奏によるショーソンの詩曲と、ホロヴィッツのラフマニノフの楽興の時を聴くのは相変わらずだった。唐谷からもらった手紙やメールもひとまとめに整理して、いつでも読み返すことが出来るようにもした。心の揺れにつながるように右へ左へと振れる湖畔の道が、これでもかというほど続いたと思うと、にわかに集落があらわれて「風屋」の停留所に着き、バスは停車した。降車釦が押されてから、ずいぶん長かった感覚があった。地元の人らしい初老の女性が、ありがとさん、と運転手に挨拶をして降りていき、お疲れさん、と運転手も挨拶を返した。

次は「滝川口」です、のアナウンスの後、まもなく風屋ダムが見えてきます、と説明が続いた。このダムの堰堤の高さ一〇一メートル、長さ三三〇メートル、十津川における最大の重力式ダムで、総貯水量一億三〇〇〇万立方メートルでございます。この水は、ここから九キロ離れた十津川第一発電所まで、コンクリート導水路によって送られ、落差一四四メートルを利用して、年間三億九〇〇〇万キロワットアワーの電力を発電するのでございます。

アナウンスが終わるとともに、風屋隧道らしい小さなトンネルに入った。出ると左に大きくカーブして、さらに左に、今度は右に左に、また小さなトンネルを抜けて右に、と相変わらず蛇がとぐろを巻いたり解いていく様を思わせるような屈曲した道が続く。やがて、急カーブの付け根にあたる「滝川口」の停留所を過ぎると右へほとんど折り返すように曲がった。曲がる手前には、直進すると一二キロ先に日本の滝百選にも選ばれた笹の滝があることを示す大きな看板があった。道はいったん真っ直ぐとなり、「風屋花園」の停留所を過ぎると、すぐに十津川の支流の滝川に架かった橋を渡り、小さな隧道を挟んで、次に十津川に架かる路面の上部に主構の赤い鉄骨が目立つ下路曲弦ワーレントラス橋である風屋大橋を渡り始めた。

右手正面に風屋ダムが見えます、ただいまちょうど放水中です、と運転手が教え、バスを徐行させた。ほんまや、ラッキーやな、という声がして、そこかしこでスマートフォンで写真を撮るシャッター音が起こった。堰堤の頂上の僅か下の水色のローラーゲートから勢いよく放出された水は、水面で高い飛沫を上げていた。風屋ダムの本体工事が着工されたのは、猿谷ダムの本体が完成した翌年の昭和三十三年だが、その前に資材の運搬のために新天辻トンネルの開削をはじめとする道路の改良や、ダム湖に水没する道路の付け替えなどが行われた。風屋ダムの竣工により、風屋・川津・林地区の大部分と上野地の一部の百八戸が水没し、住民の多くは標高の高い所に付け替えられた国道脇に移転した。古街道だった西熊野街道が、現在のバイパス部分を除く国道一六八号となり、かたちが整えられたのがこの昭和三十五年あたりなのだろう。十津川を走る路線バスの八木新宮線は昭和三十八年に運行が開始された。

風屋大橋を渡ると、十津川は左手へと変わり、ダムを過ぎて流れは急に細くなった。次は「野尻」です、に続いてアナウンスが流れた。維新の郷士中井庄五郎は幕末にここ野尻で生まれた居合の達人でした。若くして京都御所の守衛にあたり、多くの志士と交流があり、坂本龍馬とは親友でした。龍馬が暗殺されると、その仇を取るため天満屋にいた新撰組に斬り込みをかけますが、そこで果てました。時に二十一歳のことでした。それを聞いて、龍馬が暗殺されたときには、幕府の京都見廻組の者だったとされる刺客は、十津川郷の者であると名乗り、下僕を油断させたことを思い返していると、左手の山に深層崩壊の跡が見えます、と今度は運転手がアナウンスした。そのほうを見遣ると、十津川の対岸の斜面が大きく抉られ、剝き出しとなった山肌をさらして痛々しい。二〇一一年にここ野尻では村営住宅が流されました、と運転手が言い、車内は息を呑んだように静かになった。二年前に、このあたりに差しかかったときにはとっぷりと日が暮れており、運転手の説明もなかったので気が付かなかったものらしい。

バスは、風屋ダムから十津川第一発電所まで水を送っている銀色をした太い円筒形の水路橋に差しかかり、バス一台がすっぽり通れる太さです、と運転手が説明した。木造二階建ての村営住宅二棟が倒壊し、住人二人が死亡し、六人が行方不明となった。当時の新聞記事に拠れば、基礎から剝がされ流失した村営住宅の残骸は、この水路橋のそばにあり、子供の生存者が泥まみれで発見されたのもここだった。二棟のうちの一軒では、ちょうど家族四人で夕食を食べようとしたところだったという。それはまったく突然のことで、家ごと濁流に流された。三十四歳の母親は何とか自力で家の外に這い出し、九歳の小学生の長女は無事だったが、三十三歳の夫と十一歳の小学生の長男が行方不明となってしまった。

夜だったこともあり、状況はすぐには明らかにならなかったようだ。ドンという音がして道路に水が上がった、付近の住宅の無事が確認できない、というのが、直後に野尻地区の住民から役場にかかってきた電話だった。川の様子もわからないほど暗く霧が立ちこめる中、救出作業が行われたが、不思議なのはほかに被害はないのに村営住宅だけが流されていることで、何か大きな力によって家が吹き飛ばされたらしい、としか考えられなかった。夜十時に捜索はいったん打ち切られ、翌朝早くから捜索が再開されたときに、人々は初めて村営住宅の対岸の山が大崩壊していることを知る。深層崩壊による土石流が一気に十津川に入り込んで川の流れを変え、発生した段波が津波のように住宅に押し寄せた、と推察された。

その水害の資料の中に、音やにおいの報告があるのに目が留まった。十八棟が全壊した長殿地区の住民は、山がクエたのか、雷が落ちたのか分からない、どかーんという大きな音を聞いた。それから、深層崩壊が起こった翌朝は、村の全域に腐葉土のような泥臭いにおいが立ちこめていたともいう。

その記述は、明治の十津川大水害のときに体験された、次の奇異な現象と不思議と重なるようだ。北十津川村大字旭では、山地が崩壊すると硫黄のようなにおいがした。西十津川村大字永井では、山地が崩壊する直前に黒煙と蒸気が沸き起こり火光を発した。さらに、崩壊して渓流に土砂がなだれ込むと、悪臭が漂った。東十津川村大字小川では、山地が崩壊すると一種特異な臭気が漂い、六日間も続いた。北十津川村大字長殿では、崩壊地跡より白煙が立ち昇っていた。その白煙はすぐに消えたが、手をかざしてみると少し暖かいようであった……。また、隣の野迫川村では、山地が崩壊すると火がこうこうと光り、ほとばしって散り、天を焦がすのが見えた、と雷を思わせるような光景も目撃されていた。その類似に驚かされながら、昭和四十二年八月に羽越水害に襲われた荒川が流れる新潟県の関川村を前に訪れたときに、出水のときはにおいがちがう。土のにおいがものすごくしてくる、といった土地の古老の言葉も蘇った。そしてまた、東日本大震災から一週間後に見渡すかぎり水没している津波の被災地を訪れたときに、何とも言えぬ臭気が漂っていたことが思い出されたものだった。

そんなことを振り返っていると、バスは、河原では大規模な復旧工事が行われている「野尻」を過ぎ、「野尻口」も通過した。やがて道は川の流れに沿って左に緩くカーブし、「岩村橋」の停留所を過ぎると、赤い橋を左手に見ながら通り過ぎ、しばらくいくと山崎トンネルに入った。トンネルの内部が右にカーブしているので見通せず、運転手は軽くクラクションを鳴らして進んだ。抜けると、目の前に鉄骨がベージュ色に塗装された山崎大橋が見えて、橋と同名の停留所を通過し、橋を渡り終えたところから再び池穴トンネルに入り、抜けたところにまたベージュ色の鉄骨の池穴大橋があらわれ、その袂が「池穴南口」の停留所だった。地図を確認すると、流れは細くなったものの広い河原を持つ十津川が、ここでも逆Sの字に激しく屈曲を繰り返しており、それを突っ切るように真っ直ぐ進むために橋とトンネルとがいくつも設けられたバイパス道路となっていることが納得された。

さらに、橋を渡り終えて少し行くと、両側に明かりが点る二車線の比較的長い小井トンネルとなり、抜けると、主構の黄色い鉄骨の上に通路があるので見通しのよい上路平行弦ワーレントラス橋の小井橋を渡った。渡り終えると、「小井」の停留所で、そこから再び右手に見えるようになった十津川の流れに沿った道となった。家がちらほら見えるが、このあたりは災害の跡はあまり見受けられず、道路工事も行われていないので、ふつうの田舎道を走っている風情となった。

「上湯の原」を過ぎ、次は「湯の原」です、とのアナウンスに続いて、女声の説明が入った。まもなく、村内で三箇所あります温泉場の一つ、湯泉地《とうせんじ》温泉に入ります。湯泉地温泉は一四五〇年、宝徳二年に湧き出したと伝えられ、五百六十年の歴史を持つ村内でも最古の温泉です。戦国時代の武将、佐久間信盛なども湯治に訪れたと伝えられています。

ここでは触れられていないが、織田信長に仕えた佐久間信盛は、この湯泉地温泉で湯治中に没し、十津川の武蔵に葬られたという説もあると聞く。信長に三十余年も仕え宿老とも呼ばれたという信盛だったが、『信長公記』に拠れば、信長は無益な策の罪により、信盛を天正八（一五八〇）年に高野山に追放する。その後、高野山金剛峯寺小坂坊に身を潜めた信盛に、さらに信長から、高野山に住むこと叶うべからず、との厳命が下り、十津川山中武蔵の里に落ちたというのである。ともあれ、ここでも落人が逃れてくる場所として十津川が出てくるのが興味深い。

温泉が湧出した由来の記述は、かつてこの地に薬師如来を本尊とする東泉寺があり、今も残るその縁起には、役行者が十津川の流れを分け入ったところにある霊窟で加持祈禱を行ったところ湯薬が湧出し、弘法大師が大峯修行の際に湯谷の深谷に先蹤《せんしょう》をたずね薬師如来を造顕したとされている。そして、宝徳二（一四五〇）年に地震で湯脈が変わって、この武蔵の地に湧出し、いつしか十津川沿いの現地に移った。湯泉地の読みは、東泉寺から来ているのかもしれない。念のために、天変地異を記した年表を参照してみると、確かに前年の宝徳元年四月十二日より、数日大地震が続く、との記述が、南北朝時代における南朝の盛衰とその後胤《こういん》を扱った史書である『南方紀伝』に見られる。ちなみに同年には浅間山も噴火している。

「湯の原」の停留所を過ぎると、十津川沿いの旧道との二叉を右に行き、黄色い欄干の湯之原橋を渡るとすぐに湯之原トンネルに入る。ここも十津川が蛇行しているところで、川沿いに温泉があるが、バス路線は、トンネルでショートカットを行く。抜けると、右手に、十津川村観光協会の観光案内所の三角屋根の白い建物が見えて来て、温泉・食事と書かれた看板、そば、うどんの幟が並び、心なしか硫黄のにおいがするような気がする。

民俗学者の宮本常一は、昭和十一年から十四年までの間に五回、十津川に足を踏み入れている。この湯泉地について、土地の老人から聞いた話として『吉野西奥民俗採訪録』にこう記しているという。

孫引きとなるが、——湯泉地のあたりも実にすごい様な峡谷で、今は深き川底に没している。ホソリという所は、一丈一尺（約三・三メートル）の材木を横にすると、両岸につかえたという。しかも水面から底までは三丈もある淵で、それが

七、八町つづいていたのである。（略）湯泉地の旧温泉のあったのは、その流れにそうた所で、今の温泉は百尺ばかりも上にあり、見上げるような崖だったので、これを利用する者もなかったという。それが下の温泉は完全に埋まって、シキ（川底）は四十間も高くなって、高いと思った上の温泉が、ちょうどよい川岸になったという。これは宿の主人も相槌をうっていたから、まんざら誇張ばかりではあるまい……。

宮本常一は昭和十四年十月に湯泉地の宿に泊まった折に、地響きに遭遇している。「十津川くずれ」、と題された文章には、——三〇分近くも断続した。布団をかぶって、ジッとしていたが、翌朝おきてみると宿のすぐ北側が高さ六〇メートル、幅三〇メートルほど大きくくずれおちて川をうずめている。そしてそこにあった道はきれいにきえているのである。雨もふらないのに、とある。そして、そのような山崩れは毎年この谷のどこかで一つや二つは起こっていると聞き、この谷はいまも不安定なのだと知る。その翌日、玉置山の宿で目が覚めた宮本は、霧が谷の方からはいあがってきつつあり、これは豪雨がくる前兆だ、一時も早く帰らぬと交通途絶になる恐れがある、と村の老人に言われて、急いで瀞八丁まで出てプロペラ船で新宮へと向かう。果たして、その夜から翌日へかけての豪雨のために、十津川すじの村々は一週間以上も交通途絶するほどの被害があったという。

宮本常一は後年、付記として、この文章が書かれた後に、十津川にはダムが造られ、バスも通じ、十津川温泉のような歓楽地もできて、谷筋はすっかり変わったものの、地形や地質が変わったわけではない、と災害への警鐘を鳴らしていた。

緩やかに左にカーブするシンプルな箱桁橋の小原大橋を渡りながら、左手の川沿いの杉の木立に見え隠れする湯泉地温泉の方を見遣った。渡り切ると、「十津川村役場（湯泉地温泉前）」の停留所で、道の駅もあるここで五人ほどが降り、リュックを背負った四十代と見える男性が乗り込んできて、すぐ前に空いた座席に坐った。旅慣れていると見える物腰だった。

軽く会釈されて戸惑っていると、昨日もバスで一緒でしたよね、と声をかけられた。そう言われてみれば、確かに見覚えがある気がした。黒縁の遠近両用らしい大きなフレームの眼鏡をかけた顔は、唐谷に似た面影があった。ええ、そういえば。十津川は何度かいらしてるんですか、と訊かれて、二度目だと答えると、僕はこれで四度目です、と言った。話し好きな性格のようだった。五新線ってご存知ですか？　ええ、少しだけですが。最初は五新線の遺構を訪ねるのが目的だったんですが、十津川の温泉にすっかりはまっちゃって、仕事の休みが少しまとまって取れたときには入りに来るようにしてるんです。昨日は初めて湯泉地温泉に泊まって、そのあと今日は、川を渡ったところにある滝の湯っていう公衆浴場にも入ってきました。滝を眺めながらの露天風呂はなかなかよかったですよ。

その言葉に関西の訛りがないので、自分は仙台からですがと伝えてから、どちらからですか、と訊ねると、京都からです、と答えが返ってきた。もともとは関東の出身だが、二年前に京都の支社に異動となって、この機会にと関西を旅するようになったという。仙台からじゃ遠いでしょう、と言われて、震災以降、仕事の合間を縫って、水辺の災害の記憶を訪ねる旅をしていることを打ち明けると、ああ、このあたりも二〇一一年に大水害がありましたからねえ、と頷いた。このバス路線も、ちゃんとしたルートで来たのは今回が初めてじゃないかな、いつもどこかが土砂崩れで通れなくて、迂回路をマイクロバスに乗り換えて行ったり、通れない停留所があったりして。

そんな話を交わしていると、「十津川小原」の停留所を過ぎた。途中の川向こうには、中学校らしい建物や、橋を渡ったところに小原の集落が見えていた。バスは人家を縫うように狭い道を通って行く。手を振るおばさんの姿があり、運転手もクラクションを鳴らして応じる。いったん途絶えた人家が再び見えてきて、崖っぷちに建つ家には正月飾りが見受けられた。廃屋は、たいてい葛のような蔓で覆われている。川の見える断崖の路肩と頭上が鉄骨の柵で覆われている箇所があり、まもなく「滝」の停留所を通過した。すぐに二叉となり新宮、下北山は左の矢印が出ている標識の右の道は通行止めの赤いバッテンの印となっている。当然のようにバスは、国道四二五号と書かれた左の道を進み、すぐに、出口の光が見えている狭いトンネルをくぐった。トンネルを抜けると、複雑なループの標識が出てきた。T字路となり、右折して左へカーブしながら川を渡ると、また右に曲がって進むので、戻されているような、方向感覚が狂う心地がした。すぐ目の前に銘板の文字も新しい今戸トンネルがあらわれてバスは進入して行った。地図を見ると、さっき渡った橋は、国道四二五号から国道一六八号バイパスへ接続する芦廼瀬《あしのせ》川ループ橋で、二〇一一年の水害による道路崩壊でこの先の国道一六八号が通行止めとなったので、迂回路を進んでいたと知れた。

今戸トンネルの内部の照明は、これまでのトンネルとちがって白っぽく、LEDとなっているのだろうと推察された。トンネル照明が本格的に設置され始めたのは昭和四十年代からで、当初は低圧ナトリウムランプが使われており、その後、高圧ナトリウムランプ、蛍光灯、セラミックメタルハライドランプを経て、現在の新しいトンネルはLEDに切り替わっている。昔は排ガス規制がそれほど厳しくなかったので、トンネルの中は煙が充満しており、そのため煙の中でも見えやすいオレンジ色の光を発するナトリウムランプが使われていた。その後、排ガス規制によって、煙の量が減って見通しがよくなったので、自然に見える白いランプが普及し始めた。トンネル照明は一日中点灯しているため、昔は毎年ランプを交換する必要があったが、LEDになったおかげで、十年間ほど交換する必要がなくなったのは進歩といえるだろう、とかつて照明のメンテナンスにあたっていた身としては実感された。

一八五八メートルという長いトンネルを抜けて少し行くと、左に大きくカーブを切り、途中で、新宮、十津川温泉方面は右、という表示が出てきたにもかかわらず、バスはさらに左へとハンドルを切った。バイパスではない旧道に出て川を左手に見ながら徐行して進んでいくと、停留所が見えた気がしたが、音声案内もないままに通り過ぎてしまった。訝しく思っているうちに、やがてさっき通ってきたらしい今戸トンネルに続く高架のバイパスが頭上に見えて来た。なおもゆっくり進むと、左手に軽トラックが数台停まる木材工場が見え、その先が「今戸」の停留所だった。案じていたように、少し前から小雪がちらつきはじめていた。

少しスペースが生まれている場所でUターンしながら、「閉君」のバス停の所もこうだった、と思い出した。本来は、今戸トンネルを通らずにこの道を来たのだろうが、この先が通行止めとなった箇所らしい。新しいバイパス道路が出来ても、人々の生活を支える路線バスは、わざわざ新道を下りて旧道の集落を回る、と感じ入った。次の「折立口」は、ついさっき案内もなしに通り過ぎたと思った停留所だった。なるほどそういうことか、と納得していると、次は「折立」、というアナウンスにすぐに降車釦が押された。バスは十津川を右手に見ながら旧道を進み、やがて家が立ち並び始め、珍しく横断歩道橋があると思うと平谷小学校の標識があったが、この小学校も二〇一七年四月に統合により閉校となったと聞く。

「折立」の停留所で地元の人らしい女性が降り、バスが発進すると、左手に玉置山へ行く道の標識があらわれた。玉置山へは行かれましたか、と前の座席の男性に訊ねられ、いいえ、ぜひ行ってみたいと思うんですが、また今度になりました。そちらは、と顔を向けると、実は僕もまだなんです、と男性が答えた。バスが橋の前で一旦停止し、対向車が渡り切るのをゆっくりと待ってから折立橋を渡り始めた。元々ここには、昭和九年に架設された吊り橋があり、それは長さ一五六メートル、幅三メートル、木鉄混合トラスを鋼索で吊った本格的な吊り橋で、当時十津川流域では最大最長を誇った橋だったという。その資料を眺めているときに、一九一六年に十津川村に造られた旭川橋という吊り橋は、竣工と同時に落橋し、死者五名、重軽傷者四十名余という記述があることにも気付いた。

この橋も二〇一一年の豪雨で流されたんですよねえ、と男性が言い、そうでしたねえ、と頷かされた。流木がトラス部分に引っかかり、増水した川の上で揺らいでいた橋は、とうとう半分が落橋し、これで十津川村の基幹道路が完全に寸断されたために、村長は奈良県を通じて自衛隊に災害派遣要請をしたのだった。

九月四日に落橋した昭和三十三年竣工の上路平行弦ワーレントラス橋である折立橋は、一部既存の橋梁を利用し、流出、損壊した箇所を仮設の橋とする復旧工事を二十四時間態勢で行い、十月三十日にクランク状に通る仮橋が開通した。それに併せて、この路線バスも十一月一日にほぼ二ヵ月ぶりに全線運行が再開された。現在の橋は二〇一四年一月三十一日に本復旧したもので、路面は真っ直ぐになっていたが、欄干の鉄部をよく見ていると、古い部分と新しい部分とが繋ぎ合わされているのがわかり、きれいさっぱりと取り壊して建て直すのではなく、最小限の補修を加えて弥縫していくのが我々の暮らしであり、その都度、繋ぎ目繋ぎ目に、時間と記憶が滞る——そんなことを思わされた。

　橋を渡ると、集落を行く細い道を走り、まもなく「折立山崎」を通り過ぎた。この地に泊まった藤沢南岳は、——舟ヲ棹シテ送リ、折立ニ達ス。時方《マサ》ニ黄昏、清涼人ニ可《ヨ》シ。崕ニ陟《ノボ》ル、崕上ニ門有リ、即《スナハ》チ文武館也。貞雄余ヲ堂ニ延《ヒ》ク。堂宇壮麗、講堂有リ、撃剣場有リ、生徒寮有リ、庫有リ、厨有リ、と記していた。南岳は所々で地元の人の教えを受けたようで、ここを案内したのは文武館幹事の杉井貞雄という者だった。元治元（一八六四）年に開館された文武館は、当初、折立の松雲寺を仮校舎としていたが、翌年に、折立村字平山の新館舎に移転したとあり、南岳が見た門は、松雲寺のかつての山門が残されていたのかもしれない。

次は「込の上《こみうえ》」、十津川高校前です、というアナウンスの後、十津川高校は孝明天皇の儒官であった中沼了三《なかぬまりょうぞう》により、江戸末期の一八六四年、元治元年、文武館として創立され、奈良県で最も古い高校です、とその沿革が説明された。文武館は、大正十年に火事で焼失し、存続させるかどうか話し合われたが、存続を願う館生五十三名連名の血判嘆願書が村・村議会に提出されたこともあって存続と決まり、昭和二年に込之上の現在地に木造の校舎が建てられ、昭和四十八年に現在の鉄筋校舎に建てかえられたということだった。血判という所が、天誅組など血気盛んな土地柄を思わせる。途中は狭い崖道が続き、どこに高校が建てられるような平地があるのかと訝しがっていると、まもなく左手に少し下がったところに鉄筋コンクリートの高校の建物が見えて来て、グラウンドもあった。地図を確かめると、十津川がゆるやかに湾曲する内側に迫り出した土地を利用していると知れた。

「込の上」の停留所からは、部活を終えたらしい男女の高校生たちが十数名乗ってきて、立っている者もあり、市街を走るバスの趣となった。「豆市」を過ぎて、次は「鈴入」ですとアナウンスされると、まもなく十津川村第一の都会とも申すべき平谷のまちに入ります。現在は十津川温泉の名によっていっそう世に知れ渡るようになりました。もともとの源泉は、まちの外れの上湯の川で発見したと言われる下湯温泉から、昭和三十八年十一月、その豊富な湯を平谷の各旅館に導くことに成功しました……、という説明が入り、十津川第一の都会だって、とからかう声が挙がった。「鈴入」、「平谷口」の停留所を通り過ぎると、橋を渡り、こぢんまりとした温泉街へと着いた。相変わらず小雪が舞う中、二津野ダムのみどり色のダム湖の風景が広がり、赤い橋の袂で右手にある十津川バスセンターへとバスは入って行った。入口の看板に十津川温泉と並んで元祖源泉かけ流し温泉とあった。

出やすいようにバックで停めてから、お疲れさまでした、新宮行きは十分後の出発となります、と運転手が言い、前方の扉が開いた。「谷瀬」からはおよそ一時間、「八木駅」からは、四時間半の道のりだった。高校生たちは、駐車場に数台停まっている一回り小さい村営バスへと乗り継いで行く。宿はどこですか、と前の男性に訊かれて、今日はこのまま新宮までです、と答えると、少し驚いた顔付きになって、あと二時間ですか、まだまだ道中長いですね、どうぞお気を付けて、と挨拶された。運転手に、昴の郷いうのはここからやないの、と訊ねていた四人組のおばちゃんたちは、このまま乗っていただいてあと三つ先です、と教えられると、ひえー、まだ先やの、ほんま遠いわー、と悲鳴を発した。

ともかくトイレ休憩を済まそうとバスから降りて、背伸びを一つすると、温泉宿の車での送迎に来ている一人に懐かしい顔を見付けて、思わず近寄った。二年前には大変お世話になりました、と頭を下げると、宿の主人は思い出してくれたようで、ああ、おひさしぶりです、と笑顔になった。今回も仙台からですか。ええ、今日は泊まらずに新宮までですけど、今度はゆっくりと寄らせてもらいます。お待ちしています。もっと礼を言いたいことがあったが、泊まり客が待っているので、それで切り上げた。さっきの男性もそのマイクロバスに乗り込んでいった。

宿の主人には、せっかくの夕食も満足に箸を付けられずに、心配をかけた。そして翌日は、明治の大水害の際に山の崩壊によって出現した五十三を数える新湖の多くはその後決壊したが、新湖への流入量と伏流水として流出する量のバランスが取れて、百二十年以上経っても唯一現存していた大畑瀞《おおばたけどろ》と呼ばれる湖まで車を出してもらった。どうにか熱も下がったようなので、これだけは見ておきたいと、無理を言ったのだった。樹木の枝先が車体を擦るような山道を小一時間走って現地へ着くと、そこも今度の水害で堤体は決壊しなかったものの大きく浸食されて土石流が発生したために、道路が寸断され、堰堤も工事中だったので遠望するしかなかった。その帰途は、復旧工事のために、片側通行ではなく時間制限のある通行となっており、工事車の通行のために四十分以上も足止めを食った。それでもご主人は、こちらの体調を気遣いながらも、短気な人はこの地には住めませんなあ、とのんびり構えていたものだった。工事信号が青になるのを待っている間に、朝にちょっとだけ露天風呂に浸かることができたことを話すと、露天風呂の女湯の方は、この前の水害で持って行かれました。内風呂から扉を向こう側に開けたら、風呂も何も無くなっていてたまげました、と言った。……

トイレを出て、すぐ脇に設けてある足湯の熱さを手の指先で確かめるようにしてから、あのときも、主人にここまで送ってもらい、待合所で新宮行きは断念して大和八木行きのバスを待った……、と思いながら扉を開けようとして、あっと声が洩れそうになった。あのとき彼が会った爺さんがいた。細く小さな身体つきで浅黒い顔をしている爺さんがベンチの背もたれに右腕をのばした恰好で坐り、左手に缶コーヒーを持っていた。ジャージ姿に茶色いつばの付いた帽子を被っている。入って行ったこちらに気付くと、二年前と同じように、歯の無い口を横に開いて歯ぐきを覗かせ、動物を思わせるような小さな瞳をした目で睨《ね》めるようにすると、ああ寒い、と独りごち、缶コーヒーのふちを舐めた。

一挙に時が繋がった思いがして軽く会釈をしたが、爺さんの方は、何か言いたそうにしたものの、すぐに目を逸らした。前に会ったことを覚えているかどうかは知れなかった。そのとき、周りを見物していた四人組のおばさんたちが、外は寒い、寒いと口々に言いながら待合所へ入ってきた。こんにちは、とリーダー格の女性が声をかけたが、爺さんは怯えたような睨むような顔を向けるだけで答えない。お爺ちゃんなんぼや、と訊ねるが返事がないので、耳遠いんか、と言って話しかけるのをあきらめた。

……酒呑むんか、とあのとき彼は爺さんに話しかけられたのだった。待合所には他に人はいなかった。ええ、呑みます、と答えると、酒はビールだとばかり思っているのか、ビールはひゃっこいやろ、ビールは夏やろ、という。いえ、日本酒も燗して呑みますけど、と言ったが、聞こえているのかいないのか会話が続かない。歯がないのと訛りがきついので、話の三分の一も理解できなかったが、爺さんは何か親しみを覚えたのか盛んに話しかけてきた。そのうちに、ひとりもんか、と訊かれたような気がした。お前、とも、あんた、とも呼称は付けない話し方だった。いいや、と答えてかぶりも振ったが、爺さんは独り身だと決めてかかった様子で、家帰ると寒いやろ、風呂焚くのしんどいやろ、風呂は灯油やろ、と畳みかけてきた。いやガスです、と訂正する気持ちも起こらず、何だか彼は、自分がそんな身であるかのようにも思えてきた。人死んだんか、と爺さんが訊いた。不意をつかれて彼はたじろいだ。弟おったけど死んでしもうた。肝臓癌で死んだ。酒呑みやった。爺さんはそう誰にともなく言い、酒呑むんか、と再び彼に訊いた。

　バスの出発時間が来て、爺さんも一緒に乗り込んだ。お待たせしました、と運転手が言って走り出すと、次は「蕨《わらび》尾《お》口《ぐち》」、と女声のアナウンスよりも先に爺さんが次の停留所を告げた。小さい子供がはしゃいでいるようだった。ダム湖に架かった赤い橋を渡ると左折してダム湖の畔を走り、民宿や商店が並ぶ「蕨尾口」、「蕨尾」の停留所を過ぎると二叉の道となり、バスは右手の国道四二五号へ進んだ。次は「ホテル昴」、相変わらず爺さんは負けじとアナウンスする。高さはあまりないので恐怖感は覚えないが、崖沿いのバスがやっと通れるほどの国道とは思えない狭い道をしばらく走り、まもなくトンネルに入った。トンネルを抜けると左手に十津川ではかなり広く感じられる空間が広がり、「ホテル昴」の停留所で四人組のおばさんたちが降りた。中の物静かだった一人が、バスから離れると振り返り、ありがとうございました、と手を振ると、運転手も顔をほころばせた。

そこからは、乗客は爺さんと二人だけとなった。次は、「櫟砂古《いちざこ》」。それにしても変わった地名だ、と思いながら、バスのテープの女声よりも爺さんの案内に運ばれて行く心地となった。Uターンしたバスは再びトンネルに入り、来た狭い道を戻り始めた。だいぶ戻ったと思ったときに、見覚えのある二叉に出て、今度は右手のダム湖に架かった真っ赤な柳本橋を渡った。これで国道一六八号に戻った。十津川を左に見ながらバスはぐんぐん坂道を上りはじめ、峠に近付いていくらしく雪がかなり激しく降りしきるようになった。右手に迫っている山の斜面には落石防止のネットがずっと張り巡らされている。民家もすっかり途絶えてしまった。爺さんはどこまで行くのだろう、と気になったが、相変わらず、「櫟砂古」を過ぎると、次は「桑畑小井」、それを過ぎると「果無《はてなし》隧道口」、と暢気な口調でアナウンスを繰り返している。吹雪となり、道脇の積雪も増えてきて、峠道は大丈夫だろうか、と心細くなってきたところで、急に降車釦が押された。こんなところで、と唖然としているこちらをよそに、爺さんは「桑畑」の停留所で降りた。どこへ帰るのだろうか、と目を凝らしてみたが家らしきものは見えず、爺さんの姿は雪の果無山脈の中へと掻き消えた。

バスを発進させて、次は「桑畑隧道口」と女声が告げたところで、運転手が急にバスを徐行させ、猿です、右手の斜面に見えます、と教えた。目を遣ると確かに、赤い顔をしたニホンザルらしき猿が斜面に立ってこちらにじっと目を向けていた。

小学生のときに、まだ互いに知り合うことのなかった唐谷が飼っていた猿を新聞配達の途中で目にした。思えばそれが唐谷と自分との付き合いの始まりだった。そして唐谷からの最後のメールの末尾の文面はこうだった。

猿を飼う前に、猿をくれた叔父さん（正確には大叔父）が冠鳥とかいう珍しい鳥を持って来て、それを飼っていたこともあった。四歳か五歳の頃だったが、すぐ死んでしまった。俺はいたく悲しんだが、冠鳥の死をともに悲しむ人はいなかった。ちょうどその頃、オフクロの兄（つまり伯父）が若くして亡くなり、火葬場で亡骸を前に義理の伯母や従姉妹たちが、おとうちゃん、おとうちゃん、と泣き崩れていた。うちが共稼ぎだったため、俺はこの伯父のところに三歳くらいまで預けられていて、俺自身も、おとうちゃん、と呼んでなついていたから、悲しくなかった筈はない。ところが火葬場で俺は、憮然として、おとうちゃんはたくさんいる。冠鳥は一羽しかいない。したがって、冠鳥を失った悲しみの方が大きくて然るべきである、という意味の発言をしたという。これがヒンシュクを買うよりはむしろ微苦笑を誘い、悲嘆の空気が一種相対化されたらしい。俺は覚えていないのだが、死んだオフクロによく語って聞かされた。何か屈折があったのだろうが、理不尽な比較をしたものだ。ではまた。

初出「群像」2016年4月号〜2018年10月号（全20回連載）
＊2016年6月号・10月号・12月号／2017年3月号・6月号・9月号・12月号／2018年1月号・3月号・6月号・9月号を除く。

装丁・装画　桂川　潤

佐伯一麦（さえき・かずみ）
1959年、宮城県仙台市生まれ。仙台第一高等学校卒業。上京して雑誌記者、電気工などさまざまな職に就きながら、1984年「木を接ぐ」で「海燕」新人文学賞を受賞する。1990年『ショート・サーキット』で野間文芸新人賞、翌年「ア・ルース・ボーイ」で三島由紀夫賞。その後、帰郷して作家活動に専念する。1997年『遠き山に日は落ちて』で木山捷平文学賞、2004年『鉄塔家族』で大佛次郎賞、2007年『ノルゲNorge』で野間文芸賞、2014年『還れぬ家』で毎日芸術賞、『渡良瀬』で伊藤整文学賞をそれぞれ受賞。

山海記《せんがいき》
二〇一九年三月二〇日　第一刷発行
著者――佐伯一麦《さえきかずみ》

発行者――渡瀬昌彦
発行所――株式会社講談社
東京都文京区音羽二―一二―二一
郵便番号　一一二―八〇〇一
電話　出版　〇三―五三九五―三五〇四
販売　〇三―五三九五―五八一七
業務　〇三―五三九五―三六一五
印刷所――凸版印刷株式会社
製本所――株式会社若林製本工場

ISBN978-4-06-514994-2